大伴旅人

「令和」を開いた万葉集の歌人

著　者

辰巳正明

新典社

Shintensha

はじめに

大伴宿禰旅人。この名前は『万葉集』に見えない。『万葉集』に登場する場合は、大伴談等、大伴卿、僕、主人、帥、帥老、大納言、大納言卿、大宰帥、中納言、後人、卿である。正式な名前は『続日本紀』に「大伴宿禰旅人」と見える。『万葉集』に正式な名が見えないのは、談等・僕・主人・帥老・後人などは本人が自らの作品にそのように自著したことや、旅人の歌編を収集・編纂した者（山上憶良・大伴家持・大宰府官人ら）が旅人を特別に尊敬して大伴卿などと記したことによると思われる。

旅人は『万葉集』の第三期（平城京遷都の七一〇年から憶良没年の七三三年）を代表する歌人である。旅人が歌人として誕生するのは、基本的には大宰帥に着任したことによる。その契機は同行した妻が大宰府に下向して間もなく没したことから、筑前国守であった山上憶良が詩文や歌で慰めたことにあった。以後、旅人は憶良との交流や大宰府官人らとの交流を含めて大宰府文学圏を成立させ、そのことによって特色ある第三期の世界を開いた。

大宰府文学の特色は、旅人の妻の死という悲しみを一方に持ちながらも、本質は「遊び心」にある。そのような遊び心を導いたのは、旅人の風流心からである。奈良の京から遠く離れた「遠の朝廷《みかど》」と呼ばれる大宰府にあることによって、むしろ旅人の風流心が作り上げられた。当時の大宰府は都に対する鄙《ひな》でしかない。その鄙なる世界を、都とは異なる雅へと変容させたのである。いわば、都が〈儒教の雅〉だとすれば、それに対応して大宰府の鄙を〈老荘の雅〉としたのである。儒教の俗に対して老荘の脱俗である。その脱俗の世界が遊び心を生み出すこととなった。酒を讃めるのは竹林七賢たちの脱俗への憧れであり、松浦河に逍遙して神仙の女子と出会うのは、「洛神の賦」などの中国神仙譚の遊仙世界を思わせ、また当時流行していた唐代俗文学の『遊仙窟《ゆうせんくつ》』を思わせる。

旅人の遊び心が大きく展開したのは、大宰府の官人たち三十二人を集めて開いた梅花の宴である。そこには漢文の序が記されていて、この花宴の心躍る様子が窺える。その序文の中に「時に、初春の令月にして、気淑《よ》く風和らぎ、梅は鏡前の粉を抜き、蘭は珮後《はいご》の香を燻《かを》らす」と見え、初春の梅を愛でる花宴の喜びが記されている。この中の「令月」と「風和」から「令和」の元号が作られた。その意味は「麗しい月に、風は和らいでいる」にある。これが〈国書〉から採用されたことで、多くの日本人はこの元号を喜んで迎えた。

ここには、旅人が鄙の雅を風流とする遊び心がみられる。世俗における栄辱の煩わしさを逃れて、友とする者同士が無為自然の中で正月の花を愛でる。それが旅人の梅花の遊びの主旨である。もちろん、それが永遠に続くとは思われない。たとえ正月の一日のみでも、すべての俗事を忘れて花と酒に酔い、最高の楽しみを過ごそうというのである。梅は外来の花であるから、そこには異国趣味を窺うことができる。いわば、異国の風流を尽くそうというのである。それが旅人の遊び心であり風流心である。そこに文人政治家としての旅人の生き方があった。

令和の時代が始まり世界は混迷を深めている。東アジアの時代状況も混迷の中にある。旅人が開いた梅花の宴に集ったのは大宰府の官人たちであるが、そこには日本に渡来した人たちも含まれている。彼らはその道の専科である。そうした渡来の人たちをも含むこの花宴は、まさに「麗しく和やか」であることを願ったから開かれたにほかならない。旅人の遊び心は、単なる遊びではない。花を愛でることは、何人であっても心を一つにすることができる。そこにこそ旅人が意図した梅花の宴の主旨をみることができよう。

ここに「令和」という時代を開いた大伴旅人とはどのような人物であったのか、また、その作品はどのような内容であったのか考えようと思う。そのために、現代に伝わる旅人の全作品の注釈と、旅人の周囲に集った仲間たちの作品も取り上げて、大伴旅人の全容を明らかにしたい。

凡　例

一、本書は、『万葉集』に収録されている大伴旅人の全作品、および旅人の『懐風藻』所収の漢詩、旅人と交流した周辺の歌人たちの作品の注釈と鑑賞である。旅人の作品とそれに直接的に関連する作品には『万葉集』の原文を付した。
一、『万葉集』の本文は、覆製本『西本願寺本万葉集』（主婦の友社刊行）に基づいて校訂本文を作成した。
一、本文の訓読・現代語訳は校訂本文に基づいて著者が施した。
一、『古事記』『日本書紀』は日本古典文学大系（岩波書店）による。
一、『続日本紀』は『新訂・増補　普及版国史大系　続日本紀』（吉川弘文館）による。
一、『懐風藻』は辰巳『新訂・増補　懐風藻全注釈』（花鳥社・近刊）による。
一、漢籍の引用は、雕龍古籍全文検索叢書（凱希メディアサービス）による。
一、仏典の引用は、「大正新脩大蔵経データベース」（東京大学大学院人文社会系研究科）による。
一、『万葉集』の原文を除いて旧漢字は基本的に新漢字に改めた。
一、歌の配列は、『国歌大観』（角川書店）の旧番号に基づき、原則的に『万葉集』の巻順による。
一、旅人の作品については歌句の注釈を施し、作品の【鑑賞】を加えた。
一、旅人と関連する作品は【参考】として掲げ、また独立して「大伴旅人とその周辺」で旅人との贈答歌や旅人官邸での宴の歌などを掲載した。旅人の作品以外には「梅花の歌」を除いて歌句の注釈は施していない。

大伴旅人――目次

二、巻四の作品を読む

三、巻五の作品を読む

四、巻六の作品を読む

I　大伴旅人と大宰府文学 ―― 解題

i　大宰府文学の出発

遠の朝廷と呼ばれた大宰府に『万葉集』の一画期を成立させる文学圏が形成されたのは、奈良時代の神亀・天平初期のほぼ五・六年の間であった。『万葉集』の四期による時代区分に従えば第三期に相当する。この期の主要な歌人は大伴旅人や山上憶良であり、彼らの新たな文学運動が大宰府において行われたところに特徴があり、それは大宰府の文学を象徴するものであると同時に、『万葉集』を象徴する運動でもあった。

ここに大宰府圏というのは、律令制度上大宰府とそれに所属する九州諸国を指すが、文学の展開からは、大宰府という辺境に身を置くことによって共通に意識される文学集団を指し、大宰府文学圏と呼ぶことが可能であろう。大宰府文学圏の歌人は、東歌の作者が在地の歌人であるのとは異なり、都から赴任して来た官吏たちである。彼らの意識はあくまでも都と対応し対峙するものとしての大宰府であった。その大宰府を「遠の朝廷」と呼ぶことにおいて、懐かしい都と同質の文化的価値を見出そうとするのだが、しかし、そのような転倒した価値の発見は、あくまでもそこが鄙という〈辺境〉であることによって生起する意識にほかならない。大宰府文学圏は、いわば都と鄙との関係において現れた、辺境を共通の意識とする文学的集団であるということである。それゆえに、大宰少弐の小野老が詠んだ、「青丹よし寧楽《なら》の京師《みやこ》は咲く花の薫《にほ》ふが如く今盛りなり」（巻三・三二八）の歌は、遠く離れた平城の都への望京歌であり、まさに大宰府圏の歌人たちの意識を代弁するものであったといえる。

それはまた、大宰府圏に集まった歌人たちが律令官人として、神亀・天平の時代相の中に自己閉塞的な立場を余儀なくされていたということでもある。重要なことは、そうした彼らが都の文化や風俗および高度な教養を身につけていたことであろう。従って大宰府文学圏というのは、海彼《かいひ》の教養を有する知識階級集団でもあることにより、海彼を共通の意識とすることにより成り立つ〈辺境〉の文学集団であったということである。

大宰府の文学が形成された直接的な契機は、神亀三年（七二六）ころに山上憶良が筑前国司として着任し、神亀五年の初めころに大伴旅人が大宰府長官として赴任して来たことによる二人の邂逅《かいこう》にある。この時に従五位下であった憶良にとって、正三位の旅人は名門貴族で雲の上の遠い存在であったろう。その二人が大宰府で交流し、大宰府に独自の『万葉集』を開花させたのは、偶然のことであるとともに、大宰府という鄙にあることによって生じた、身分差や職位を越えた二人の辺境意識によるものと思われる。この二人が大宰府において新たな文学を形成することとなった最初の出発は、大宰府下向後間もなく旅人が妻を失ったことにある。旅人は帥として着任早々に、都から同行した妻の大伴郎女を亡くしている（巻八・一四七三）。この折に詠んだと思われる旅人の「凶問に報へたる歌」は、大宰府文学の出発を告げるものであった。序文に「禍故重畳《くわこぢうでう》し、凶問累集《きようもんるいじふ》す。永《なが》く崩心《ほうしん》の悲《かな》しびを懐《いだ》き、独《ひと》り断腸《だんちやう》の泣《なみだ》を流《なが》す」といい、「世の中は空しきものと知る時しいよよますます悲しかりけり」（巻五・七九三）の歌を詠む。さまざまな禍が重なり気力も失われて断腸の涙を流し、世間の無常を嘆くのである。

禍故重畳・凶問累集とは一つの禍に限らず、いくつもの凶事が重なり起きたという意味である。世の中は空しいと思うのは一般的な知識としてあるのだが、そのような折に最大の禍故として愛する妻の死があった。妻の死という経験を通して世間を知るとき、世の無常が一層のこと勝るのだというのである。ここに認識されている旅人の世間無常の理解は、明らかに仏教的無常観であり、これが聖徳太子の「世間虚仮《こけ》」（この世とは、仮のものでしかない）と等しいものであることが理解できる。現実の無常をこのような典拠を持った知的理解の中で認識することにおいて、大宰府の文学は知識人の文学として出発するのである。

旅人の歌に応えるように、憶良は無題の「悼亡詩文」および「日本挽歌」を作る。「悼亡詩文」の冒頭には、「蓋《けだ》し聞く、四生の起滅は、夢の皆空しきが方く、三界の漂流は、環《たまき》の息《や》まぬが喩《ごと》し。所以《ゆゑ》に、維摩大士は方丈に在りて、染疾《せんしつ》の患《うれひ》を懐くことあり、釈迦能仁は双林に坐《ゐま》して、泥洹《ないをん》の苦しみを免るること無し」という生死の道理が説かれる。すべての生き物（四生）の生と死という現象は、まるで夢のようなものだというのである。そして、人は三界

（欲・色・無色界）を永遠に漂流しているのだともいう。だから、維摩大士も釈迦能仁もついに死の苦しみから逃れられなかったと説くのであり、これは旅人の「世間虚仮」への認識よりも、さらに深刻さを増した内容である。しかも、この序文に続いて、七言の漢詩が付けられている。

愛河《あいが》の波浪は已《すで》に先《ま》づ滅《き》え、苦海《くかい》の煩悩も亦結《むす》ぼほることなし。
従来この穢土《ゑど》を厭離《おんり》し、本願は生を彼《か》の浄刹《じやうせつ》に託さむことを。

愛河も苦海も凡夫の陥る煩悩であるが、死はそれらをすべて消し去るのであり、ただ願うことは生をあの浄土に託すことなのだという。人の生死は計り知れないものであり、この世に生きることは煩悩のみなのだという。妻の死はそのような煩悩を消し去ることであり、妻は浄土へと向かったのだと慰める。憶良は明らかに旅人の仏教的無常への意識に触発されることで、憶良の知的世界が導かれようとしている。これに続く「日本挽歌」（巻五・七九四〜七九九）は、悼亡詩が愛河や苦海という仏教のいう愛着からの離脱を説いたものだとすれば、むしろ愛着への拘りだといえる（後述）。生の無常は仏教の教えであるが、生への執着は人の思いである。他国の思想ではない大和の心、それが「日本」を冠したことの意味であろう。しかも憶良はこれらの作品を旅人に謹上した同日（神亀五年七月二十一日）に、さらに「惑へる情《こころ》を反さしむる歌」（巻五・八〇〇〜八〇一）、「子等を思《しの》へる歌」（同・八〇二〜八〇三）、「世間の住《とど》まり難きを哀しびたる歌」（同・八〇四〜八〇五）の三作品を撰定し謹上している。題・漢文序・歌が一体となり、これらは新しい文学形式を示すものである。それらの序文は「悼亡詩文」に沿う仏教的無常やその教理などで、それぞれの歌には〈題〉が設定されていて、あたかも漢詩の詩題を想定させる。歌に題を付すというのは、主題が作品内部に深く取り込まれることを意味するのであり、中西進氏はこれらの作品を嘉摩三部作として捉え、それらの作品のテーマが

「惑」「愛」「無常」にあるとされる（「大伴旅人と山上憶良」『万葉の詩と詩人』彌生書房）。そこには人間の愛や苦の世界を主題化することを意図し、それを伝統の歌の上で実現しようと試みるものであった。

ⅱ　韜晦《とうかい》と故郷への思い

旅人が大宰の帥《そち》（軍事の統率者）として赴任した理由は不明であるが、神亀五年から神亀六年（改元して天平元年）にかけての『公卿補任』を見ても、また、神亀六年二月の長屋王事件の歴史的動向を見ても、この時代には藤原不比等の息子の四氏（武智麻呂・房前・宇合・麻呂）が実質的に政権を掌握したことが知られ、旅人の大宰帥の人事異動もこの歴史動向と関わるものであろう。旅人の赴任は長屋王事件の直前であり、光明子立后をめぐって朝廷内部で長屋王と藤原氏との対立が惹起していたから、藤原氏の台頭を予期しつつ下向したことは明らかである。旅人の帥任命に政治的な意図を読み取ることは困難ながらも、高齢の旅人の気持ちにはたとえ帥の任命が名誉なことであったとしても、それを流謫《るたく》の思いで受けたことが想像される。その根拠は旅人の詠む「讃酒歌十三首」の、次の歌から知られるであろう。

験《しるし》なき物を念《おも》はずは一杯《ひとつき》の濁《にご》れる酒を飲むべくあるらし　（巻三・三三八）
あな醜《みにく》賢良《さかしら》を為と酒飲まぬ人をよく見れば猿にかも似る　（同・三四四）
黙然《もだ》居《を》りて賢良《さかしら》するは酒飲みて酔《ゑ》ひ泣き為るになほ如《し》かずけり　（同・三五〇）

験のない物を思うというのは、役に立たない無駄なことを考えることであり、具体的には儒教の徳を理念として政治を行う官吏への揶揄である。それよりも一杯の濁酒が良いのだというのは、世間では価値のないものとする濁酒への評価である。そこには「古の七の賢しき人」（巻五・三四〇）である竹林七賢を理念とする立場があり、七賢の脱俗的生き方への憧憬がある。そうした験の無い思いをする官吏たちを「賢しら」であると否定するのであるが、この賢しらというのは歌本文において「賢良《けんりよう》」と書き表しているように、中国では科挙《かきよ》に合格した特別な知識人のことである。そのような立派な官吏よりも一杯の濁酒が良いとするのが旅人の態度であり、そこには世間の生き方とは背反する旅人の立場がある。すぐれた官吏は儒教の教理や徳目を学び民を教導する立場であり、つまらない酒などを飲まずに民の苦しみを救済しなければならない。しかし、官僚とは立身や立名を求めることを孝の終わりとする生き方を理想とする人たちであり、旅人はそのような官僚を「賢良」として批判するのである。酒も飲まずに徳のある官吏を「猿に似る」のだというのは、政治に多くの矛盾を孕んでいるからだが、濁酒を飲んで顔を赤くしていて、猿に似ているのは旅人の方に違いなく、そこには逆説の論理を展開する態度がある。

もちろん、旅人のこの姿勢を真実として読むには疑問がある。作品自体は連作による構成の上に成り立っており（高木市之助『大伴旅人・山上憶良』筑摩書房）、その思想性は戴逵《たいき》の「酒賛」や劉伶《りゆうれい》の「酒徳頌」と等しいとされる（小島憲之「山上憶良の述作」『上代日本文學と中國文學　中』塙書房）。いずれも形骸的な儒教思想に背き、酒を以て人生の価値を語る隠士たちであり、竹林七賢とも重なる。まさに「讃酒」とは「酒賛」と等しいテーマであり、飲酒を以て儒教の教理に背を向け、世俗的生き方から韜晦することの比喩としてのそれである。大宰府にあることが旅人に現実韜晦の心を募らせ、儒教の都に対し鄙である大宰府を老荘とする意識が現れた。それは、望京への意識と表裏の関係であった。

辺境に身を置くことによって都が偲ばれ、辺境に都と等しい文化的価値を見出そうとすることは、先の小野老の望京歌も同じだが、防人司佑の大伴四綱も、

やすみしし吾が大君の敷き座《ま》せる国の中には京師《みやこ》し念ほゆ　（巻三・三二九）
藤波の花は盛りに成りにけり平城《なら》の京を御念《おも》ほすや君　（同・三三〇）

のように詠む。旅人を迎えての宴での歌であろう。天皇の治める国の中にあっては京のことが偲ばれるといい、藤の花の咲く盛りに平城の京のことを恋しく思われるでしょうかという。いずれも京を思う歌であり、大宰府にあることを辺境に身を置いていることだという共通の思いから発せられている。それ故に旅人の歌には、

わが盛り復変《をち》めやも殆《ほとほと》に寧楽《なら》の京《みやこ》を見ずかなりなむ　（巻三・三三一）
萱草《わすれぐさ》吾が紐に付く香具山の故りにし里を忘れむが為　（同・三三四）

のように、老年を迎え体力も気力も衰えた思いの中で、若返る秘薬でもない限り再び寧楽の京を見ることもなく終えるのではないかという不安や、懐かしい香具山の里を忘れるために忘れ草を身に付けることを歌う。京は遠く離れた幻想の中で懐かしく思われるのであり、辺境への意識は強く都を偲ばせるものとして意識化されて行く。

おそらくこのような望京への思いの中から、大宰府に〈歌苑〉という文学集団が成立することになったのであろう。京を幻想し京を眼前に幻視させる歌宴が、旅人を主人として天平二年正月に帥宅で行われた。それが大宰府所轄の国から集った三十二人にのぼる官人集団による梅花の宴であった。最初に四六駢驪《べんれい》の美文による序が認《したた》められ、「初春の令月《れいげつ》にして、気《き》淑《よ》く風和《やは》ぎ、梅は鏡前《きやうぜん》の粉《こ》を披《ひら》き、蘭《らん》は珮後《はいご》の香《かう》を薫《かを》らす」というように、正月初春の風景が描かれ、十分に満足できた心を詩文で表そうというのである。詩に「落梅の篇」があり古今異なることはないので、そこで園の梅を賦し短詠をなそうという。「古今」とは、中国の古人と大宰府の今の集団をいう。そこで最初に今回の

賓客である大弐紀卿から、

正月《むつき》立ち春の来たらばかくしこそ梅を折りつつ楽しきを経《へ》め　（巻五・八一五）

という座を開く歌が披露され、続いて小野大夫、粟田大夫、山上憶良などの順で歌い継がれて行く。これらの三十二首の歌には、散る梅が多く歌われていることに気づく。たとえば、

梅の花今咲けるごと散り過ぎずわが家《へ》の苑《その》にありこせぬかも　（巻五・八一六）
青柳《あをやなぎ》梅との花を折り挿頭《かざ》し飲みての後は散りぬともよし　（同・八二一）
わが苑《その》に梅の花散る久方《ひさかた》の天より雪の流れ来るかも　（同・八二二）

のように見られる。三首目は旅人の歌であり、園に梅の花が散っているのか、あるいは空から雪が降ってきたのかという梅と雪とを取り合わせているが、梅の花が散ることを歌うのは、中国に「落梅の篇」があるから、それに倣うのだというように、「落梅」をテーマとするからであり、それは楽府詩の「梅花落《ばいからく》」を意味した。この「梅花落」は辺境防備の兵士たちが、梅が咲いたのを見て正月が来たことを知り、故郷を懐かしく思い歌うのである（辰巳「落梅の篇」『万葉集と中国文学』笠間書院）。

このような都への思いは、辺境としての大宰府の地を雅《みやび》として幻想することにおいてあるのだが、その辺境は神仙的世界としても幻想させたのである。旅人作と考えられる「松浦河に遊ぶの序」には玉島に遊んで神仙の女との邂逅を描き、そこで仙女と歌を贈答することが記されている。そこには『文選』の「高唐賦」や「神女賦」あるいは

『遊仙窟』などの仙郷における幻想譚《たん》が見られるとされ（中西進「嘉摩三部作」『中西進　万葉論集　第八巻　山上憶良』講談社）、鄙は漢文学を通じて文化的価値としての〈みやび〉へ変質するのである。そのような価値の転倒という心理には、鄙である故の旅人の韜晦の姿を見ることができるであろう。

iii　愛と死の悲しみ

旅人は妻の死を因として仏教的な世間虚仮を認識し、現実の政治的世界に背を向け、老荘神仙的思想を享受し、また望京への思いを募らせるのであった。この旅人の態度が幻想的であるとするならば、一方の憶良は論理的に世間の姿を捉えることになる。同じ旅人の妻の死を因としながらも、憶良は人間の愛のあり方から人間の生・老・病・死の苦を儒教や仏教の教理の中から思考するのである。

妻の死は、夫婦の愛欲の終息である。その愛とは何か。憶良は嘉摩三部作において父母を尊敬しつつも養うことを忘れ、妻子を脱ぎ捨てた沓《くつ》の如く捨てて得道の聖となろうとする者のこと、釈迦ですら愛の中でも子への愛が最高の愛だと説いていることを以て逆説的に衆生は子を愛さないことはないのだと説き、さらに若い男女が楽しんでいるのは束の間で、人はすぐに老いて若者から厭われ、愛とは無縁の存在となり苦しむことなどを説き、人間における愛と無常を捉えるのである。憶良のこの愛の認識は、仏教や儒教の愛の受け入れであるが、しかしこのような愛の諸相はいずれも〈苦〉を常に内包しているものであることを憶良は説く。そのようなことから憶良の捉えた旅人の妻の死は〈愛別離苦〉の問題にあったといえる。前掲の悼亡詩文の序に「紅顔は三従と長く逝き、素質は四徳と与に永く滅ぶ。何ぞ図らむ、偕老の要期に違《たが》ひ、独飛して半路に生きむことを」という。若く美しい妻は永逝し、夫婦が共に老いることを誓ったことに違い、人生の半ばで独り生きることとなった苦しみを描く。妻の逝った後の寝室の枕辺には鏡が空しく懸かり、それを見るにつけ嘆き悲しむ涙は留めなく落ちるのだと続ける。夫婦の愛の絆が深ければなおのこと、死別の悲しみは深い。それは愛の河に溺れる愛着の姿であり、憶良は愛の姿をそうしたものとして捉えたのである。
そのような愛着をめぐり詠んだのが、先に掲げた悼亡詩文に続いて載る「日本挽歌《ばんか》」である。「挽歌」は『万葉集』の三大部立の一つとしてあり、死を悲しむ歌が文学的主題となっていたことが知られる。その挽歌に「日本」を付したのは特別な思いからであろう。

大王《おほきみ》の　遠の朝庭《みかど》と　しらぬひ　筑紫の国に　泣く子なす　慕ひ来まして　息だにも　いまだ休めず　年月も
いまだあらねば　心ゆも　思はぬ間に　うち靡《なび》き　臥《こ》やしぬれ　言はむ術《すべ》　為む術知らに　石木をも　問ひさけ
知らず　家ならば　形はあらむを　恨めしき　妹《いも》の命《みこと》の　あれをばも　如何《いか》にせよとか　鳰鳥《にほどり》の　二人並び
居　語らひし　心背《そむ》きて　家離《さか》りいます　（巻五・七九四）

反歌

家に行きて如何にかあがせむ枕づく妻屋《つまや》さぶしく思ほゆべしも　（同・七九五）
愛《は》しきよしかくのみからに慕ひ来し妹が心の術も術なさ　（同・七九六）
悔しかもかく知らませば青丹よし国内《くぬち》ことごと見せましものを　（同・七九七）
妹が見し楝《あふち》の花は散りぬべしわが泣く涙いまだ干なくに　（同・七九八）
大野山霧立ち渡るわが嘆く息嘯《おきそ》の風に霧立ち渡る　（同・七九九）

神亀五年七月二十一日　筑前の国守山上憶良上る

「日本挽歌」という題は、いささか大袈裟である。しかし、憶良にはこれを必然とするだけの理由があった。それは、先の悼亡詩文と見合う作品への意欲である。いわば、旅人の悲しみ以上の悲しみを描き切ることである。悼亡詩文は仏教と儒教の原理によって妻の死が説かれた。死の無常と婦徳を示した妻ということから、それらは外来思想により彩られた無常や愛の原理である。だが、そこには妻の愛した夫、夫の愛した妻の姿はない。むしろ、夫婦の愛情は閨《ねや》の中の睦言に存在し、仏教の愛着や儒教の婦徳の上からは否定される感情であった。

憶良がそのことに思い至った時に、「日本挽歌」という題を選択したのである。印度の仏教と中国の儒教の道理に対して、常に愛情を歌う倭《わ》（日本）の歌によって、東アジアの感情世界に参加するという意図である。印度や中国の思想を理解し得ても、きわめて原理的である。そこには世俗的人間としての感情が直接には感じられない。それはあくまでも教理だからである。ここに、憶良は妻を失った夫の悲しみを夫婦の人間感情（夫婦愛）として詠み上げた。夫を慕い大宰府にまでも同行した妻の愛情の深さ、その妻を失った夫の戸惑いと悲しみ、共に語らった夫婦の愛の日々、それらは紛れもなく夫婦の愛着の姿そのものである。

反歌においても夫の悲しみは繰り返され、妻のいない寝室の寂しさ、国内を見せる旅に連れて行けなかったことへの後悔、妻の愛した庭の木などへの思い、それが憶良の捉えた人間の、そして夫婦の普遍の感情である。そのような普遍の人間的感情こそが、まさに愛着や愛執そのものであった。そこにおいて倭国びととしての愛の讃歌たる「日本挽歌」という題の意図が見えてくる。それほどの愛と死の悲しみをもって憶良は旅人の心を慰めたのである。

Ⅱ　名門大伴氏の出自と旅人の経歴

i　『古事記』が記す大伴氏の遠祖

大伴旅人は古代名族大伴氏の末裔である。長い歴史の中で中臣氏や久米氏などとともに、天皇に奉仕し氏族の力を守り続けてきた。興亡の激しい古代にあって、常に名門として生き続けることは容易ではない。そこには大伴氏の一族としての強い絆があった。そのことを常に確認することで、一族は団結力を持つことができたのである。それは、『古事記』（太安万侶の手による古代日本の史書。七一二年成立）や『日本書紀』（舎人親王らによる古代日本の歴史書。六国史の最初。七二〇年成立）に記録された大伴氏の神代以来の歴史にあった。

『古事記』は日本の正史としての歴史書であるよりも、天皇家の正当性を証明する神統記と王統記とからなる書物である。おそらく、古くそれぞれの民族や氏族には巫（シャーマン）により語り伝えられていた神々の履歴（神統記）と王の履歴（王統記）とがあり、倭国が成長するに連れてそれらは倭国の王の神統記と王統記として集約されていったものと思われる。『古事記』はこのような神々の履歴と王の履歴とが集約され成文化されたものである。しかも、『古事記』は太安万侶という知識人が個人的に纏めた書物であるから、『日本書紀』を初めとする正史が国家的事業として纏められることから考えると、外史的性格であることが知られる。そうした『古事記』の性格は別としても、その神統記の中に大伴氏の祖先の話がみえている。

故爾《かれここ》に天津日子番能迩迩芸命《あまつひこほのににぎのみこと》に詔《の》りたまひて、天の石位《いはくら》を離れ、天の八重多那〔此の二字は音を以ゐよ。〕雲を押し分けて、伊都能知和岐知和岐弖《いつのちわきちわきて》、〔伊より以下の十字は音を以《もち》ゐよ。〕天の浮橋に宇岐士摩理《うきじまり》、蘇理多多斯弖《そりたたして》、〔宇より以下の十一字も亦、音を以《もち》ゐよ。〕竺紫《ちくし》の日向の高千穂の久士布流多気《くじふるたけ》〔久より以下六字は音を以ゐよ。〕に天降りまさしめき。故爾に天忍日命《あめのをしひのみこと》、天津久米命《あまつくめのみこと》の二人、天の石靫《いはゆき》を取り負ひ、頭椎《くぶつち》の大刀を取り佩《は》き、天の波士《はじ》弓《ゆみ》を取り持ち、天の真鹿児矢《まかごや》を手挟み、御前に立ちて仕へ奉りき。故、其の天忍日命、〔此は大伴連等の祖。〕天津久米命〔此は久米直等の祖なり。〕云々。

そこで、天津日子番能迩迩芸命に詔をされて、天の石位（高天原の神の座）を離れ、天の八重多那〔この二字は音を用いよ〕雲（天上と地上とを隔てる神聖な雲）を押し分けて、伊都能知和岐知和岐弖（神聖な雲を分けに分けて）、〔伊から下の十字は音を用いよ〕天の浮橋（天上に架かる虹）の上に宇岐士摩理（浮いた様にあること）、蘇理多多斯弖（しっかりと立つこと）、〔宇から下の十一字も亦、音を用いること〕筑紫の日向の高千穂の久士布流多気（霊山）〔久から下六字は音を用いよ〕に天降りなさった。そこで天忍日命と天津久米命の二人が、天の石靫を取り負い、頭椎の大刀（環頭の大刀）を取り佩き、天の波士弓を取り持ち、天の真鹿児矢を手挟み、御前に立ち奉仕された。そこで、その天忍日命〔これは大伴連等の祖である〕、天津久米命〔これは久米直等の祖である〕云々。

ここに大伴氏の祖である天忍日命が登場する。天孫の迩迩芸命が天下る時に随行して、天津久米命とともに天孫を守護したという。そのような栄誉ある任務を背負ったのは、大伴氏の祖が伝統的に神の子を守護する役割を負っていたからに違いない。高天原神話が形成されることで、大伴氏の祖は天孫の守護の役割を担ったのである。

ⅱ　『日本書紀』が記す大伴氏の遠祖

迩迩芸命の天孫降臨の折に、天忍日命と天津久米命が大刀や弓矢を携えて迩迩芸命に奉仕したという。その天忍日命が大伴連の祖先だと注している。この『古事記』の天孫降臨神話に相当する『日本書紀』の天孫降臨の記録では、次のようにみえる。

一書に曰はく、高皇産霊尊《たかみむすひのみこと》、真床覆衾《まどこおふふすま》を以て、天津彦国光彦火瓊瓊杵尊《あまつひこくにてるひこほのににぎのみこと》に裹《き》せまつりて、則ち天磐戸《あまのいはと》を引き開け、天八重雲を排分《おしわ》けて、降《あまくだ》し奉る。時に、大伴連の遠祖《とほつおや》天忍日命、来目部《くめべ》の遠祖天槵津大来目《あまのくしつ》を帥《ひき》ゐて、背《そびら》には天磐靫《あまのいはゆき》を負ひ、臂《ただむき》には稜威《いつ》の高鞆《たかとも》を著《は》き、手には天梔弓《あまのはじゆみ》・天羽羽矢《あまのははや》を捉《と》り、八目鳴鏑《やつめのなりかぶら》を副持《とりそ》へ、又頭槌剣《かぶつちのつるぎ》を帯《は》きて、天孫《あめみま》の前に立ちて、遊《ゆ》行き降来《くだ》りて、日向の襲《そ》の高千穂の槵日《くしひ》の二上峯の天浮橋に到りて、浮渚在之平地《うきじまりたひら》に立たして、膂宍《そしし》の空国《むなくに》を、頓丘《ひたを》から国覓《ま》ぎ行去《とほ》りて、吾田《あた》の長屋の笠狭《かささ》の御碕《みさき》に到ります。

一書にいうには、高皇産霊尊は真床覆衾（床に用いる上掛けの布団）をもって、天津彦国光彦火瓊瓊杵尊にお着せになられ、すなわち天磐戸（天上の出入りの門）を引き開け、天の八重雲（天上と地上を分ける神聖な雲）を押し分けて、お下しになられた。その時に、大伴連の遠祖である天忍日命が、来目部の遠祖である天槵津大来目を率いて、背には天磐靫を負い、臂には稜威の高鞆を著け、手には天梔弓・天羽羽矢を持ち、八目鳴鏑を副えて持ち、また頭槌剣（環頭の大刀）を帯びて、天孫の前に立ち、遊行して降り来て、日向の襲の高千穂の槵日（霊妙であること）の二上の峯の天浮橋に到り、浮渚の平地に立たして、膂宍の空国を、頓丘から国覓ぎして行き、吾田の長屋の笠狭の御碕に到られた。

天津彦国光彦火瓊瓊杵尊は天照大神の孫である天津日子番能迩迩芸命のことであり、瓊瓊杵尊の神下りの時に大伴連の遠祖である天忍日命が、来目部の遠祖である天槵津大来目を率いて奉仕したことがみえる。いずれも大刀や弓矢を携えていることからみると、天孫を守護する役割であったことが知られる。このことによれば、天孫降臨にあたって天孫に随い守護したのが天忍日命であり、それが大伴氏の遠祖だということになる。『古事記』も『日本書紀』も大伴氏の遠祖を同様に語ることは、天孫降臨神話においてこれが確かな伝承とみなされていたことが窺える。大伴氏の出自がこのようなところにあったことから、後に至っても大伴氏の誇りとなり繰り返し語られることになる。

iii　大伴家持が詠む大伴氏の遠祖

『万葉集』の後期の大伴家持は旅人の本家を継承した氏の上として、常に氏族意識を持ち続けていた歌人である。陸奥の国から金が初めて産出し、朝廷では大仏造営に取りかかっていただけに、大変な瑞祥であると喜んだ。国内では金は産出されず外国に頼っていたから、聖武天皇は詔をもってその喜びを表した。詔の内容には大伴氏を褒め称えることが見られ、家持はそれを受けて「陸奥《みちのく》の国より金を出せる詔書を賀《ほ》く歌」に「大伴の　遠つ神祖《かむおや》の　其の名をば　大来目主と　負ひ持ちて　仕へし官《つかさ》　云々」（巻十八・四〇九四）のように遠祖の栄光を詠む。一方で、氏族の危機を迎えた時には、大伴一族に対して「族《やから》を喩《さと》せる歌一首并せて短歌」をもって警告している。

久方の　天《あま》の門《と》開き　高千穂の　岳《たけ》に天降《あも》りし　皇祖神《すめろき》の　神の御代より　櫨弓《はじゆみ》を　手握《たにぎ》り持《も》たし　真鹿児矢《まかこや》
を　手挟《たばさ》み添へて　大久米の　益荒猛男《ますらたけを》を　先に立て　靫《ゆき》取《と》り負《おほ》せ　山河を　磐根《いはね》さくみて　踏み通り　国覓《くにまぎ》し
つつ　千早振《ちはやぶ》る　神を言向《ことむ》け　服従《まつろ》はぬ　人をも和《やわ》し　掃き清め　仕へ奉りて　秋津嶋《あきづしま》　大和の国の　橿原の
畝傍の宮に　宮柱　太知り立てて　天の下　知らしめしける　皇祖神《すめろき》の　天の日継と　継ぎて来る　君の御代御
代　隠《かく》さはぬ　明き心を　皇辺《すめらへ》に　極め尽くして　仕へ来る　親の官《つかさ》と　言立てて　授けたまへる　子孫《うみのこ》の
いや継ぎ継ぎに　見る人の　語り継ぎてて　聞く人の　鏡にせむを　可惜《あたら》しき　清きその名そ　おぼろかに　心
思ひて　空言《むなごと》も　親の名絶つな　大伴の　氏と名に負へる　益荒男《ますらを》の伴
（巻二十・四四六五）

敷島の大和の国に明らけき名に負ふ伴の緒心努めよ
（同・四四六六）

剣大刀《つるぎたち》いよよ研ぐべし古《いにしへ》ゆ清けく負ひて来にしその名そ
（同・四四六七）

右は、淡海真人三船《あふみのまひとみふね》の讒言《ざんげん》に縁《よ》りて、出雲守大伴古慈斐宿祢《おほとものこしびのすくね》任を解かゆ。是《ここ》を以《もち》て家持《やかもち》此の歌を作れり。

久方の、天の門を開いて、高千穂の、岳に天降りし、皇祖神の、神の御代から、櫨弓を、手に握り持って、真鹿児矢を、手に挟み添えて、大久米の、益荒猛男を、先に立てて、靫を取り背負い、山や河の、磐を押し分け、踏み通り、国覓をしながら、ちはやぶる、神を言向け平定し、また服従しない、人らをも懐柔し、この国土を掃き清め、そのように奉仕して来た。秋津嶋の、大和の国の、橿原の、畝傍の宮に、宮柱を、太々と立てて、天の下を、ご支配された、皇祖神の、天の日継であると、継いで来た、天皇の御代御代に、隠すことの無い、明浄な心を、天皇の側に、極め尽くして、奉仕して来た、親の官であると、天皇は宣言をして、お授けになられた、わが子孫らは、いよいよ続いて、それを見る人が、語り継いで行き、聞く人が、鏡とするものを。勿体ない、清いその名である。いい加減に、心に思って、虚言をもって、祖先の立派な名を絶つな。大伴の、氏と名に負っている、益荒男の伴よ。

敷島の、大和の国に、明浄な心としての、名を背負っている伴の緒よ、心して努めよ。

剣大刀は、いよいよ研ぐべきだ。昔から、清らかに背負って、来たその名であるのだ。

右は、淡海真人三船の讒言によって、出雲守の大伴古慈斐宿祢が任を解かれた。それで、家持がこの歌を作った。

左注によれば、この歌は淡海三船からの讒言があり、同族の古慈斐が出雲守の任を解かれたので詠んだのだという。大伴氏の危機を迎えて、緊迫した状況があったのである。ただし、史書（『続日本紀』）には大伴古慈斐が朝廷を誹謗し人臣の礼を欠く罪により淡海三船と共に禁固となったという。これは、朝廷の記録と大伴氏や家持の理解が違ったのであろう。いずれにしても、このような事件は大伴氏の名誉に関わる事件であったことから、家持は氏上として大伴一族に教諭したのである。その教諭の内容は、以下の二つにまとめられる。一つは、高千穂に天降りした皇祖神の御代から、弓を手に握り持って大久米氏の益荒猛男を先に立て、国覓をしながら邪悪な神を言向け、服従しない悪い人らをも懐柔し、この国土を掃き清め奉仕して来たということにある。つまり、大伴氏というのは大久米氏と共に天孫に従って天降り、荒ぶる国土を平定して来た氏族であることの誇りに中心を置いている。一つは、神武天皇が大和の国の橿原の畝傍宮に都を置いて天下を支配する皇祖神の天の日継であるとして、続いて来た天皇の御代御代に明浄な心をもって天皇の傍に奉仕して来た、親の官であると天皇が授けた清い名であるから、祖先の名を絶つなということである。ここでは、橿原宮以来皇祖神に明浄心を持って仕えて来たのであるから、その期待に応えよという教えを述べる。その主旨は、二首の反歌にも繰り返されている。

ここに述べられているのは、大伴氏の歴史である。いわば、大伴氏の遠祖である天忍日命が神代に天孫を守り天降りし、次いで神武天皇の皇祖神以来、赤い心で天皇に奉仕して来た名誉ある氏であることの歴史叙述である。それゆえに、「おぼろかに　心思ひて　空言も　親の名絶つな」ということに教諭の主意がある。そのような歴史も教諭であろうから、その歴史を踏まえて大伴一族は心せよということにある。それほどまでに、家持にはこの事件が衝撃的であったのだろう。大伴古慈斐は大伴一族の中の良識派の長老であったにも関わらず、このような事件に巻き込まれたことへの無念があろう。特に、当時の権力者である藤原仲麿は大伴古慈斐を中央から排除する態度を露骨にしていた。この教諭の歌は藤原対反藤原の争いの前夜の、風雲急を告げる大伴氏の不安な心境を述べたものであろう。大伴氏の末期に至ってそこに取り上げられたのは、何よりも遠祖の輝かしい活躍であった。

大伴という族名は天皇を守護する伴集団による。伴を統括することにより大伴と呼ばれた。『日本書紀』によれば、遠祖の天忍日命以降、大伴氏は遠祖として日臣命、道臣命、武日らがあり、以後に大伴氏は大連と呼ばれ、室屋、談、金村、狭手彦、囓、馬養、長徳、狛、馬来田、吹負、安麻呂、御行らがあり、歴史の上で輝かしい働きをする。特に壬申の乱（六七二）の折りには大海人皇子（後の天武天皇）に随い、御行らが大きな働きをする。この御行から大連姓が宿祢姓としてみえる。乱の平定後に御行は「皇《おほきみ》は神にし座《ま》せば赤駒の腹這ふ田井《たゐ》を京師《みやこ》となしつ」（巻十九・四二六〇）という頌詞を詠んでいる。天皇は神だというように天皇即神を詠むのは、天皇守護に氏の誇りを持つ大伴には当然の思想として受け入れられたのである。

iv　大伴氏の系譜と旅人の経歴（附大伴旅人年表）

神代以来の大伴氏は、こうして歴史の表舞台で輝かしい働きをして来た。それが家持のいう大伴氏の誇りであった。そうした神代以来続く大伴氏の伝統への誇りは、家持に至って強く意識されることになる。それは奈良時代を迎えて大伴氏の危機があからさまな形で見えるようになったからである。藤原氏の台頭によって大伴氏も朝廷の中心から排除される状況が生じ、大伴一族が政争に巻き込まれて命を落として行く。そこに家持の悲しみがあった。そのような大伴氏の系譜は、以下のようになる。

大伴氏系譜

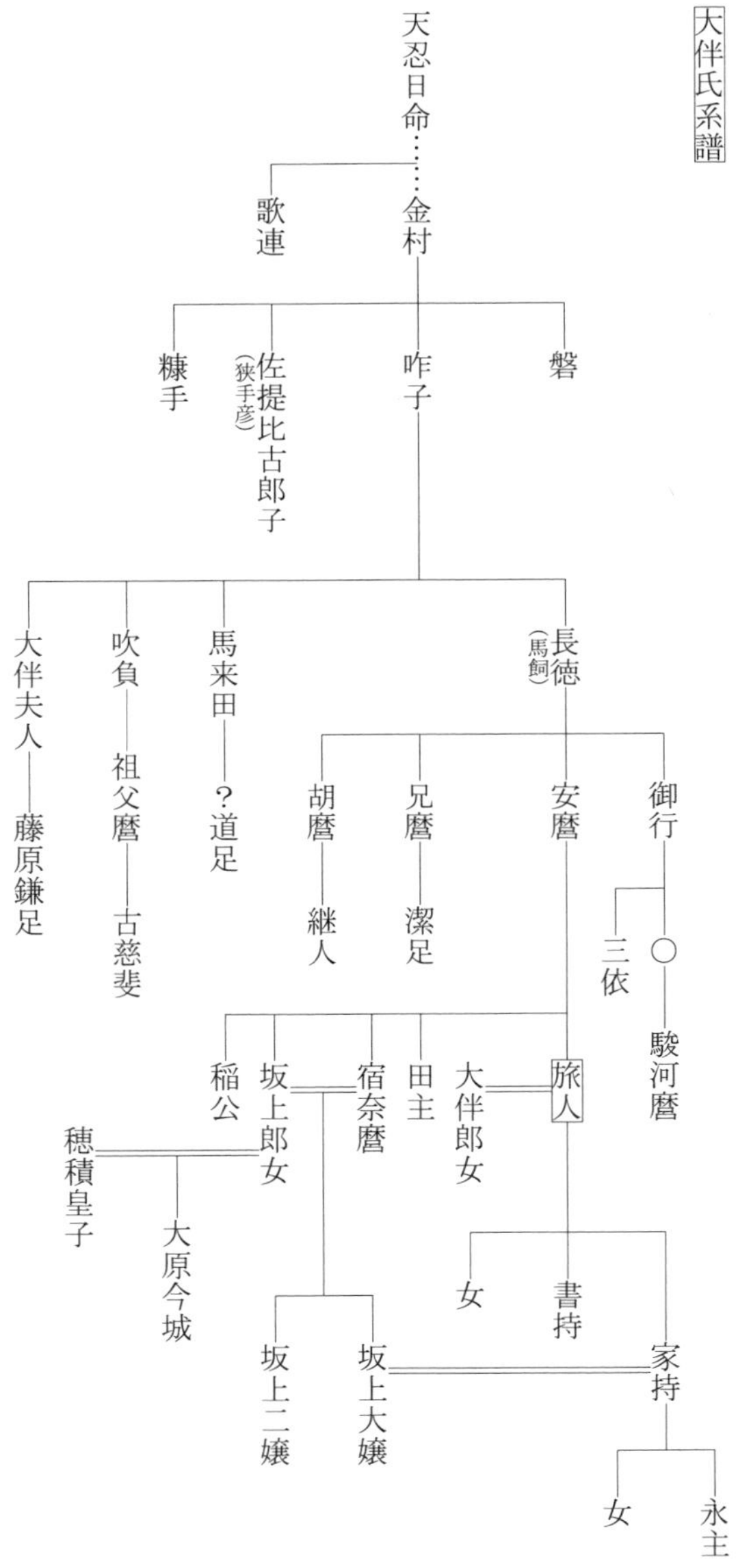

旅人も、このような大伴氏の誇りの中に生きて来た。しかも、旅人は大伴家の本家（氏上）であり、伯父の御行や父の安麿を誇りとして名門大伴一族の中に育ったのである。それゆえに、旅人の出世は初めから保証されていた。旅人の官位について最初に記されるのは、『続日本紀』によれば七一〇年の左将軍正五位上の時の記録である。六六五年生まれの旅人は、この時に四十五歳である。正五位上は五位の最上の官位である。五位には四ランクあり各ランクの昇格を六・七年程度とすれば、従五位下となったのは三十歳前後であろう。その旅人は六六五年（天智四）から七三一年（天平三）の官人。大伴馬飼《うまかい》（長徳）の孫で安麿《やすまろ》の子。家持・書持《ふみもち》の父。母は多比等女《たびとめ》あるいは巨勢郎女《こせのいらつめ》とも

いう。異母妹に万葉歌人の大伴坂上郎女がいる。『続日本紀』によれば、和銅三年（七一〇）に隼人《はやと》・蝦夷《えみし》の異族を朱雀《すざく》大路の東西に並べて率い、この時左将軍正五位上《しょうごいのじょう》とある。同四年に従四位下《じゅしいのげ》となり、同七年十一月に再び左将軍となる。霊亀《れいき》元年（七一五）一月従四位上となり、同五月中務《なかつかさ》卿、養老二年（七一八）三月中納言、同三年一月正四位下、同九月山背国の摂官《せつかん》（職務の兼務）、同四年三月征隼人《せいはやと》持節《じせつ》将軍となり、同六月隼人反乱の鎮定を慰問され、同八月帰京し、同五年一月従三位《じゅさんみ》となる。天平三年（七三一）一月従二位《じゅにい》となり同七月没した。以下、『万葉集』によれば神亀五年（七二八）春ころに大宰帥として着任。着任後に同行した妻を失う。この時、筑前国守の山上憶良が旅人の悲しみを慰め、以後に二人の交流が始まる。天平二年正月に官邸で梅花の宴を開く。同十一月大納言を兼任して大宰府から帰京した。『万葉集』に長歌一首、短歌七十首を残し、『懐風藻《かいふうそう》』に漢詩一首を残す。

【参考】大伴旅人年表

年　代	西　暦	年齢	旅人の事績とその時代
天智4	六六五	1	奈良県明日香で旅人誕生。前年、白村江で敗戦。百済渡来人来日。
天智6	六六七	3	近江大津宮遷都
天智7	六六八	4	蒲生野遊猟（薬狩り）
天智8	六六九	5	藤原鎌足没
弘文元 天武元	六七二	8	壬申の乱。近江朝敗北により弘文天皇（大友皇子）自殺。天武天皇は勝利して飛鳥浄御原宮へ遷都。
天武5	六七六	12	舎人親王・長屋王誕生（一説）
天武9	六八〇	16	藤原武智麿誕生（不比等長男）
天武10	六八一	17	藤原房前誕生（不比等次男）

天武15	六八六	22	天武天皇没。大津皇子謀反。持統天皇称制。建元して朱鳥元年。
持統8	六九四	30	藤原宮遷都。藤原宇合誕生（不比等三男）
持統9	六九五	31	藤原麿誕生（不比等四男）
文武元	六九七	33	軽太子即位し文武天皇。藤原宮子（不比等の女）を夫人とする。
文武大宝元	七〇一	37	第七次遣唐使派遣。山上憶良遣唐使少録拝命。大宝律令完成。
文武慶雲2	七〇五	41	大伴安麿大納言任命。
元明和銅元	七〇八	44	文武天皇没。元明天皇即位。
元明和銅3	七一〇	46	平城京遷都。左将軍大伴旅人朱雀門に隼人・蝦夷らを率いる。正五位上。
元明和銅4	七一一	47	旅人従四位下。
元明和銅5	七一二	48	太安万侶『古事記』撰録。
元明和銅6	七一三	49	「風土記」の編纂の詔
元明和銅7	七一四	50	旅人正五位上左将軍
元正霊亀元	七一五	51	元正天皇即位。旅人従四位上中務卿
元正霊亀2	七一六	52	山上憶良伯耆守
元正養老2	七一八	54	養老律令撰進。旅人中納言。大伴家持誕生（大伴系図）。
元正養老3	七一九	55	旅人正四位下。山背国摂官。
元正養老4	七二〇	56	『日本書紀』撰進。旅人征隼人持節大将軍。八月帰京。
元正養老5	七二一	57	元明天皇没。旅人従三位。山上憶良東宮に侍る。
元正養老7	七二三	59	沙弥満誓筑紫観音寺造営に着手。「常陸国風土記」完成。
聖武神亀元	七二四	60	聖武天皇即位。神亀に改元。吉野行幸に旅人応詔歌（未奏）
聖武神亀3	七二六	62	この年、山上憶良筑前守か。後期難波宮造営の詔。

聖武神亀5	七二八	64	旅人春ころに大宰帥着任。同行の妻を亡くす。旅人「禍故重畳」の歌。憶良「悼亡詩文」「日本挽歌」で旅人を慰める。香椎廟参拝。
聖武天平元	七二九	65	長屋王謀反の罪で自刃。瑞亀が現れ天平に改元。光明子立后。
聖武天平2	七三〇	66	大宰府で「梅花の宴」が開かれる。松浦河遊覧。旅人大納言として上京。大宰府官人たちの送別の歌。
聖武天平3	七三一	67	旅人従二位。七月旅人没。聖武天皇宸翰「雑集」書写。
聖武天平4	七三二		山上憶良帰京。
聖武天平5	七三三		山上憶良没。第九次遣唐使派遣。『万葉集』第三期の終わり。

Ⅲ　大伴旅人の作品を読む

一、巻三の作品を読む

『万葉集』は全二十巻で編纂されていて、それぞれの巻は独自の性格を持っている。巻三は雑歌（儀礼や公的な歌）・譬喩歌（譬喩表現による恋歌）・挽歌（死者を哀悼する歌）により分類され、最も古い聖徳太子の挽歌は例外的に載るが、七〇〇年代後半の持統朝に活躍する柿本人麿の作品から奈良朝の作品までの巾広い作品を収める。旅人の「讃酒歌十三首」はこの巻三に収録されている。

1 **吉野従駕の歌**（巻三・三一五～六）

暮春《ぼしゆん》の月《つき》に、芳野《よしの》の離宮《りきゆう》に幸《いでま》しし時《とき》に、中納言大伴卿《ちゆうなごんおほともきやう》の、勅《みことのり》を奉《うけたまは》りて作《つく》れる歌一首《うたいつしゆ》〔并《あは》せて短歌《たんか》、未《いま》だ奏上《そうじやう》を逕《へ》ざる歌《うた》〕

み吉野《よしの》の　芳野《よしの》の宮《みや》は　山《やま》からし　貴《たふと》く有《あ》らし　水《かは》からし　清《さや》けく有《あ》らし　天地《あめつち》と　長《なが》く久《ひさ》しく　万《よろづ》
代《よ》に　改《かは》らず有《あ》らむ　行幸《いでま》し処《ところ》　（巻三・三一五）

反《はん》歌《か》

昔見《むかしみ》し　象《きさ》の小河《をがは》を　今見《いまみ》れば　弥清《いよよさや》けく　成《な》りにけるかも　（同・三一六）

暮春之月、幸芳野離宮時、中納言大伴卿、奉勅作歌一首〔并短歌、未遥奏上歌〕

見吉野之　芳野乃宮者　山可良志　貴有師　水可良思　清有師　天地与　長久　萬代尓　不改将有　行幸之處

反　歌

昔見之　象乃小河乎　今見者　弥清　成尓来鴨

暮春の月、芳野離宮に行幸があった時に、中納言大伴卿が、勅を承って作った歌の一首〔并せて短歌、未だ奏上を経ていない歌〕

み吉野の、この芳野の宮は、山としての性質からか、貴くあるようだ。川としての性質からか、清らかにあるようだ。天地と共に、長く久しくあることだろう、万代にも、変わらずにあることだろう、天皇の行幸されるこの処は。

反　歌

かつて見た、象の小河を、今こうして見ると、いよいよ清らかに、成ったことであるよ。

○暮春之月　春三ヶ月の最後の月。季春をいう。**○幸芳野離宮時**　「幸」は行幸。天皇が各地を廻って天下に恩徳という幸を与える儀礼。『続日本紀』によれば神亀元年（七二四）三月一日から五日に行われた聖武天皇吉野行幸を指す。二月に元正天皇から譲位があった。新天皇としての最初の行幸。**○中納言大伴卿**　中納言は太政官の次官。従三位相当。大伴卿は大伴旅人。経歴参照。**○奉勅作歌一首**　「奉」は承ること。「勅」は天皇の命令。ここは応詔の意。**○并短歌、未遥奏上歌**　短歌を併せたこと、また奏上を経ていない歌であることの注記。天皇の命はあったが奏上の機会を失ったことへの自注。「短歌」は長歌に付属して長歌の主旨を述べる形式の歌。**○み吉野の**　「み」は見て好い吉野と褒める接頭語。奈良県吉野郡の地。宮滝があり離宮が営まれ、山紫水明の神仙境とされた。かつて持統天皇は在位中に三十一回の吉野行幸を行った。**〇芳野の宮は**　「芳野」は吉野。宮は吉野離宮。宮滝の近傍に営まれた。**〇山からし**　「から」は「柄」で物の性質。山の性質は『論語』雍也の「先生がいった。智者は水を楽しみ、仁者は山を楽しむ。智者は動き、仁者は静かである。智者は楽しみ、仁者は長生きである」に基づく。仁者が山を楽しむのは、山は仁という徳と見なされたことによる。儒教的自然観の基本。山水仁智をいう。**〇貴く有らし**　貴くあるようだ。「有らし」はそう有ることが確かなことへの現在推量。**〇水からし**　「水」は漢籍では川をいう。「から」は前出。水の性質は山の性質と均しく『論語』の山水仁智に基づき、水は智者の徳と等しいとされた。**〇清けく有らし**　清らかにあるようだ。「有らし」は前出。**〇天地と**　天地と等しい永遠をいう。『魏詩』（巻九）嵆康《けいこう》「四言贈兄秀才入軍詩」に「人生寿促。天地長久」とある。**〇長く久しく**　『老子』の「天長地久」による。**〇万代に**　天皇の世の永遠をいう。『全晋文』温嶠《おんきょう》「諫太子馬射」に「万代の基を忘れず」とある。**〇改はらず有らむ**　今後も変わらずにあるだろうこと。万代不改をいう。『全漢文』賈誼《かぎ》「過秦論」に「二世はこれを受け、よって改めることはない」とある。「将有」は「将に有らんとす」の漢文訓読。**〇行幸し処**　天皇の行幸は天を敬し民を重んじ、天子の恩徳を天下に恵むことにあるので幸という「処」を「宮」とする写本もあり、そうすると「行幸の宮」となる。**〇反歌**　長歌に付属して長歌の主旨を述べる形式の歌。ただし題詞の注に「短歌」とあり、長歌に付属する短歌は反歌とは性格を異にして接続は緩やか。**〇昔見し**　かつて作者が経験したことをいう。**〇象の小河を**　象川をいう。象山から吉野の宮滝へ流れる吉野川の支流。**〇今見れば**　昔に対して今の象の小川を見ること。**〇弥清けく**　いよいよ清らかであること。天皇の徳である「清明」を示唆。**〇成りにけるかも**　清くなったことよ。「かも」は詠嘆。

【鑑賞】旅人の唯一の長歌である。詔に応じるために予め作った歌であり、それだけに良く練られた作品である。神亀元年（七二四）二月に元正天皇から聖武天皇への譲位があり、翌三月一日から五日にかけて新天皇の最初の吉野行幸が行われた。新しい天皇の誕生により宮廷は祝賀ムードで盛り上がっていたと思われ、宮廷を挙げての行幸が行われたのである。作者の大伴旅人は、歌を献上するように命を受けたのであろう。しかし、理由は不明だが献上には及ばなかったという。

　詔を受けた旅人は新天皇の即位を慶賀するために、この時代の最先端を行く賀歌を目指した。かつて柿本人麿は持統天皇の吉野行幸に従い、壮大な賀詞を二組も献上している。行幸に従駕して応詔歌を献上するのは極めて名誉であるから、旅人は十分に構想を練った。吉野の宮の自然を描くのに「山可良志　貴有師」「水可良思　清有師」という整然とした対句から始め、加えて「天地与　長久」「萬代尓　不改将有」と祝福の語を添える。それぞれを「山―水」「貴―清」「天地―萬代」「長久―不改」と合わせ、天皇が行幸する吉野の宮を称賛する。

　この表現は儒教と老荘の哲学を取り入れて、天皇の徳の称讃と恒久とを願ったもので、当時にあって斬新な頌詞である。「山可良志　貴有師　水可良思　清有師」は、先に掲げた『論語』の「智者は水を楽しみ、仁者は山を楽しむ」に基づくことが知られ、それをここに写して吉野の山水の徳と天皇の仁智の徳とを重ねる。川を水としたのは、「山水」に合わせている。しかも、山水仁智とは『韓詩外伝《かんしげでん》』に「仁者はなぜ山を楽しむのか。山は万物が仰ぎ見るものだからだ」「智者はなぜ水を楽しむのか。水は理に基づいて流れ行き、少しのものも残さない。智ある者に似ているからだ」とあり、山はすべてのものが仰ぎ見る徳を有し、水は小さな流れをも残さない徳を有することにある。

　このような智水仁山（智者は水を楽しみ、仁者は山を楽しむ）の徳は、そのまま天皇の徳として称讃されている。一方、「天地与　長久　萬代尓　不改将有」は、『老子』によれば「天地長久、天地所以能長且久者、以其不自生。故能長久。是以聖人後其身而身先、外其身而身存。非以其無私邪。故能成其私」（天地が長久である理由は、自ら生きようとしないからである。この無私にならう聖人は自らの身を後にして人々を先にする。無私であることで私を成りたたせるのだ）とあり、その思想に基づいて天皇は「無私」（無為）の心により民を先にする政治を行うことになるのであり、それゆえに、この吉野の宮は吉野の自然と等しく永遠不変の宮（天皇をいう）であると言祝ぐ。

　しかし、この歌は奏上する場と機会とを失った。このことは反歌の「昔見し」と関係するように思われる。反歌は旅人の昔の経験が話題となっている。未奏であったことにより本来の反歌と取り換えて（あるいは改変して）、後に改めて加えたのがこの短歌であろうと思われる。

2　故郷への思い（巻三・三三一〜五）

帥大伴卿《そちおほともきやう》の歌五首《うたごしゆ》

吾《わ》が盛《さか》り　復変《またをち》めやも　殆《ほとほと》に　寧楽《なら》の京《みやこ》を　見《み》ずか成《な》りなむ　（巻三・三三一）

帥大伴卿歌五首

吾盛　復将變八方　殆　寧楽京乎　不見歟将成

帥大伴卿の歌の五首

わたしの盛りは、かつてのようにまた若返ることがあろうかなあ。ほとんど、懐かしい奈良の京を、見ないで終わるのだろうか。

○帥大伴卿歌五首　「帥」は軍を率いる長官。ここは大宰帥で大宰府長官。大伴卿は大伴旅人。経歴参照。**○吾が盛り**　わたしの盛りはの意。失われた若さをいう。**○復変めやも**　「変」は変若。若きに変わること。『全三国文』阮籍「楽論」に「盛衰の代は相及び、古今の変若は一つである」とある。「八方」は係助詞「や」に助詞「も」の接続で疑問を含む詠嘆を表す。**○殆に**　ほとんどの意。**○寧楽の京を**　寧楽は奈良。「寧 nei 楽 laku」の父字 nela の反切的用法か。『楽府詩集』に「国家安寧、楽未央兮」（国家は安寧にして、楽しみはまだ半ばではない）から「寧楽」が導かれた。**○見ずか成りなむ**　見ずに終えるのか。故郷への思いと生命への不安をいう。「か」は疑問。

【鑑賞】旅人が長官として大宰府に着任し、それを迎えた大宰府の役人たちが歓迎の宴会を開いた。その時、大伴四綱が「藤波の花は盛りに成りにけり平城の京を念ほすや君」（巻三・三三〇）と詠んでいる。藤波の花の季節であるが、この花をご覧になって奈良の都が懐かしく思われるかという。四綱は辺境の大宰府に下った帥の心を推し測って慰めようとしたのである。それに対する答えがこの歌である。

たしかに、旅人の大宰府着任は六十五歳を迎えていたから、その年齢での大宰府下向は人生の最後の職務という思いがあったろう。老齢の旅人には遠の朝廷である大宰府はあまりにも遠過ぎた。旅人の願いはこれから数年の任務を果たし、生きて奈良の都へと帰ることである。国の内はみんな都だとは思うが、大宰府はやはり鄙であり、故郷は雲の遥か彼方である。「吾が盛り復変めやも」と漏らした不安は、大宰府に着任して間もない旅人のこれからの行方の心許なさによろう。「復変めやも」とは奈良の故郷へ帰るための若さの要求である。そこには遠の朝廷といいながらも辺境の地に違いなく、大宰府で身を終えるだろうという不安がある。宴会の挨拶歌にしては深刻であるが、それが旅人の真実な思いであった。

吾《わ》が命《いのち》も　常《つね》に有《あ》らぬか　昔《むかし》見《み》し　象《きさ》の小河《をがは》を　行《ゆ》きて見《み》む為《ため》　（巻三・三三二）

吾命毛　常有奴可　昔見之　象小河乎　行見為

わたしのこの命も、常のように有ってくれないかなあ。昔見た、吉野の象の小河を、ふたたび行って見るために。

○吾が命も　わたしのこの命はの意。旅人には命への拘りがある。**○常に有らぬか**　「常」は何時ものように。元気な状態を常とする。「ぬか」は否定の助動詞「ず」の連体形に係助詞「か」が接続して「〜ないかなあ」の意。**○昔見し**　かつて見たことをいう。**○象の小河を**　象山から吉野の宮滝へ流れ込む吉野川の支流の象川。**○行きて見む為**　象川を見るために生きること。旅人は神亀元年（七二四）三月の吉野行幸に従い応詔の歌（本巻三一五〜六番歌）を作り、反歌に「昔見し象の小河を今見れば弥清けく成りにけるかも」（三一六番歌）と詠んでいる。

【鑑賞】「わたしのこの命も、常のように有ってくれないかなあ」という感慨の中には、命の危機が意識されている。六十五歳の旅人には生が重要なものとして意識された。生命の危機を意識することで、過去が回想されたのである。旅人に思い出されたのは、吉野の象の小川である。宮滝から象山へと向かう山中の木陰から象の小川が吉野川へと流れ込んでいる。その清らかな水音を聞きながら、心も清められたのである。象川への思いは、かつて吉野に行幸した聖武天皇に従駕して吉野の山水の清らかさに驚いたことにある。それが長く記憶され思い出されるのである。しかし、それも遠い昔のことであるという。旅人が若い命を望むのは、懐かしい象の小川を見るためなのだという。それが命を愛惜する理由である。

浅茅原《あさぢはら》　曲曲《つばらつばら》に　物念《ものも》へば　故《ふ》りにし郷《さと》し　念《おも》ほゆるかも　（巻三・三三三）

浅茅原　曲曲二　物念者　故郷之　所念可聞

浅茅原の一面の茅、その茅花ではないがつまびらかに、あれこれと物を思うと、懐かしい明日香の故郷が、思われて来ることだなあ。

〇浅茅原　まばらに生える茅の原をいう。茅はチガヤ・ススキなどの総称。家の屋根を葺く建築材料として利用。茅の花を「つばな」ということから次の「曲」を導く。**〇曲曲に**　委曲を尽くすこと。「曲」は「つばら」で詳しいこと。『楽府詩集』「翳楽」に「曲曲として時に随い変わる」とある。**〇物念へば**　物思いをすること。「ば」は順接。**〇故りにし郷し**　懐かしい故郷をいう。「郷し」の「し」は強意。**〇念ほゆるかも**　「念ほゆる」は自然と思われること。「かも」は詠嘆。

【鑑賞】物思いをするうちに、懐かしい故郷のことが思われてくるという。この時代に故郷とは、古京の意味である。宮処が遷ると、そこは古い京となるからである。すべては新しい宮処へと移り、もとの京は静まりかえった故郷となる。旅人のいう故郷とは奈良の京ではなく、青春期を送った明日香や藤原の宮処であろう。その時代は、心身共に頑健で物思いなどはなかったに違いない。和銅三年（七一〇）には左将軍として隼人・蝦夷の異族を朱雀大路の東西に並べて率いるという華やかな時もあった。しかも、大伴氏の氏上として期待され、未来は大きな希望に満ちていた。老境の中に物を思うと懐かしい故郷へと至り着く。そこに大宰府における旅人の生が存在したのである。

萱草《わすれぐさ》　吾が紐に付く　香具山《かぐやま》の　故《ふ》りにし里を　忘れむがため　（巻三・三三四）

萱草　吾紐二付　香具山乃　故去之里乎　忘之為

物思いを忘れさせてくれるという忘れ草、わたしの紐に着けよう。あの懐かしい香具山の、故郷のことを忘れるためにも。

○萱草　萱草はユリ科の植物。身に付けると物思いを忘れるという。「萱草」は古注以来指摘されているように、『和名抄』に「兼名苑云萱草一名忘憂〔萱音喧　漢語抄云和須礼久佐　俗云如環藻二音〕」とある。古く『詩経《しきょう》』衛風「伯兮《はくけい》」に「焉得諼草、言樹之背、願言思伯、使我心痗」（忘れ草を得て背に付けるが、あの人が思われ、心が痛む）とある「諼草《えんそう》」が忘れ草で、後に「萱草」と書く。『初学記』「萱」に「説文に萱は忘憂草だという。束晳の発会説に、甘棗は人を惑わさない、萱草は憂いを忘れさせるという」とある。**○忘れむがため**　忘れようとするためにの意。**○吾が紐に付く**　「紐」は腰紐の帯。**○香具山の**　大和三山の一。**○故りにし里を**　宮処遷りした後の明日香をいう。

【鑑賞】旅人は神亀五年（七二八）の春ころに大宰帥に着任するが、一年後の神亀六年二月に長屋王事件が起きる。藤原光明子の立后を進める藤原四兄弟の新勢力に反対する長屋王は、彼らと激しく対立していた。旅人が大宰府へと向かったのは大宰府の軍の統率にあり、藤原兄弟はそれを旅人に命じたのであろう。旅人の大宰帥着任の背後にそのような状況があるとすれば、旅人の心境はきわめて複雑である。懐かしい奈良に帰るには大宰府の兵を動かしてはならず、動かさなければ長屋王を見殺しにする。事の真相は知られないが、奈良の都で憂うべき事態が起きるのを予想しつつ、旅人は大宰府へと下向したものと思われる。そのような大宰府下向を推測すれば、旅人の故郷回顧は老境によるものではない。「萱草を紐に付けよう」とは、懐かしい故郷へ帰ることの不可能な心境を指す。たとえ帰ったとしても、そこは楽しい都ではない。そのような背反する思いは却って故郷を思わせ、一時でも故郷を忘れたいと思うことになる。旅人は歌人である前に、善良な政治家であった。この歌は旅人を歓迎する宴に歌われた歌と一連の内容であるが、後日に追加されたと考えられる。

吾が行きは　久には有らじ　夢《いめ》の淵《わだ》　湍《せ》には成らずて　淵《ふち》に有らぬかも

（巻三・三三五）

吾行者　久者不有　夢乃和太　湍者不成而　淵有毛

わたしがこの大宰府へと下って来たのは、そう長い滞在ではない。だから吉野の夢の淵よ、浅瀬にはならないで、もとのままの淵であって欲しいことだ。

○吾が行きは　大宰帥として筑紫へ下向すること。京の自宅を起点とした言い方。**○久には有らじ**　長いことではないの意。任期を終えれば帰京すること。**○夢の淵**　吉野にある夢の淵という淵。宮滝にある淵への呼び掛け。「和太」は川の流れが曲がりくねっている淵。**○湍には成らずて**　浅瀬とならないこと。「湍」は早瀬。**○淵に有らぬかも**　淵にあってくれないか。ただし脱落が考えられ難訓。「淵不有加毛」とあるべきか。「淵に有らぬかも」と訓んでおく。「淵」は水が留まった深い所。「ぬか」は否定の助動詞「ぬ」に係助詞「か」の接続。

【鑑賞】「吾が行きは久には有らじ」からは京の家を出発する時の歌のようにみえるが、これも大宰府での歌であろう。この言葉には、すぐにも帰京出来る期待がある。奈良の家を出発してから大宰府まで「吾が行きは久には有らじ」と繰り返し心に唱えていたが、大宰府へ至ってもそれは続いていた。願うことは、一時も早く故郷へ帰り、懐かしい吉野の風景に出逢うことである。あの吉野の夢の淵は自分が帰るまで、かつて見たままの姿であって欲しいという。「夢の淵湍には成らずて淵に有らぬかも」には、旅人の祈る思いが込められている。川瀬は川の流れと共に変化するから、淵もやがて瀬となる。しかし、旅人にとって昔に見た思い出の淵こそ、本当の吉野の夢の淵であり、それが浅瀬となれば思い出もまた失われる。懐かしい風景は、大宰府という地に身を置くことで目前に現れたのである。この歌は前作と同じく後日に追加されたと考えられる。

3　讃酒歌十三首（巻三・三三八〜三五〇）

大宰帥大伴卿《だざいのそちおほともきやう》の讃酒歌《さんしゆか》十三首

験《しるし》無き　物を念《おも》はずは　一坏《ひとつき》の　濁《にご》れる酒を　飲むべくあるらし（巻三・三三八）

大宰帥大伴卿讃酒歌十三首

験無　物乎不念者　一坏乃　濁酒乎　可飲有良師

大宰の帥大伴卿の讃酒歌十三首

効果のないような、つまらぬ物などは思わないで、一坏の、濁り酒を、飲む方が良いらしい。

○大宰帥　大宰府の長官。大宰府は福岡県大宰府市に置かれた辺境防備の役所。白村江の敗戦（六六三年）以後に外国からの侵攻を防ぐ国防の拠点。九州・壱岐・対馬を管轄。現在都府楼跡が残る。**○大伴卿**　大伴旅人をいう。経歴参照。**○讃酒歌十三首**　酒を讃める歌の連作十三首。「讃酒」という考えは世俗や政事に背を向ける態度による。古代中国の文人に多くみえる。そこには形骸化した儒教政治への批判がある。飲酒文学の一。『全晋文』戴逵《たいき》に「酒賛并序」がある。仏教では「不飲酒」の罪。**○験無き**　効果もないこと。「験」は効験。**○物を念はずは**　無駄な思いなどしないで。政治を生真面目に考える役人への同情。「不〜者」は打消の助動詞「ず」に係助詞「は」の接続で「〜しないで」の意。**○一杯の**　盃に一杯だけの意。**○濁れる酒を**　どぶろくをいう。中国で清酒を聖人、濁酒を賢人と呼んだ故事がある。『文選』陶淵明「田居」に「濁酒聊か自適す」、『宋書』列伝に「濁酒は愁いを忘れさせ、図籍は相慰める」とある。濁酒は拗ねた文人の性質を表す。『晋書』列伝に「濁酒一杯、弾琴一曲」とある。**○飲むべくあるらし**　「らし」は確かなことへの現在推量。他人はそうは思わないだろうと想像されるが、自分には間違いないことをいう態度。ただし、それが絶対的に正しいという訳ではない気持ちの表れが「らし」にある。以下にも多く使われ、そこには旅人の自嘲がある。

【鑑賞】『万葉集』において一連十三首を連作することも、そのテーマが「讃酒」であることも珍しい。この時代に酒は宴席や祭りで飲むか、あるいは薬として利用するかである。薬を除けば集団の中で楽しむものであり、個人が飲酒を楽しむことは文学上に現れていない。

旅人の詠む酒は中国の魏晋時代の竹林七賢や陶淵明といった知識人たちの酒に類し、六朝的である。「讃酒」というテーマそのものも、魏の劉伶《りゅうれい》に「酒徳頌」があり、晋の戴逵《たいき》に「酒讃」がある。彼らは酒を飲むことで政治を批判し、世俗の愚を笑う。儒教主義の政治は形式のみを重んじ、また門閥政治が横行する時代の中で、士大夫や知識人たちは政治的不遇の時代を迎えた。それは旅人の飲酒に直接的に関与しないが、旅人の讃酒歌には七賢や陶淵明の飲酒の精神がみられ、背後には六朝の知識人と等しい孤独感が漂っている。

一連の十三首は、一定の構成を配慮して配列されたと思われる。三首一組を基準として、三首の最初の一首が柱の役割をつとめ、後の二首がその根拠を述べ、それを十二首まで繰り返し、十三首目の一首で結論としたと考えられる。以下の三首は、一首目が柱となり酒の価値を説き、その理由を続く二首で述べる。

「効果のないようなつまらぬ物などは思わない」という態度は、政治的な主張や議論に対してである。当時の政治は儒教思想を基準としていたから、効果のない物とは形骸化した儒教政治を指す。口角泡を飛ばして主張する真面目な論も、建前のみの理想を説く論も、何の効果もないのだという。そのような物を思うよりも、一杯の酒の方が勝っているというのは、政治や世俗から逃れる態度である。旅人には旅人なりの政治的理想があるが、そのような理想はいまの政治の中では通用しない。もちろん、国政を左右する議論と一杯の酒とを並べて、一杯の酒の方がすぐれているというのは、価値の転倒に過ぎない。しかし、そうした転倒にこそ、旅人が酒を讃める精神的根拠がある。

酒の名を　聖《ひじり》と負《おほ》せし　古昔《いにしへ》の　大き聖の　言《こと》の宜《よろ》しさ　（巻三・三三九）

酒名乎　聖跡負師　古昔　大聖之　言乃宜左

酒の名前を、聖人と名づけたという、古い時代の、偉大な聖人の、言葉の何と宜しいことか。

○酒の名を　酒に名前をつけたこと。**○聖と負せし**　聖人と名付けた酒をいう。三国魏の徐邈《じょばく》の故事。禁酒令が出されたことにより、清酒を聖人、濁酒を賢人と呼び酒を飲んでいた。『魏書』にみえる。**○古昔の**　魏の時代を指す。**○大き聖の**　聖人の上の大聖人をいう。『文選』班孟堅「幽通賦」の「世業の懐ふことに違う」の注に「孔叢子がいう、仲尼《ちゅうじ》の大聖、これより以降、世業は替わらないと」とある。ここは徐邈のことを指す。**○言の宜しさ**　その言葉の何と良いことかの意。

【鑑賞】酒の名前を「聖」と名づけたのは、魏時代の徐邈である。『魏書』の徐邈伝によれば、徐邈は禁酒令が出されても、ひそかに酒を飲んで酔っぱらっていた。それを咎める者がいて天子に忠告した。徐邈は普段から酒を飲み、清酒を聖人、濁酒を賢人といっていた。飲酒を咎められた徐邈は、「私は真面目な人間であり、顔が赤いのは聖人のすぐれた言に当たったからだ」と釈明して飲酒の罪を逃れた。聖人の言葉に感動し上気したというのである。儒教の政治のためには禁酒令も出される。政治と飲酒とは対立する概念であった。大聖とは儒教の祖の孔子であるが、旅人はそれと対比して徐邈が大聖だと褒める。そこにも価値の転倒が見られる。

古《いにしへ》の　七の賢しき　人等《ひとども》も　欲《ほ》り為《せ》し物は　酒にしあるらし　（巻三・三四〇）

古之　七賢　人等毛　欲為物者　酒西有良師

古い昔の、七人の賢い人たちも、欲しいと思ったものは、やはり酒であったらしい。

○古の　古は魏の時代（二五〇年前後）を指す。**○七の賢しき**　竹林の七賢をいう。三国魏の時代に世俗を嫌い竹林に隠れて清談したという七賢人たち。世俗のいう賢人とは対立する。『晋書』嵆康《けいこう》伝に「（嵆康と共に）神交する者は陳留の阮籍《げんせき》、河内の山濤《さんとう》、河内の向秀《きょうしゅう》、沛国の劉伶《りゅうれい》、籍の兄の子の咸《かん》、琅邪《ろうや》の王戎《おうじゅう》らで、竹林の遊びをして世に竹林七賢といわれた」とある。**○人等も**　竹林の七賢人たちをいう。**○欲り為し物は**　賢人でも欲したものはの意。**○酒にしあるらし**　酒であったらしい。酒の徳の保証をいう。

【鑑賞】竹林の七賢は、世に知られた賢人である。魏の時代に竹林に隠れ、世俗の愚かさや腐敗した政治に背を向けて清談をした。『晋書』の阮籍《げんせき》伝に阮籍は天下の名士に交わらず、世事にも関わらず、常に飲酒していたとある。門閥政治の時代に能力があっても評価されず、それで世事に与《くみ》せずに飲酒を常とした。その甥の阮咸《げんかん》も『晋書』の伝に、七月七日の曝涼《ばくりょう》の日に、隣の金持ちの阮家で錦を曝《さら》し目に鮮やかであったので、竿に大きな犢鼻褌《ふんどし》を掛けてそれを日に曝したという。他の七賢たちも同様にそうした奇行でならした。彼らは政治や世俗の愚を嘲笑し、癒されない心を酒に求めたのである。酒に酔っている間は世間の愚を忘れたからであり、そのために酒を飲み続けた。旅人が七賢に憧れたのは、彼らが世俗の賢人ではなく真の賢人だったからである。ここには、二つの「賢」の対立がある。

賢《さか》しみと　物言ふよりは　酒飲みて　酔《ゑ》ひ哭《な》きするし　益りたるらし

（巻三・三四一）

賢跡　物言従者　酒飲而　酔哭為師　益有良之

賢い人間であるといって、偉そうな物を言うよりも、酒を飲んで、酔い泣きする方が、勝っているようだ。

〇賢しみと　立派な人間であるといっての意。「賢」は形容詞「さかし（賢）」に接尾語「み」の接続で「立派であること」の意。「跡」は「～といって」。**〇物言ふよりは**　立派なことをいうよりは。「従」は「～より」。**〇酒飲みて**　酒を飲んでは。**〇酔ひ哭きするし**　酔って泣く酒癖をいう。泣き上戸。酔い哭きは世俗の賢と対立する意図的な態度。「し」は強意。『仏本行経』に「飲酔して狂い惑乱する」とある。**〇益りたるらし**　勝っているようだ。濁酒への称賛。

【鑑賞】「賢しみ」とは教養ある立派な賢人の態度である。後の歌に見える「賢良」に等しい。彼らの言説は常に正しく、それが正論である以上批判するのは困難である。そのような彼らは、賢人らしく立派なことをいう。しかし、その言葉には実践が伴わず、有言実行ではないのである。それを旅人が「賢しみ」と呼んだ時に、賢人の態度は転倒して「かしこぶる」という意味になる。建前のお喋りよりも、酒を飲んで酔い泣きをする方がまだ勝れているというのが旅人である。有言不実行であるよりは、一杯の酒で酔う人間を価値とする。もちろん酔い泣きは社会的にも人間的にも愚とみなされる対象であるから、「賢」と「愚」とが対立する。しかし、旅人はかしこぶる賢人を愚としてその価値を転倒させている。

言はむすべ　為《せ》むすべ知らず　極《きは》まりて　貴《たふと》き物は　酒にしあるらし　（巻三・三四二）

将言為便　将為便不知　極　貴物者　酒西有良之

言うべき方法も、なすべき方法も分からないほどに、極まって、貴い物は、酒にこそあるようだ。

〇言はむすべ　言うべきてだてをいう。「すべ」は手段。『史記』皇祖本紀に「諸君は必ず為便《すべ》を以て、国家に便じよ」とある。**〇為むすべ知らず**　為すべき方法も知らないこと。**〇極まりて**　感極まること。**〇貴き物は**　諸物の中で貴い物は何かの意。**〇酒にしあるらし**　酒にこそあるらしい。

【鑑賞】立派な言説よりも一杯の酒が勝るという根拠は、どこにも存在しない。どこにも存在しないが、酒を飲めば知られるという。なぜなら、何と言って良いのか、どうしたら良いのかも分からないほどに貴いからである。酒は立派な言葉を遥かに超え、酔えば宇宙的な存在となる。七賢たちが欲したのは、そのような酒の徳である。『全晋文』戴逵の「酒賛并序」には、「酒に酔えば何物も目に入らず、何物も耳に入らず、楽しいばかりだ」という。『全宋文』顔延之の「陶徴士誄」（陶淵明に対する弔辞）に「心は異書を好み、性は酒徳を楽しむ」とある。

中々《なかなか》に　人と有らずは　酒壺《さかつぼ》に　成りにてしかも　酒に染《し》みなむ　（巻三・三四三）

中〻尒　人跡不有者　酒壺二　成而師鴨　酒二染甞

中途半端に、人でなんかあるよりは、いっそ酒壺に、成ってしまいたいことだ。そのようにして酒に染みよう。

○中々に　中途半端であることをいう。**○人と有らずは**　人としてあるよりはの意。「不〜者」は打消の助動詞「ず」の連用形に係助詞「は」の接続で「あるよりは」の意。**○酒壺に**　酒を入れる壺をいう。**○成りにてしかも**　そのようになってしまいたいこと。「かも」は詠嘆。呉の鄭泉《ていせん》の故事。『三国志』呉書の「呉主伝」の注に、「鄭泉字は文淵、陳郡の人。博学にして奇志あり、性は酒を嗜《たしな》み、その間つねにありていう、願うことは美酒を得て五百斛《こく》の船に満たし云々」とある。**○酒に染みなむ**　身も心も酒に染みること。「なむ」は強い意志。

【鑑賞】中途半端な人間であるよりも、酒壺になってしまおうという。酒飲みならば中途半端な人生よりも、酒壺になることを希望するかも知れない。そのような意表をつく態度は、三国呉国の鄭泉《ていせん》に倣おうとしたからである。先の『三国志』呉書の「呉主伝」によれば、鄭泉は大酒飲みで、その遺言に自分が死んだら陶器を造る家の側に葬れと依頼する、その理由は百年の後に土になり、陶家に取られて酒壺になるかも知れないからだという。酒飲みの極みを行く故事であるが、それほどまでに酒を愛好するのは、この世の不合理を正気で見たり聞いたりすることが出来ないからである。真面目に生きることは人として大切なことだが、それを世間や社会が歓迎しているわけでもない。それゆえ、真面目なほどこの世は生きにくい。旅人が酒壺となり酒に染みるのを希望するのは、正気で生きていくことが出来ないからである。これも酒が貴いことの根拠である。

あな醜《みにく》　賢良《さかしら》を為《す》と　酒飲まぬ　人をよく見れば　猿にかも似る　（巻三・三四四）

痛醜　賢良乎為跡　酒不飲　人乎熒見者　猿二鴨似

ああひどくみっともないことだ。立派なことをするといって、酒を飲まない、そんな人をつくづく見ると、猿に似ていることだ。

○あな醜　「あな」は詠嘆。ああ。「醜」は恰好が悪いこと。羞じるべき態度をいう。**○賢良を為と**　立派な振る舞いをするといっての意。「賢良」は賢良方正《けんりょうほうせい》の士をいう。隋時代の科挙《かきょ》試験に賢良コースがあり、これに合格した最高級の官吏が賢良とされた。科挙以前にも『史記』孝文本紀に「賢良方正の能く直言極諫《きょっかん》する者を挙げ、朕の逮《およ》ばざるを正せ」とあり、『全漢文』文帝に「賢良文学を策する詔」がある。**○酒飲まぬ**　酒も飲まずにいる人。禁酒令に背かない生真面目な人をいう。仏教の戒めに「不飲酒《ふおんじゅ》」がある。**○人をよく見れば**　その人をよくよく見るとの意。「熒」はよくよく。「ば」は順接。**○猿にかも似る**　赤い顔の猿に似ていることよの意。

【鑑賞】　みっともないのは、「賢良《さかしら》」をすることだという。「賢良」とは形容詞の「賢し」に接尾語「ら」の接続で「かしこぶる」意とされる。しかし、これは「賢良」という漢語を「賢しら」へと翻訳した旅人の造語である。賢良は中国の隋時代から行われた科挙試験の一つの科目であり、これに合格すれば大変な財産と権力を手に入れることが出来た。科挙以前においても賢良を推挙する制度があり、『史記』平津侯主父列伝によれば、天子が即位した時に賢良文学の士を招き、この時六十歳の公孫弘が賢良に徴《め》されて博士となった。平津侯とは公孫弘のことで、絶大な権力を揮った。古代日本では『続日本紀』文武天皇大宝三年（七〇三）七月に「詔して五位已上の賢良方正の士を挙げしむ」とあるのが初見で、五位以上の者から「賢良方正の士」の推挙が命じられている。古代日本では科挙試験でなく、周囲からの推挙制で賢良が取り立てられた。この賢良方正の士は儒教の教えを理解して政治を行う知識人たちであり、『漢書』の文帝紀に見える賢良の士は、天子に直言極諫《きょっかん》する役割を担う。そのような賢良の言は常に正しい。それを旅人は「醜」であるという。酒も飲まずに得々と道理を並べ、その熱意によって顔が真っ赤に上気しているからである。それを、まるで赤い顔をした猿のようだ笑う。酒を飲み顔を赤くしているのも猿のようであるが、ここにも酒による価値の転倒が窺える。

価無《あたひな》き　宝と言ふとも　一坏《ひとつき》の　濁れる酒に　あに益《まさ》めやも　（巻三・三四五）

價無　寶跡言十方　一坏乃　濁酒尒　豈益目八方

値段も付けられない、そんな宝玉だといっても、一坏の、この濁り酒に、どうして勝ることがあろうかなあ。

○価無き　値段のつけられない無価宝珠を指す。『仏本行集経』本縁部に「時に彼の商主海に入り、既に無価宝珠を得る」とある。**○宝と言ふとも**　無価宝だといってもの意。「とも」は逆接。**○一杯の**　盃に一杯をいう。**○濁れる酒に**　濁り酒をいう。拗ねた文人の性質に適合する飲み物。『晋書』嵆康《けいこう》伝に「濁酒一杯、弾琴一曲」とある。嵆康は竹林七賢の一人で酒を好んだ。**○あに益めやも**　「あに」は漢文訓読の用法による反語。「やも」は係助詞「や」に詠嘆の助詞「も」の接続で疑問を含む詠嘆を表す。

【鑑賞】酒の価値を論ずることは困難であり、酒の素晴らしさは理屈ではない。しかし、値段が付けられないような宝物でも、一杯の濁り酒に比べれば価値などないと旅人は主張する。「価無宝」は無価宝珠のことで、この世の最高の宝である。王侯貴族はその宝を手に入れるために躍起になるが、それを手に入れたとしても、人間の孤独や哀しみをなくすことは出来ない。それゆえに、旅人はそれを癒やすたった一杯の濁酒にこそ価値があると説くのである。

夜光《よるひか》る　玉と言ふとも　酒飲みて　情《こころ》を遣《や》るに　あに若《し》かめやも　（巻三・三四六）

夜光　玉跡言十方　酒飲而　情乎遣尓　豈若目八方

夜に光る、玉だとはいっても、酒を飲んで、心を解き放つことに、どうして及ぶだろうかなあ。

○夜光る　夜の闇にも輝くこと。**○玉と言ふとも**　夜光の璧《へき》だといっても。この玉を王侯貴族らが欲した。中国では古くから西域に出るという。『後漢書』西域伝に「夜光璧、明月珠あり」とある。「とも」は逆接。**○酒飲みて**　濁り酒を飲むこと。**○情を遣るに**　心を解放すること。『全斉文』王融「大忍悪対篇頌」に「情を遣り事を遣り復何をか想う」とある。また『宋書』王微《おうび》列伝に「濁酒は愁いを忘れさせ、図籍は相慰める」という。**○あに若めやも**　「あに（豈）」は「どうして〜であろうか」の意。「若」は及ぶこと。

【鑑賞】　無価宝珠は一杯の濁酒に及ばないとした旅人は、同じ論法で夜光の玉も無価値な宝だと否定する。夜光の玉は「夜光の璧」で知られる宝物であり、権力者が求めて止まない宝として中国の文献に多く見られる。しかし、それも旅人によって何の価も無い宝へと転落させられる。それよりも、濁酒を飲んでこの憂鬱の心を追い払うことの方が価値が高いのだとする。夜光の璧と対極にある無価値な一杯の濁酒の価値を説くのは、この世の真実を示すためである。「情を遣る」とは、人生の悲しみや苦しみを追放することである。そこに酒の貴い根拠が示されている。

世間《よのなか》の　遊《あそ》びの道に　冷《すず》しくは　酔《ゑ》ひ泣き為るに　有るべかるらし　（巻三・三四七）

世間之　遊道尓　冷者　酔泣為尓　可有良師

世の中の、遊びの道にあって、心が清められるものは、酔い泣きするのに、有るべきであるようだ。

○世間の　人の生きている現世。仏教語の世間。無常の世をいう。『長阿含経』に「我世間の半ばに及び常に半ばは無常」とある。**○遊びの道に**　俗人の遊楽の道においての意。『漢書』公孫劉田王楊蔡陳鄭伝の楊敞《ようしょう》に「君子の遊びの道は、楽しみ以て憂いを忘る」とある。**○冷しくは**　「冷」は冷たいことから気持ちがすっきりすること。清涼なこと。**○酔ひ泣き為るに**　酔って泣くこと。世間では嫌われる行為。**○有るべかるらし**　有るのが良いようだ。世俗の賢人ではないことの主張。

【鑑賞】世間の遊びの道とは、貴族ならば蹴鞠や猟などスポーツ関係であろう。あるいは、歌舞音曲や囲碁などの文化的な遊びもある。それらがどれほど遊びの道といえるのか、旅人は疑問とする。それよりも、世間の遊びの道で優れているのは、酒を飲んで酔い泣きをすることだという。前掲「君子の遊びの道は、楽しみ以て憂いを忘る」というように、遊びは憂いを忘れさせるという。しかし、旅人は君子の遊びに価値を置かず、爽やかな遊びの道は酔い泣きにあると断言する。酔い泣きは俗世間を棄てた者の遊びであり、世間の者が愚と思う酔い泣きこそが遊びの本道だとする。

この代《よ》にし　楽しくあらば　来《こ》む生《よ》には　虫に鳥にも　吾は成りなむ　（巻三・三四八）

今代尓之　楽有者　来生者　蟲尓鳥尓毛　吾羽成奈武

この世において、楽しくさえあれば、来世においては、虫にでも鳥にでも、わたしはなりましょうよ。

○この代にし　今の世にあっての意。この世に生きてあることの意義を問う。**○楽しくあらば**　生は楽しむべきこと。『漢詩』「西門行」の「人生百に満たず。常に千歳の憂いを懐く」を背景とする。「ば」は仮定の順接条件。**○来む生には**　来世をいう。仏教語。死後に輪廻《りんね》転生《てんせい》して生まれる世。『雑阿含経』に「願わくは来世に福を求めん」とある。**○虫に鳥にも**　虫にも鳥にもなること。五戒を破ると人間以外に輪廻するという仏教思想。『仏般泥洹経』に「心は畜生虫蟻鳥獣を取る」とある。**○吾は成りなむ**　わたしは成りましょう。来生への自棄の態度。「なむ」は強意。

【鑑賞】　飲酒は五戒の不飲酒を破る罪である。これは仏教の説く戒律であり、当時の知識人の基礎知識である。飲酒の戒めについて『正法念処経』では「今説く飲酒楽行の多く作すは、則ち叫喚大地獄の中に生まる」と戒める。それは出家者にのみ科されたのではなく、在家者にあっても不飲酒を含めた五戒を守らなければならなかった。その根拠は生命が輪廻するからであり、戒めを破れば次の世に福を得られず、地獄や人間以外のものに生まれ変わるからである。そうした輪廻の教えは中国六朝時代に深刻に受け止められて、中国社会に仏教が広く受け入れられる要因となった。しかし、旅人はこの不飲酒の戒めに対して宣戦布告をする。酒を飲んで今の世を楽しむことが出来れば、あとは虫にも鳥にもなって良いのだという。そこには現実主義者の態度がある。仏教が隆盛していた奈良朝初頭に、このような仏教への挑発を可能としたのは、酒への確かな信頼からである。七賢たちの酒が旅人の精神を支えていた。

生《い》ける者　遂《つひ》にも死ぬる　物にあれば　この生《よ》なる間《ま》は　楽しくをあらな

（巻三・三四九）

生者　遂毛死　物尒有者　今生在間者　楽乎有名

生きている者は、ついには死んでしまう、そうした物であるので、この世に生きてある間は、ともかくも楽しくありたいものだ。

○生ける者　この世に生きる者をいう。死を前提として生きていること。『長阿含経』に「生者は死なざるはなし」とある。**○遂にも死ぬる**　必ず死ぬという運命。必滅をいう。『増壹阿含経』に「一切行無常、生者は必ず死あり」とある仏教の説く道理。**○物にあれば**　生者は死ぬものであるのでの意。「ば」は順接。生者必滅をいう。『文殊師利問経』に「生者必滅、これ一切諸法念生滅をいう」とある。**○この生なる間は**　せめてこうして生きている間のことはの意。『大般若波羅蜜多経』に「今生人中にかくの如き甚深般若波羅蜜多を聞く」とある。仏教で「今生」は仏の言葉を聞く唯一の機会とする。**○楽しくをあらな**　酒を飲んで楽しくありたいことをいう。『漢詩』「西門行」に「人寿は金石にあらず、年命安んぞ期すべし。貪財愛おしみ費えを惜しみ、ただ後世の嗤いとなる」とある。「を」は強め。「な」は願望。

【鑑賞】生者必滅の道理は仏教の教えであり、それは無常を意味する。後生のためには善を積み、悪をなさないことが説かれた。それは世の道理として当時の人たちに理解され、旅人もそのように理解している。だが、そこに疑われるのは「来世」が存在するのか否かである。来世が存在しなければ、仏の教えは詐偽である。後漢の時代、范縝《はんしん》が「神滅論」《しんめつ》（魂は滅びるの論）を論じたのに対し、仏教側が「神不滅論」（魂は滅びないの論）で反論した。魂は存在するか否かをテーマとした、儒教と仏教との論争である。いま旅人もその論争に加わり、立場は「神滅論」にある。生者必滅という道理は古今の真理だが、それと来世が存在するという理屈とは別である。魂の存在が保証されない限り、来世は保証されない。それゆえに、生者必滅という道理に基づくならば、生きている内に楽しく遊ぶ方がましではないかというのが旅人の「神滅論」である。魏の武帝は「短歌行」で「酒に対して歌うべきだ。人は幾何も生きられない。朝露のようなもの。去った日々は苦しみが多かった。怒りそして悲しむべきだ。憂いは忘れ難い。何で憂いを忘れよう。ただ杜康《とこう》があるのみだ」と歌い、人生の憂いを解くのは杜康（杜氏の名で酒を指す）のみだという。それに倣い、旅人も今生の憂いを解くのは酒にあるとする。それも酒の貴い理由の一つである。

黙然《もだ》居《を》りて　賢良《さかしら》するは　酒飲みて　酔《え》ひ泣きするに　なほ如《し》かずけり　（巻三・三五〇）

黙然居而　賢良為者　飲酒而　酔泣為尒　尚不如来

余計なことは言わず、立派な行為をするのは、酒を飲んで、酔い泣きをするのに、およそ及ぶものではないのだ。

〇黙然居りて　余計なことを言わずに、生真面目な態度であること。**〇賢良するは**　立派な官吏として公務を行うこと。「賢良」は勝れた官人。「賢良」という官吏登用試験に合格した者をいう。三四四番歌参照。**〇酒飲みて**　濁り酒を飲んでの意。**〇酔ひ泣きするに**　酔って泣きわめくこと。下品な飲酒。賢良と対立させている。**〇なほ如かずけり**　「なほ」はやはりの意。「如かず」は及ばないこと。賢良は酔い泣き以下であること。

【鑑賞】この歌は一連十三首の最後を飾り、独立して十三首全体の結論とする。「黙然」として「賢良」をするのは真面目な官僚であり、儒教の正しい政治を行う者である。寡黙にして実践家で、しかも酒は飲まない。「賢良」とは科挙試験（官吏登用試験）の「賢良」という分野をいい、中国全土から集まる受験生の中から、せいぜい一人か二人が合格する程度の難関である。賢良試験に合格した者は賢良と呼ばれ、天子に直接諫言することが出来た。そのため絶大な権力を握った。「賢良」とはそうした官吏を指し、旅人が酔い泣きをもって立ち向かうのは、他に手立てがないからである。いわば、賢（高級官吏）に対しては愚（酔い泣き）という理屈である。

こうして「讃酒歌十三首」は展開してきたが、旅人の主張する「讃酒」の主旨となる骨格は、それぞれの柱が「賢良」の否定と「酔哭」の肯定という繰り返しにある。

旅人の「讃酒歌十三首」は、『万葉集』の中でも特異な存在である。そこには中国魏晋六朝時代の風を受けていることは明らかであり、そのような精神性が古代日本にも育ってきたことを意味している。それは旅人の生の実態や政治力学に沿うか否かという問題にあるのではなく、酒という具に基づいて思いを述べる精神文化の成熟の問題である。飲酒文化の広がりや成熟は、このような所から出発したのである。日本最初の「飲酒文学」の登場である。

4　故人を偲ぶ歌（巻三・四三八〜四五三）

神亀五年戊辰《ぼしん》に、大宰帥大伴卿の故人を思《しの》ひ恋ふる歌三首

愛《うるは》しき　人の巻きてし　敷細《しきたへ》の　吾が手枕を　巻く人あらめや
（巻三・四三八）

右の一首は、別れ去りて数旬を経て作れる歌なり

神龜五年戊辰、大宰帥大伴卿思戀故人歌三首

愛　人之纒而師　敷細之　吾手枕乎　纒人将有哉

右一首、別去而經數旬作謌

神亀五年戊辰に、大宰帥の大伴卿が故人を思慕した歌の三首
愛しい、妻が巻いた、夜床の、わたしの手枕を、これから巻く人はあるのだろうか。
右の一首は、別れ去って数旬を経て作った歌である。

○神亀五年戊辰　七二八年。**○大宰帥大伴卿**　大宰帥は大宰府の長官。大伴卿は大伴旅人。経歴参照。大宰府は九州防備・外国関係処理の役所。福岡県大宰府に置かれた。**○思恋故人歌三首**　故人は亡き妻。旅人は大宰府下向に従った妻の大伴郎女を着任早々に失った。「思恋」は恋い慕うこと。『文選』潘安仁「思旧の賦」の「依依《いい》」の注に「依依、思恋の貌」とある。**○愛しき**　心から愛しいと思うこと。**○人の巻きてし**　「人」は旅人の妻。「巻」は巻き交わすこと。**○敷細の**　床に敷く布の意から次の「枕」を導く枕詞。**○吾が手枕を**　「手枕」は男女が共寝の時に相手の腕を枕とすること。**○巻く人あらめや**　「めや」は推量の助動詞「む」の已然形に反語の係助詞「や」の接続。**○右一首、別去而経数旬作歌**　「別去」は妻と死別したこと。「旬」は一旬を十日とする算法。「数旬」は数十日。

【**鑑賞**】大宰帥として神亀五年春ころに着任したが、間もなく同道した妻の大伴郎女を失う。妻が去ってから数旬を経て作った歌と左注にあるから、一カ月近くを経たころに詠んだ歌であろう。愛しい妻が巻いてくれた手枕とは、妻との共寝のことであり、妻が手を枕としてくれたのである。これは夫婦の寝室の内側のことであるが、それを表に出すことで愛の表現とした。しかし、妻の死の悲しみを共寝の形で表現するのは、この歌が非公開を前提として成立したからであろう。愛の歌が現実を超えた中にあるのに対して、この場合は現実の中にある夫婦の関係を描く。悲しみの感情が趣くままに、旅人はその心を詠んだのである。心に生じる悲しみを等身大に写し取ることから、夫婦の寝室

のこともその範囲にある。個人の出来事を文字に写し取る時代にあって、歌は書くことで思いが深められ、慰められる新たな機能性を獲得したのである。

還《かへ》るべく　時は成りけり　京《みやこ》にて　誰《た》が手本《たもと》をか　吾が枕《まくら》かむ　（巻三・四三九）

応還　時者成来　京師尓而　誰手本乎可　吾将枕

故郷へ帰るべき、時になったことだ。京の家にあって、いったい誰の袂を、わたしは枕として巻くのか。

〇還るべく　大宰帥の任を終えて奈良へと帰ること。旅人は天平二年（七三〇）十月に大納言兼任の命を受け、十二月ころ帰京。**〇時は成りけり**　その時と成ったこと。本来は喜ぶべきこと。**〇京にて**　都の家ではの意。平城京北側の佐保に大伴氏の本家がある。「京師」は『文選』班孟堅《はんもうけん》「両都の賦」の注に「京師《けいし》は、天子の居である」とある。**〇誰が手本をか**　「手本」は袂で袖をいう。袂を交わすのは妻以外は居ないの意。**〇吾が枕かむ**　妻の手を枕として共寝すること。妻がいないことへの寂寥をいう。

【鑑賞】　旅人は大宰府着任以降、奈良の京への思慕の中にあった。いよいよ京へと帰る時が来たのだが、旅人の心は空虚である。大宰府下向の時は妻と一緒であったが、帰りは一人だからである。京の家に帰っても、いったい誰の袂を枕として巻くのかという思いは、妻との共寝の叶わない悲しみを先取りした表現である。妻の袂を巻いて共に寝ること、それが妻を愛おしむことだと思う旅人に、京での生活は空虚そのものとして映る。前歌に類似するのは、妻への思いが行きつ戻りつしながら思われるからである。

京《みやこ》なる　荒れたる家に　一人宿《ね》ば　旅にまさりて　苦しかるべし　（巻三・四四〇）

右の二首は、近く京《みやこ》に向かふ時に臨みて作れる歌なり

在京師　荒有家尓　一宿者　益旅而　可辛苦

右二首、臨近向京之時作歌

奈良の京にある、荒れてしまったわが家に、一人で寝ると、旅にも勝って、辛いことであろう。

右の二首は、近く京に向かう時に臨んで作った歌である。

○京なる　奈良の京にあること。「なる」は「～にある」の約音。**○荒れたる家に**　家も荒れているが、旅人の心も悲しみで荒れていること。**○一人宿ば**　独り寝をすること。「宿」は寝ること。**○旅にまさりて**　旅の辛さ以上の辛苦をいう。**○苦しかるべし**　妻のいないことの苦しみをいう。**○右二首、臨近向京之時作歌**　「臨近」は大宰府を離れ近く京に向かうこと。

【鑑賞】　大宰府下向の道中で、妻は名所や景勝地に感動していた。その妻を伴うことなく京に帰ったならば、荒れたわが家はこの旅よりも辛いことだろうという。「荒れたる家」とは、長く大宰府にいて家を留守にしたことによるが、もちろん、本邸は資人たちが残っているから荒れることはない。これは妻の居ない家に対する心裡的表現であり、旅人の心の中に思われる荒れた家である。あれほどまでに京へ帰ることを期待していた心と、京に帰り妻の居ない荒んだ家とが対比されることで、旅人の背反する心の悲しみが捉えられている。

天平二年庚午《かうご》冬十二月に、大宰帥大伴卿の京《みやこ》に向かひて上道《じやうだう》の時に作れる歌五首

吾妹子《わぎもこ》が　見し鞆《とも》の浦の　天木香《むろ》の樹《き》は　常世に有れど　見し人そなき

（巻三・四四六）

天平二年庚午冬十二月、大宰帥大伴卿向京上道之時作歌五首

吾妹子之　見師鞆浦之　天木香樹者　常世有跡　見之人曽奈吉

天平二年庚午冬十二月に、大宰帥大伴卿が京に向かう上道の時に作った歌の五首

わたしの愛しい妻が、来る時に一緒に見た鞆の浦の、天木香の樹は、常世にあると聞くけれども、見た妻はもういないことよ。

○天平二年庚午冬十二月　聖武朝の七三〇年十二月。**○大宰帥大伴卿**　大宰帥は大宰府の長官。大伴卿は帥の大伴旅人。経歴参照。**○向京上道之時作歌五首**　「京」は平城京。「上道」は都に上ること。旅人は天平二年十二月に大宰府を離れた。**○吾妹子が**　「妹子」は愛しい妻。大伴郎女をいう。妻は大宰府へ来て間もなく没した。**○見し鞆の浦の**　鞆の浦は広島県福山市鞆町の海。風光明媚な観光地で潮待ちの湊。大宰府下向に妻を伴い一緒に鞆の浦を観光したことをいう。**○天木香の樹は**　ヒノキ科の杜松（ネズ）とも考えられている。天木香樹と表記したのは仏教ゆかりの木からか。『正法念処経』に「羅樹次の名は泥周、羅樹次の名は天木香樹、次の名は乗摂樹」とある。仏典によれば「五葉松」を指すらしく、五葉松は二十メートルほどになるマツ科の植物で、別名はヒメコマツ（姫小松）である。天木香樹と書いたのは呪木として信仰されたからか。以下の歌では「室の木」とある。**○常世に有れど**　天木香樹は常世の永遠不死の木とする。「ど」は逆接。**○見し人そなき**　「見し人」は一緒に見た妻。天木香樹は永遠だが、

妻は有限の命であったことをいう。

【鑑賞】 先に大宰府で妻を偲んだ歌、帰京するに当たって妻への思いを詠んだ歌があり、それらと一連となる亡妻悲傷の歌である。大宰府下向の時のコースと同じ道をたどり、妻を偲ぶ。先の歌に対して配列が飛ぶのは、年代順掲載を意図した編纂による。

　大宰府赴任が決まった時に、妻は同道を希望したのであろう。旅人の年齢を考えると身の回りの面倒が必要となるため、旅人は妻の説得を聞き入れたのである。もちろん、妻は大宰府までの観光も期待していた。都では各地の観光案内の情報が多く耳に入ったから、大宰府までの観光を楽しみにしていたに違いない。「愛しい妻と下向した時に一緒に見た」のは、鞆の浦の天木香の樹である。旅人は妻のいない悲しみを、「この天木香の樹は常世にあると聞くけれども、それを見た妻はもういない」のだという。「見し人そなき」には、永遠の木に対して人間の短い命を実感した無常への嘆きがある。

鞆《とも》の浦《うら》の　礒《いそ》の室《むろ》の木《き》　見《み》む毎《ごと》に　相見《あひみ》し妹《いも》は　忘《わす》らえめやも　（巻三・四四七）

　鞆浦之　礒之室木　将見毎　相見之妹者　将所忘八方

鞆の浦の、礒に生えている室の木は、これからも見るたびに、一緒に見た妻のことは、忘れることが出来ようか。

○鞆の浦の　前出。**○礒の室の木**　「室木」は前歌に「天木香樹」とある。**○見む毎に**　見るであろうごとにの意。「将」は意志や推量を表す漢文的用法。**○相見し妹は**　「妹」は愛しい女子。旅人の妻を指す。**○忘らえめやも**　忘れることができようか。「え」

は可能。「やも」は反語。

【鑑賞】妻は道中の名所や景勝の地を楽しんだ。山陽道は瀬戸内海を通るルートであるから、旧跡も景勝の地も多い。鞆の浦では海人たちの漁労や塩焼く煙を眺めたであろう。何よりも妻が驚いたのは、鞆の浦の磯辺に生い立つ室の木（天木香樹）である。天に向かってそびえ立つ常世の室の木に、妻は永遠の命を祈ったであろう。鞆の浦の美しい風光に嬉々としていた妻の顔は、旅人の悲しみの心と反比例しながら描き出されている。

磯《いそ》の上《うへ》に　根《ね》はふ室《むろ》の木《き》　見《み》し人《ひと》を　いづらと問《と》はば　語《かた》り告《つ》げむか　（巻三・四四八）

右の三首は、鞆《とも》の浦を過ぎし日に作れる歌

礒上丹　根蔓室木　見之人乎　何在登問者　語将告可

右三首、過鞆浦日作謌

礒の上に、根を張っている大きな室の木よ。おまえを見た人を、いまは何処かと問えば、教えてくれるだろうか。

右の三首は、鞆の浦を過ぎる日に作った歌である。

○礒の上に　礒の大きな岩の上をいう。**○根はふ室の木**　「根はふ」は根が蔓のように這い延びている様。「室木」は四四六番歌に「天木香樹」とある。**○見し人を**　見た人は旅人の妻。**○いづらと問はば**　室の木に妻の行方を問うこと。「いづら」はどこに居るのかの意。**○語り告げむか**　「語」は話すこと。「告」は教えること。「か」は疑問。告げないことへの疑念もある。**○右三首、過**

鞆浦日作歌　鞆の浦を過ぎた日に作ったこと。「鞆浦」は前出。

【鑑賞】　鞆の浦はよく知られた観光名所なので、妻はこの土地を楽しみにしていた。女性が家を離れて旅をすることの困難な時代に、大宰府までも出かけられることは二度とない機会と思われたので、妻の喜びは大きかったであろう。鞆の浦は予想通り妻の気に入る名所であった。磯の上に根を大きく張った室の木は、まさに生命を象徴する大木であり、その神々しさに勝るものは他にない。旅人が鞆の浦の風光をこの室の木に絞るのは、妻のはしゃぐ顔をもっとも鮮明に思い出すからである。だが、それは同時に永遠の生命の室の木と、妻の短い命という背反する対照をもって、この世の無常を訴えることであった。

妹《いも》と来《こ》し　敏馬《みぬめ》の埼《さき》を　還《かへ》るさに　独《ひと》りし見《み》れば　涕《なみだ》ぐましも　（巻三・四四九）

与妹来之　敏馬能埼乎　還左尒　獨而見者　涕具末之毛

都から妻と一緒に来て見た、美しい敏馬の崎を、こうして帰る折に、わたし一人だけで見るので、涙に濡れるばかりである。

〇妹と来し　「妹」は旅人の愛しい妻。都から下向の時のことをいう。**〇敏馬の埼を**　兵庫県神戸市灘区の崎。名勝の地。妻が楽しみとした観光地であろう。敏馬には敏馬神社があり「摂津国風土記逸文」によれば、美奴売《みぬめ》とは神の名で、もとは能勢の郡の美奴売山の神であったという。昔、神功皇后が筑紫に行幸した時に、諸神祇を神前の松原に集めて福を占ったところ、能勢の美奴売山の神も守りましょうとの告げがあり、神の住む処にある杉でわが船を造れというので、皇后は船を造り新羅征伐に向かった。後に帰還した皇后がこの神をこの浦に祀り、船を留めて神に奉った。それで此処を美奴売というのだという。旅人たちはこの神の由緒を楽しみながら敏馬で一夜を過ごしたのである。**〇還るさに**　大宰府から都に帰る折をいう。**〇独りし見れば**　来るときは妻と一緒に見たが、帰りは独り見ること。美しい風光と亡き妻への思い。**〇涕ぐましも**　涙ぐんでしまうこと。「も」は詠嘆。妻との思い出による。

【鑑賞】敏馬の崎は噂に聞いた通りの美しい海浜の風景であり、妻の笑顔が思い出される。しかし、帰る折にわたし一人こうして見る風景は、涙ぐましいばかりだと嘆く。妻を失った喪失感と、妻を思い出すために立ち寄った美しい風光の敏馬の崎とが重なり、深い悲しみの心が引き起こされたからである。「涙ぐましも」とはいうが、激情ではない。愛する妻の死というテーマは激情的であるが、旅人の一連の亡妻悲傷の歌は、むしろ静寂の中にある。すでに妻は思い出の中にあるからである。

去《ゆ》くさには　二人《ふたり》吾《わ》が見《み》し　此《こ》の埼《さき》を　独《ひと》り過《す》ぐれば　情悲《こころかな》しも〔一《いつ》に云《い》はく、「見《み》もさかずきぬ」といへり〕

（巻三・四五〇）

右の二首は、敏馬《みぬめ》の埼を過ぐる日に作れる歌

去左尓波　二吾見之　此埼乎　獨過者　情悲喪〔一云、見毛左可受伎濃〕

右二首、過敏馬埼日作歌

筑紫へ行く折には、二人でわたしが見た、この敏馬の崎を、一人で通り過ぎるので、心悲しいことだ。〔一に云うには、

「十分に見ることも出来ずに来た」とある〕

右の二首は、敏馬の埼を過ぎる日に作った歌である。

○去くさには　京から筑紫へ行く折をいう。**○二人吾が見し**　妻と二人で見たこと。「二人吾が見し」は「吾」を主体とする表現。以下の「独り」を導く。**○此の埼を**　敏馬の崎をいう。観光名所。妻が見たいと願ったのであろう。**○独り過ぐれば**　本来は二人で過ぎるべきことを「独」にこめる。**○情悲しも**　妻の思いがここに残されていることによる。**○一に云はく**　『万葉集』編纂資料の一であるが、旅人自身の推敲でいずれも可としたか。**○見もさかずきぬ**　「見も放かず来ぬ」で、十分に見ることもなく来たの意か。**○右二首、過敏馬埼日作歌**　兵庫県敏馬の地を過ぎる日の歌。「敏馬」は前出。

【鑑賞】筑紫へ向かう折に二人で見た敏馬の崎を、帰りには一人で見ることとなり悲しいのだという。これは、心の思いを口にしたのみの表現である。どこにも飾りはなく、修辞も用いないが、聞く者には直ちに共有される思いの表出である。ここには他人に聞かせようという意図はなく、心の悲しみのままを独語する態度がある。この亡妻哀傷の歌においてこのような表現がここに実現しているように思われる。事実のみを口にすることが新しい歌を成立させているのであり、そこには近代短歌を先取りした表現がみられる。むしろ、近代短歌はこのような心を写実する歌を価値としたのであった。妻の死は、旅人の心の中に静かに思い出される存在となったのである。

故郷《ふるさと》の家《いへ》に還《かへ》り入《い》りて、即《すなは》ち作《つく》れる歌三首《うたさんしゅ》

人《ひと》もなき　空《むな》しき家《いへ》は　草枕《くさまくら》　旅《たび》に益《まさ》りて　苦《くる》しかりけり　（巻三・四五一）

還入故郷家、即作謌三首

人毛奈吉　空家者　草枕　旅尓益而　辛苦有家里

故郷の家に帰り入り、そこで作った歌の三首

愛する妻もいない、この空しいわが家は、草を枕の、旅にも勝って、辛くあることだ。

○還入故郷家即作歌三首　「故郷」は旅人の故郷。奈良平城京北側の佐保に旅人の自邸があった。**○人もなき**　「人」は筑紫で失った妻。**○空しき家は**　妻の居ない家をいう。妻が家にあったなら迎えに出ることを想像。**○草枕**　草を枕にする旅から次の旅を導く枕詞。**○旅に益りて**　旅の辛さ以上の辛さをいう。**○苦しかりけり**　苦しいことであったことよ。妻のいない苦しさへの感慨をいう。

【鑑賞】旅人が筑紫にあって日々思うことは、懐かしい大和のことであった。筑紫が住み難いというのではない。老齢の旅人には、生きて故郷をふたたび見られるか否かが問題であった。加えて、亡き妻への思いが増してくる。妻はすでに家に帰り着いていて、笑顔で出迎えるかも知れないという幻想が過ぎる。家路を急ぐ旅人の気持ちには、そのような幻想もあったであろう。しかし、懐かしい大和の家に至り着いた旅人を待つ現実は、森閑とした家であった。帰りを喜ぶ妻の声が聞こえる筈もなく、改めて妻の死を実感する。その悲しく辛い思いは、旅の辛さ以上であったろう。旅人は帰京の前に大宰府にあって「京なる荒れたる家に一人宿《ね》ば旅にまさりて苦しかるべし」（四四〇）と嘆いている。この歌と呼応の中にある。

妹《いも》として　二人作りし　吾が山斎《しま》は　木高《こだか》く繁く　成りにけるかも　（巻三・四五二）

与妹為而　二作之　吾山齋者　木高繁　成家留鴨

愛しい妻と一緒にして、二人で作った、この庭は、木も育ち枝葉も多く、繁くなったことだなあ。

○妹として　妻と共にしての意。**○二人作りし**　二人で楽しみ作ったこと。**○吾が山斎は**　「山斎」は池中に山を配した仙郷の趣とした庭園。亭《てい》などを作り、読書や宴楽を行った。貴族の中に流行した異国趣味の園池による施設であり、詩歌を詠む時の風景ともされた。『北周詩』庾信《ゆしん》「山斎詩」に「寂寥とした静室を尋ね、蒙密とした山斎に就く」とある。**○木高く繁く**　家を空けていた間に木々が茂ったこと。**○成りにけるかも**　立派な木々と成ったことをいう。「かも」は強い詠嘆。妻との思い出の庭の木々であることにより導き出された。

【鑑賞】　懐かしい家に帰れば、そこはすべてが妻との思い出の場所である。花を愛した妻は、庭に築山《つきやま》を作ろうと提案したのであろう。どこに何を植えるか、妻は楽しそうに花の咲く季節を待っていた。当時の貴族たちには、異国趣味の築山を造ることが流行していた。それぞれが競い合って見栄えの良い築山を造り、自慢していたのである。「山斎」とは、池に嶋を立て岸辺に書斎風の四阿《あずまや》を築造したものであり、そこでは季節ごとの詩歌の会や宴楽が行われていた。旅人夫婦もそのような山斎を造り、たくさんの花木を植えたのである。筑紫から帰ってみると、それらの木々は高く茂っていた。妻の愛した木々は年月とともに木高く生長しているが、その成長は妻が旅人の傍から遠のいて行く時間でもあった。

吾妹子《わぎもこ》が　殖《う》ゑし梅の樹　見る毎《ごと》に　情《こころ》咽《む》せつつ　涕《なみだ》し流る

（巻三・四五三）

吾妹子之　殖之梅樹　毎見　情咽都追　涕之流

わたしの愛しい妻が、植えた梅の木だが、それを見るごとに、心は咽せつつ、涙が流れ落ちることだ。

○吾妹子が　旅人の亡き妻をいう。**○殖ゑし梅の樹**　「梅」は渡来の植物。中国では霜中に花を咲かせるので信頼の木として愛でられる。持統朝ころには漢詩の素材となる。旅人は大宰府で梅花の宴を開いている。**○見る毎に**　見るたびごとをいう。妻と見た庭梅のこと。**○情咽せつつ**　「咽」は喉が塞がり咽せる様。**○涕し流る**　妻を思い出しては涙を流すこと。

【鑑賞】妻が庭に植えたという梅の木は、異国趣味の木である。庭に梅の花が咲けば、庭は異国文化の香りが満ちる。そのような梅の話を聞いて、妻は庭に梅を植えましょうという。そこで旅人は梅の木を探し求め、幼木の梅の木を手に入れた。「愛しい妻が植えた梅の木」とは、このような事情によって植えられたのであろう。折しも懐かしい家では妻ではなく、梅の花が旅人の帰京を迎えた。白い梅の花は愛する妻の笑顔のようであり、妻は梅の花となり帰りを待っていたのだ。そのような思いにさせる梅の花を見ると、涙が流れ落ちるのだという。思い出の中に生きる妻が、梅の花として生きていることに旅人の心は動かされたのである。

二、巻四の作品を読む

『万葉集』巻四は相聞（恋歌）のみが収められている。相聞はさまざまな社交集会の場で歌われた恋に係わる歌や仲間たちでやり取りした歌である。宮廷や貴族サロン、衆庶の宴席などが歌の場である。難波天皇（仁徳天皇または孝徳天皇）の時代の歌が冒頭に掲げられ、持統朝の柿本人麿などの作品が続き、大伴家持の歌に至るまで奈良朝全般に及ぶ歌が収録されている。巻四には大宰府時代の旅人の歌が収録されている。

1　**待酒の歌**（巻四・五五五）

大宰帥大伴卿の大弐《だいに》丹比県守卿《たぢひのあがたもりきやう》の民部卿《みんぶきやう》に遷任《せんにん》するに贈れる歌一首

君がため　醸《か》みし待酒《まちざけ》　安《やす》の野に　独りか飲まむ　友無しにして　（巻四・五五五）

大宰帥大伴卿贈大貳丹比縣守卿遷任民部卿歌一首

為君　釀之待酒　安野尓　獨哉将飲　友無二思手

大宰帥大伴卿が大弐丹比県守卿の民部卿に遷任するのに贈った歌の二首

あなたの為にと、醸したこの待酒を、安の野にあって、独り飲むのだろうか。友もいないままにして。

○大宰帥大伴卿　大宰帥は大宰府の長官。大伴卿は大伴旅人。経歴参照。**○贈大弐丹比県守卿遷任民部卿歌一首**　大弐は大宰府の大弐。丹比県守は左大臣丹比嶋の子。慶雲二年（七〇五）十二月従五位下、霊亀二年（七一六）八月遣唐押使、養老二年（七一八）十月帰国。天平元年（七二九）大宰少弐から民部卿として帰京。民部卿は民部省の長官。**○君がため**　相手に何かをする時の定型句。**○醸みし待酒**　「醸」は醸造。「待酒」は客人を迎えるために特別に醸し用意した酒。**○安の野に**　所在未詳。大宰府近辺の野。**○独りか飲まむ**　これからは独りして飲むのかの意。「か」は疑問。**○友無しにして**　友もいないままにの意。「友」は琴・酒・歌を楽しむことの出来る友人。『魏詩』阮籍《げんせき》「詠懐詩」に「人知り交易を結び、交友誠に独り難し」とある。

【鑑賞】「あなたの為に醸したこの待酒を、安の野にあって独り飲むのだろうか」という。この旅人の送別の言葉は、部下ではあるが県守との関係の親しさを表している。「待酒」とは、酒を好む者と飲むために特別に醸された酒である。これを用意するのは、親しい客人を迎えるためであるが、旅人はその客人を「友」という。古代日本において友という概念は必ずしも一般的でなかった。大弐の県守は正五位相当官であり、旅人は中納言で三位である。しかも、大宰府の長官である。この差は親しく酒を飲むことの出来る関係ではない。しかし、「友」とは身分差を超えて交流する人間の関係である。公務の上では直属の部下であるが、二人には公務以外の親交があったことによる。「友」という概念は中国の文人たちにより作り上げられたものであり、「交友」とも「交遊」ともいう。このような交友は、越中における大伴家持と大伴池主との交流に見ることが出来る。

2　沙弥満誓への和歌（巻四・五七四〜五七五）

大納言大伴卿の和《こた》へたる歌二首

ここに在《あ》りて　筑紫《つくし》や何処《いづこ》　白雲の　棚引く山の　方《かた》にしあるらし

（巻四・五七四）

大納言大伴卿和謌二首

此間在而　筑紫也何處　白雲乃　棚引山之　方西有良思

大納言大伴卿の答えた歌の二首

ここにあって、筑紫はどのあたりだろうか。あの白雲が、棚引いている山の、方向にあるらしい。

〇大納言大伴卿和歌二首　大納言大伴卿は大宰帥大伴旅人。旅人は経歴参照。「和歌」は答える歌。**〇ここに在りて**　「此間」は奈良の京。**〇筑紫や何処**　筑紫はどちらの方向かの意。「や」は疑問。旅人は天平二年（七三〇）十一月に兼大納言となり翌月に奈良に帰郷。**〇白雲の**　白雲の彼方は異郷をいう。西王母が穆天子との別れに山川が隔てる悲しみを詠んだ「白雲謡」がある。**〇棚引く山の**　白雲の棚引いている山をいう。**〇方にしあるらし**　白雲の彼方にあるらしいの意。「らし」は確実と思われることへの現在推量。

【鑑賞】この歌に「和歌」とあるのは、造観世音寺別当である沙弥満誓から贈られた歌への返答の歌であることをいう。満誓は笠麿の出家名で、美濃守の時に善政を賞され、また吉蘇路を開墾したことで知られる。養老五年（七二一）に元明天皇の病により出家し満誓と号し、同七年に造筑紫観音寺別当となり大宰府へ下向した。

旅人が帰京した後に満誓が贈った歌は二首あり、「まそ鏡見飽かぬ君に遅れてや朝夕《あしたゆふべ》にさびつつ居らむ」（五七二）、

「ぬば玉の黒髪変はり白髪《しらけ》ても痛き恋には逢ふ時ありけり」（五七三）である。綺麗な鏡を見ても見飽きないようなあなたに残されて、朝夕に侘しく過ごしているといい、黒髪が白髪に変わってもこんな激しい恋に逢うこともあるのですねという。恋歌仕立てで旅人への尽きない思いを詠んでいる。

そのような満誓に答えた旅人は、「筑紫は白雲が棚引いている山の方向にあるらしい」という。旅人にとって大宰府は遥か遠くへと過ぎ去った地であり、白雲の棚引く山の向こうだと思う。そして、そこは仙人たちの住む仙郷とイメージが重なる。西王母が穆天子との別れに山川の隔てを悲しむ「白雲謡」（『穆天子伝』）を歌ったように、仙郷は「白雲」の彼方である。大宰府は幻想的な異郷として思い出され、夢のような中にかつての大宰府での生活が存在するのである。あれほどに憧れた都は現実そのものとしてあり、白雲の向こうに懐かしい満誓がいる。旅人には二度と行くことの出来ない仙境の地として、今度は白雲の彼方に大宰府がある。

草香江《くさかえ》の　入江に求食《あさ》る　蘆鶴《あしたづ》の　あなたづたづし　友無しにして　（巻四・五七五）

草香江之　入江二求食　蘆鶴乃　痛多豆多頭思　友無二指天

草香江の、入江で漁っている、蘆鶴のように、ああ心許ないことよ、友もいないままにあっては。

○草香江の　奈良県北西部の生駒山一帯の地。**○入江に求食る**　「入江」は河や海が陸地に入り込んだ処。「求食」は漁ること。**○蘆鶴の**　葦群に棲む鶴をいう。鶴は歌語「たづ」。次の「たづ」を導く枕詞。**○あなたづたづし**　ああ心細いことだ。「あな」は感動詞。「たづたづし」は心細いこと。**○友無しにして**　「友」は琴詩酒を楽しむ友人。身分差を超えて交流が可能な文人仲間。『文選』陸士衡「文賦」に「俯《うつむ》けば寂寞として友無し」とある。

【鑑賞】沙弥満誓に答えた歌の二首目。草香江の入江で漁っている蘆鶴は、群れから離れた鶴であろう。その鶴のように当て所もなく、心細く過ごしているのだという。その心細さは「友」もいないままに過ごすことにある。旅人は帰京して従二位大納言となり、その官位は内閣の中枢を占め知太政官事の舎人親王に次ぐ高官である。そのような高位高官の旅人にあって晩年に求めたものは、「友」であった。中国文人の「交友」は、身分差を超えた関係を持つことにある。旅人は高位高官の地位よりも、利害のない友を求めていた。その友の一人が、沙弥の満誓であった。「友無しにして」からは、旅人の孤心が見えてくる。

3　新袍を贈る歌（巻四・五七七）

大納言大伴卿の、新袍《しんはう》を摂津大夫高安王《つのたいふたかやすのおほきみ》に贈れる歌一首

吾が衣《ころも》　人にな著《き》せそ　網引《あびき》為る　難波壮士《なにはをとこ》の　手には触るとも　（巻四・五七七）

大納言大伴卿、新袍贈攝津大夫高安王歌一首

吾衣　人莫著曽　網引為　難波壮士乃　手尓者雖觸

大納言大伴卿が、新袍を摂津大夫高安王に贈った歌の一首

わたしの差し上げる衣は、他人に着せてはいけません。仮にも網引する、難波男の手には触れたとしても。

○大納言大伴卿　大納言は太政官の次官。大伴卿は大伴旅人。旅人は経歴参照。この時は大宰府から帰京していた。**○新袍**　「袍」はコート（外套）。**○贈摂津大夫高安王歌一首**　摂津は摂津の国。大坂から兵庫に及ぶ旧国名。高安は高安王。賜姓大原真人高安。長皇子の孫。和銅元年（七一三）一月従五位下、養老元年（七一七）一月従五位上、同三年七月伊予守、阿波・讃岐・土佐按察使、神亀元年（七二四）二月正五位上、同四年一月従四位下、天平四年（七三二）十月衛門監、同九年（七三七）九月従四位上、同十一年四月賜姓大原真人、同十二年十一月正四位下、同十四年（七四二）十二月没。**○吾が衣**　旅人が贈る新袍をいう。**○人にな著せそ**　他人には着せるなの意。「な〜そ」は禁止。**○網引為る**　網引は海人の漁労。**○難波壮士の**　難波の海で勇壮に漁をする海人をいう。**○手には触るとも**　海人が羨ましがって袍を手に触れること。「雖」は仮定。

【鑑賞】「わたしの差し上げる衣は、他人に着せてはいけません」とは、謎かけのような言い回しである。この衣は題詞にいう「新袍」である。袍は外出の時に着る外套であり、位階により色を異にすることから、貴族のシンボル的な衣服である。旅人は高安王が摂津の守となったことから特別に誂え、この歌を添えてお祝いに贈ったものと思われる。それゆえに、大切にしてくださいの意を込めて、これを他人には着せるなというのであろう。ところが、「仮にも網引する、難波男の手には触れたとしても」というのは、意味が通りにくい。「網引為る難波壮士」は難波の漁師のことと思われ、それが手に触れることは良いのだという。推測されることは、国内巡察の折に難波の漁師たちから羨ましがられて、ぺたぺた手で触れられるということであろう。それは、あまりにも立派な新袍であるから、その袍に触れてみたいと漁師が近寄る。王はそれが自分の人徳によるのだと誤解し、あまつさえ衣を与えてしてしまう恐れがあるから、それはわれから贈られた新袍なのだと言いなさいという促しである。「手には触るとも」には、そうした戯笑的意図とともに高安王の人徳を称える親しみが感じられよう。

三、巻五の作品を読む

『万葉集』巻五は、雑歌（喜怒哀楽の歌）のみが収められている。雑歌という分類は、一に祭祀儀礼の場に提供される公的な歌、二に人間の喜怒哀楽により詠まれた歌の二つの性格による。巻五は後者の雑歌である。その始まりは大宰府へ下向した旅人が同行した妻を喪い嘆いた歌と、それを慰めた山上憶良の歌にあり、以後、旅人と憶良の交流の歌など大宰府の官人たちを含めた大宰府文学圏としてまとまりのある作品が並べられている。後半は山上憶良の作品が中心となり、「貧窮問答歌」などが収められている。この巻五には「令和」で話題となった「梅花の歌三十二首」とその序文が載る。

1　凶問に報える歌（巻五・七九三）

ここから巻五が始まる。巻五は旅人と憶良を中心とした大宰府文学圏が展開し、『万葉集』の第三期を作り上げた。筑前守である憶良は旅人の大宰帥着任にともない、深く交流を始める。その契機は旅人の妻が大宰府に着いて間もなく亡くなったことにより、憶良が贈った慰めの詩文にあった。そのようなことから、旅人と憶良はこの大宰府で新たな文学世界を開いたのである。その文学的特徴は、知識人文学の成立であった。そこに見られる知識とは、漢籍と仏典である。それを知識として奈良朝文学を切り開いたのである。

大宰帥大伴卿の凶問《きょうもん》に報《こた》へたる歌一首

禍《くわ》故《こ》重畳《ぢうでふ》し、凶問累集《きようもんるいじふ》す。永《なが》く崩心《ほうしん》の悲しびを懐《いだ》き、独《ひと》り断腸《だんちやう》の泣《なみだ》を流す。但、両君の大助に依りて、傾命纔《けいめいわづか》に継ぐのみ。〔筆の言《こと》を尽くさぬは古今の嘆く所なり〕

世の中は　空《むな》しきものと　知る時し　いよよますます　悲しかりけり　（巻五・七九三）

神亀五年六月二十三日

大宰帥大伴卿報凶問歌一首

禍故重疊、凶問累集。永懐崩心之悲、獨流断腸之泣。但依両君大助、傾命纔継耳。〔筆不盡言古今所歎〕

余能奈可波　牟奈之伎母乃等　志流等伎子　伊与余麻須万須　加奈之可利家理

神龜五年六月二十三日

大宰帥大伴卿が凶問に報えた歌の一首

禍がいくつも重なり、弔問の問い合わせを多くいただいた。永く心の折れた悲しみを懐きつつ、独り断腸の涙を流しているばかりです。但、両君の大いなる助力に依って、死にそうな命も纔に継いでいます。〔文章で意を尽くすことが困難なのは古今の嘆く所です〕

世の中は、空しいものであると、知った時に、いよいよますます、悲しくあることです。

神亀五年六月二十三日。

○大宰帥大伴卿　大宰帥は大宰府の長官。「帥」は軍を率いる長官。大宰府は外国からの侵略に備えて福岡県に置かれた役所。現在は大宰府に都府楼跡が残る。大伴卿は大伴旅人。経歴参照。**○報凶問歌一首**　凶事への慰めに報えた歌。「凶問」は凶事への慰め。また凶事の知らせともいう。『全晋文』陸雲《りくうん》「弔陳永長書」に「凶問卒に至り、心痛く摧剝す」、『全晋文』王羲之《おうぎし》「雑帖」に「豈図らん凶問なんぞ至る」とある。**○禍故重畳**　「禍故」は災い。妻の死や自らの病をいうのであろう。『全梁文』簡文帝「贈江子一子四子五詔」に「禍故聞くことあり。良に以て矜惻《きんそく》す」とある。**○凶問累集**　「凶問」は前出。「累集」は多く集まること。**○永懐崩心之悲**　崩心は心の挫折。『全宋文』顔延之《かんえんし》「為世祖檄京邑」に「四海崩心し、人神泣血す」とある。**○独流断腸之泣**　独り涙を流すこと。『全梁文』沈約《しんやく》「郊居賦」に「独り涕を吾人に流す」とある。「斷腸」は腸を断つ苦しみ。『文選』魏文帝「燕歌行」に「君が客遊を念うと断腸を思う」とある。**○但依両君大助**　「両君」は誰か不明。身近にいた大宰大弐の紀氏（梅花の宴の主賓）と筑前の守の山上憶良か。**○傾命纔継耳**　「傾命」は死にそうな命。『全漢文』枚乗「七発」に「大命の傾」とある。「纔」は少しばかり。**○筆不尽言古今所嘆**　「筆」は文章。『全梁文』王偉《おうい》「為侯景抗表違盟」に「言は筆でなければ尽くせず」とある。「古今所歎」は昔も今も嘆くこと。『全晋文』孫楚《そんそ》「白起賛」に「古今の嘆きとする所」とある。**○世の中は**　俗世間をいう。仏教語の「世間」の翻訳。移り流れて留まることのない空・無常の世界。『長阿含経』に「世間は無常にして人命は速やかに逝く。喘息の間なおまた保ち難し」とある。**○空しきものと**　世間の虚仮《こけ》や無常をいう。『大般若波羅蜜多経』に「三界虚仮にして、みな夢の如きを見る」とある。**○知る時し**　知識ではなく実際の体験によって知ったことをいう。**○いよよますます**　いよいよもっての意。**○悲しかりけり**　世間無常への悲嘆。「けり」は詠嘆。『賢愚経』に「痛きかな悲しきかな。人生に死あり、長久を得ず」とある「悲哉」の翻訳。**○神亀五年六月二十三日**　神亀五年は七二八年。

【鑑賞】旅人は大宰帥に着任して早々に同行した妻を失った。「禍故重畳」というから、ほかにも悪い報せがあったのであろう。それを見舞った者に対し感謝の気持ちを表した作品である。この歌が巻五巻頭に置かれたのは、ここから大宰府文学が出発したためである。

「世の中は空しきもの」とは、仏教の教えである世間無常をいう。聖徳太子は妻にこの世は仮のものでしかなく（世間虚仮）、それゆえに仏のみが真実なのだ（唯仏是真）と説いた（「天寿国繍帳」）。世間は嘘であり仮のものだというのは、深く仏の教えを理解した太子の言葉である。そのことの理解から、奈良朝の知識人は世間無常を教養とした。それが旅人のいう、「世の中は空しきもの」である。しかし、この言葉を理解することは、聖徳太子のいう「唯仏是真」を前提としなければならない。世俗の「仮」に対して仏の「真」である。それを一対として理解すべきことを太子は教えたのである。それゆえに、旅人は「知る時し」という。妻を失って現実的な「空」（虚仮）を知ったという。そこから「唯仏是真」へと向かうべきであるが、「いよよますます悲しかりけり」と嘆き悲しむ。この悲しみは世間虚仮を理解したがゆえの悲しみであり、そこには世俗への深い愛着《あいじやく》があろう。この旅人の歌は、仏の教えと世俗の情という二つの対峙の中にある。むしろ、旅人は仏教が否定する愛着こそが人間の道理だとみている。ここには、俗に生きる人間の悲しみを優先させる旅人文学が登場している。

そのような時に旅人の悲しみを慰めたのは、筑前の守として着任していた山上憶良であった。憶良は、漢文の序と漢詩を旅人に贈っている。

愛河の波浪は已《すで》に先づ滅《き》え、苦海の煩悩も亦結《むす》ぼほること無し。
従来此の穢土《ゑど》を厭離《えんり》し、本願は生を彼の浄刹《じようせつ》に託《か》さむことを。

「愛欲の波浪は已に先ず消滅し、苦しい限りの煩悩もふたたび結ばれることはありません。もとよりこの穢土を厭離して、本来の願いは生をあの浄土に託すことでした」という。この七言の詩は、妻の立場から夫の旅人を慰めたものである。旅人の悲しみは世俗の愛着にあるが、妻はそうした愛着（愛河・苦海）もなく、もとよりこの穢土を離れ、浄土へと死後の生を託すのが願いだったというのである。この世に妻への愛着を持ち続け、日々悲しみ続けることは妻の願いではないというのである。死は不可避であり、やがて浄土へと向かう。そこは安楽な苦しみのない仏国土である。旅人が「いよよますます悲しかりけり」と嘆き妻への愛着に固執したのに対して、妻は「唯仏是真」をもって答えたということになる。

この漢詩には漢文の序が付されていて、そこでは「あらゆる生命の生や死というのは、夢がみんな空しいのと同じようなものであり、死後に三界（欲界《よくかい》・色界《しきかい》・無色界《むしきかい》）を漂い流れ行く様子は、あたかも輪の上を止むことも無く行くようなもの」だといい、「二匹の昼夜の鼠は競って走り行き、目の前を度る鳥は夜明けに飛び去り、地水火風の四蛇は激しく争い侵し、隙間を過ぎる駒は夕べに走り去る」のだという。

これは、この世が無常迅速であることを説いたものである。また、「美しい紅ら顔は三従と共に永遠に去り逝き、あの美しい白い肌も女子の四徳とともに永遠に滅ぶ」のであり、「偕《とも》に老いるまで一緒だと交わした約束に違い、群れを離れた鳥のように独り飛んで、人生の半ばに生きることになる」のだという。これは、夫婦の死別を仏教と儒教の思想から説いたのである。これらは一般論であり、世の道理の説である。しかも、「黄泉の門が一たび掩われると、ふたたび見る術もありません。ああ　実に哀しいことです」という嘆きは、絶対的な道理であった。憶良はそうした世の道理をもって旅人の悲しみを慰め、妻の思いを詩に託したのであった。

2　歌詞両首（巻五・八〇六〜八〇七）

伏《ふ》して来書《らいしょ》を辱《かたじけな》くして、具《つぶさ》に芳旨《ほうし》を承《うけたまは》りぬ。忽《たちま》ちに漢《かは》を隔つるの恋を成し、復《また》梁《はし》を抱《いだ》くの意《こころ》を傷ましむ。唯羨《ただねが》はくは去留《きよりう》に恙《つつが》無く、遂《つひ》に雲を披《ひら》くを待つのみ。

歌詞《かし》両首《りやうしゅ》　大宰帥大伴卿

龍《たつ》の馬《ま》も　今も得てしか　青丹《あをに》よし　奈良の京《みやこ》に　行きて来むため　（巻五・八〇六）

伏辱来書、具承芳旨。忽成隔漢之戀、復傷抱梁之意。唯羨去留無恙、遂待披雲耳。

歌詞両首　大宰帥大伴卿

多都能馬母　伊麻勿愛弖之可　阿遠尓与志　奈良乃美夜古尓　由吉帝己牟丹米

かたじけなくも信書をいただいて、詳しくお便りの内容を拝読いたしました。たちまちに天漢を隔てているような恋をいたしまして、また梁を抱くような思いに心を傷めました。ただ冀うことは去留に恙なく、やがて雲を開くのを待つのみです。

歌詞の両首　大宰帥大伴卿

龍の馬を、今の世にも手に入れたいものです。青丹のよい、奈良の京に、すぐにも飛んで行って来るために。

○**伏辱来書**　「辱」は忝いこと。「来書」は便り。『全晋文』庾亮《ゆりよう》「追報孔坦書」に「この情いまだ果てず。来書なんぞ至る」とある。○**具承芳旨**　「具」は詳細にの意。「芳旨」は手紙の内容への敬意。○**忽成隔漢之恋**　「隔漢之戀」は牽牛・織女が天の川を隔てて恋い慕うこと。『全晋文』蘇彦《そげん》「秋夜長」に「牛女河を隔てて延佇し、列宿双景以ちて相望す」とある。○**復傷抱梁之意**　「傷抱梁」は女子と橋で待ち合わせて洪水となり、梁を抱きながら死んだという男子の悲話。『史記』「蘇秦列伝」にみえる。待ち続けていることの心の痛みをいう。**〇唯羨去留無恙**　「羨」は乞い願うこと。「去留」は外出や家に留まる意で日常の生活をいう。『全後魏文』蕭宝夤《しゅくほういん》「考功表」に「人去留あり。誰か復その勤堕《きんだ》を掌る」とある。**〇遂待披雲耳**　二人を隔てる雲を開き帰京して再開を果たすこと。『文選』謝霊運「擬魏太子鄴中集詩八首」に「霧を排して盛明に属し、雲を披きて清朗に対す」とある。**〇歌詞両首**　「歌詞」は歌の言葉。『宋詩』鮑照《ほうしょう》に「代白紵舞歌詞」とある。**〇大宰帥大伴卿**　大宰帥は大宰府の長官。大宰府は対外国侵略に備えて福岡県大宰府の地に置かれた役所。「帥」は軍の統率者。大伴卿は大伴旅人。経歴参照。**〇龍の馬も**　龍馬をいう。河水の精で瑞祥の馬。空を翔る天馬をいう。『宋書』に「龍馬は、仁馬である。河水の精で、高さ八尺五寸、長頸に翼あり、傍に垂毛あり、鳴声は九哀」とある。『初学記』河に「河出馬図の鄭玄《じょうげん》注の馬図に、龍馬は図を負って出る」とあり瑞祥である。**〇今も得てしか**　今も手に入れたいこと。中国の古い時代に龍馬を手に入れたという話があったか。「しか」は願望。**〇青丹よし**　青土の美しい土地の意から、次の「奈良」を導く枕詞。**〇奈良の京に**　七一〇年遷都の平城京をいう。**〇行きて来むため**　懐かしい奈良に行くためにの意。

【鑑賞】大宰帥として筑紫にある旅人が、都の某氏、おそらく女性と思われる人物から手紙をもらい、それへの返信としてしたためた時の文章と歌である。相手からの便りは失われたのであろう。『万葉集』で手紙文が残されているのは希であるから、当時の知識人の手紙のやり取りが知られる貴重な資料である。

「伏して来書を辱くして、具に芳旨を承りぬ」というから、これは当時の手紙文の形式であることが知られる。相手から来た手紙に対するお礼の形式にあたる。遠く大宰府と都とが離れていることを牽牛と織女とが天の川を隔てていることに喩え、橋のたもとで密会を約束した男が女を待つ間に洪水となり柱を抱いて死んだという伝説を引用して、二人が逢えないことの哀しみを伝えている。そのような知識を駆使して、当時の知識人が手紙をやり取りしていた様子が窺われる。それを受けて、旅人の一首目の歌では、龍の馬を手に入れて、すぐにも奈良の京に行きたいのだという。龍馬は伝説の馬であり、空を翔る天馬のことである。龍馬を取り出すのは現実には逢えないことを前提に、相手との再会を急ぐことの気持ちによるものであり、相手に思いの深さを表した返し歌である。

うつつには　逢《あ》ふ由《よし》も無《な》し　ぬばたまの　夜《よる》の夢《いめ》にを　継《つ》ぎて見《み》えこそ　（巻五・八〇七）

宇豆都仁波　安布余志勿奈子　奴波多麻能　用流能伊昧仁越　都伎提美延許曽

この現実には、逢うことの手立てもありません。ぬばたまの、せめて夜の夢には、続いて見えてください。

○うつつには　現実に生きていることをいう。「うつつ」は現実。**○逢ふ由も無し**　逢うことの機会もないこと。「由」は機縁。**○ぬばたまの**　ヒオウギの実。黒いので次の「夜」を導く枕詞。**○夜の夢にを**　夜の夢においてはの意。**○継ぎて見えこそ**　続いて見えて下さいの意。「こそ」は願望。

【鑑賞】旅人の歌詞両首の二首目。都の相手は誰か不明であるが、現実に逢うことが叶わないので、せめて夜の夢には続いて見えてくださいというのは、相手が男子であるよりも女子が相応しい。夜の夢をいうのは、逢うことが困難な恋人たちの世界だからである。その意味でこの歌の内容は恋歌として詠まれていることが知られる。当時は恋人でなくとも親しい関係を表すのに恋歌仕立てに詠むことが流行であった。これは、相手の女子から贈られた歌が恋歌仕立てだったので、それに応じた返信であろう。

3
梧桐の日本琴の漢文序と歌（巻五・八一〇～八一一）

大伴淡等《たびと》謹状

梧桐《ごとう》の日本琴《やまとごと》一面《いちめん》　対馬の結石山《ゆふしやま》の孫枝《ひこえ》なり

此の琴夢《こといめ》に娘子《をとめ》に化して曰《い》はく、「余《われ》は根を遥嶋《えうたう》の崇巒《すうらん》に託し、幹《みき》を九陽《くやう》の休《よ》き光に晞《ほ》す。長く烟霞《えんか》を帯びて、山川《さんせん》の阿《くま》に逍遥《せうえう》し、遠く風波《ふうは》を望み、鴈木《がんぼく》の間《かん》に出入《しゆつにふ》す。唯恐《ただおそ》るるは百季《ひやくき》の後に、空しく溝壑《こうがく》に朽《く》ちんことを。偶《たまたま》良匠《りやうしやう》に遭《あ》ひ、散《けづ》らえて小琴《せうきん》と為る。質の麁《あら》く音の少《とも》しきを顧《かへり》みず、恒《つね》に君子の左琴《さきん》を希《ねが》ふ。即《すなは》ち歌ひて曰く

如何《いか》にあらむ　日の時にかも　声知らむ　人の膝《ひざ》の上《うへ》　わが枕《まくら》かむ　（巻五・八一〇）

僕詩詠《ぼくしえい》に報《こた》へて曰く

言問《ことと》はぬ　樹《き》には有りとも　麗《うるは》しき　君が手馴《たな》れの　琴にしあるべし　（巻五・八一一）

琴《こと》の娘子《をとめ》の答《こた》へて曰く

「敬《つつし》みて徳音《とくいん》を奉《たまは》りぬ。幸甚幸甚《かうじんかうじん》」といへり。片時にして覚《さ》めて、即《すなは》ち夢《いめ》の言《げん》に感じ、慨然《がいぜん》として止黙《しもく》するを得ず。故に公使に付けて、聊《いささ》か以《もち》て進御《たてまつ》る。〔謹状不具《きんじやうふぐ》〕

天平元年十月七日　使に付けて進上す

謹通《きんつう》　中衛高明閣下《ちうゑいかうめいかふか》　謹空《きんくう》

大伴淡等謹状

梧桐日本琴一面　對馬結石山孫枝

此琴夢化娘子曰、余託根遥嶋之崇巒、晞幹九陽之休光。長帯烟霞、逍遥山川之阿、遠望風波、出入鴈木之間。唯恐百季之後、空朽溝壑。偶遭良匠、散為小琴。不顧質麁音少、恒希君子左琴。即歌曰

伊可尓安良武　日能等伎尓可母　許恵之良武　比等能比射乃倍　和我麻久良可武

僕報詩詠曰

許等ゝ波奴　樹尓波安里等母　宇流波之吉　伎美我手奈礼能　許等尓之安流倍志

琴娘子答曰

敬奉徳音。幸甚ゝゝ。片時覺、即感於夢言、慨然不得止黙。故附公使、聊以進御耳。〔謹状不具〕

天平元年十月七日　附使進上

謹通　中衛高明閣下　謹空

大伴淡等が謹んで奉ります

梧桐の日本琴一面　対馬の結石山の孫枝であります

この琴が夢の中に娘子に化して言いますには、「わたしは根を遥かな嶋の高い嶺に寄せて、幹を九陽の良い光にあてて乾したものです。長く烟霞を帯びて、山川の阿に逍遥し、遠く風波を望み、鴈木の間に出入りしました。ただ恐れることは、長い時を経た後に、空しく溝壑に朽ちてしまうことです。偶々《たまたま》良匠に遭い、削られて小琴と

なりました。質が荒く音が小さいのを顧みずに、つねに君子の左琴を願いました。そこで歌って言いますには、どのようなことにある、日の時にあってか、わたしの音を知って戴ける、その人の膝の上に、わたしは枕とするのでしょうか。

僕が詩詠に報えて言うには、言葉を話さない、樹にはあるといっても、麗しい、あなたは持ち主の手馴れの、琴になるはずです。

琴の娘子が答えて言いますには、「恭しく徳音を奉りました。とても幸福なことです」と言いました。片時にして目が覚めて、ただちに夢の言葉に感じ、感動のあまり黙止することが出来ませんでした。それで京への公使に付けて、聊かこれを奉るところです。〔謹状不具〕

天平元年十月七日　使に附けて進上いたします。

謹通。中衛高明閣下。謹空。

○大伴淡等謹状　大伴淡等は大伴旅人。経歴参照。淡等はペンネーム。「謹状」は謹んで奉ること。手紙文の形式。『文選』任彦《じんげん》昇《しょう》「南徐州南蘭陵郡県都郷中都里蕭公年三十五行状」に「易名の典、請う前烈に遵うことを。謹状」とある。**○梧桐日本琴一面**　「梧桐」の「梧」はアオギリ科の木、「桐」はゴマノハグサ科の木。いずれも家具や楽器の材。梧桐で桐をいう。「日本琴」は日本製の六弦の弦楽器。神楽歌などの伴奏楽器とされる。琴は中国の文人のたしなみとする楽器。**○対馬結石山孫枝**　対馬は九州と韓国との間にある嶋。旧国名。結石山は長崎県対馬市北端の山。結石山城址がある。「孫枝」は蘖《ひこばえ》の木。**○此琴夢化娘子曰**　琴が夢で娘子に化して言うにはの意。**○余託根遥嶋之崇巒**　遥か遠い嶋の高い嶺に生えていること。『文選』嵆康《けいこう》「琴賦」に「これ椅梧の生じる所、峻嶽の崇岡に託す」とある。**○晞幹九陽之休光**　幹を九陽の休き光に晞していること。「晞幹」は『文選』嵆康

「琴賦」に「夕は景を虞淵に納れ、旦は幹を九陽に晞す」とある。「休光」は『文選』嵇康「琴賦」に「日月の休光を吸う」とある。**○長帯烟霞**　長くまで烟霞を帯びている。烟霞は仙郷の風景。**○逍遥山川之阿**　山川の隈に逍遥すること。『文選』嵇康「琴賦」に「その下に遊び、周旋して永く望む」とある。**○遠望風波**　遠く風波を望むこと。『文選』嵇康「琴賦」に「邪に崑崙を睨し、府して海湄を闞る」とある。**○出入鴈木之間**　用と不用との間にあること。『荘子』の「山木」に良い木は伐られ曲がった木が残されたこと、鳴く雁は残され鳴かない雁が食べられたという話がある。**○唯恐百季之後**　「百季」は多く廻りくる季節。『全宋文』傅亮《ふりょう》「演慎論」に「鼎食百季の貴きなし」とある。**○空朽溝壑**　「溝壑」は溝や谷間。『文選』班叔皮《はんしゅくひ》「王命論」に「終に溝壑に転死す」とある。**○偶遭良匠**　たまたま良匠に遭ったこと。『全晋文』蘇彦《そげん》「隠几銘」に「良匠器を造り、妙巧まさに規とすべし」とある。**○散為小琴**　削られて小琴となること。「散」は削られること。『文選』嵇康「琴賦」に「華絵彫琢して、藻を布き文を垂る」とある。**○不顧質麁音少**　「麁音」は音質の良くないこと。謙遜の辞。『文選』嵇康「琴賦」に「間遼し故に音庫く、絃長き故に徽鳴る」とある。**○恒希君子左琴**　右書に対する左琴をいう。「左琴右書」を指し、古代中国文人の教養や生活態度をいう。『全梁文』元帝「玄覧賦」に「聊か右書して左琴す」とある。**○即歌曰**　「歌曰」は心情表白の一手法。『南史』列伝に「仲雄御前に在り琴を鼓ち、懊儂の曲を作り、歌に曰く」とある。**○如何にあらむ**　どのようなことにあるのかの意。**○日の時にかも**　何の日の何の時であろうか。**○声知らむ**　声は琴の音。それを知るのを「知音」という。親しい友をいう。『漢詩』「古詩十九首」に「但知音の稀を傷み、願わくは双鴻の鵠とならん」とある。**○人の膝の上**　人は藤原房前。**○わが枕かむ**　琴が膝を枕とすること。琴の娘子なので「枕」として恋愛関係を作る意図がある。**○僕報詩詠曰**　「僕」は我の謙称。「詩詠」は琴の娘子の歌。『文選』「梁雅楽歌」に「詩詠して徳に飽く」とある。**○言問はぬ**　言葉を話さないこと。**○樹には有りとも**　樹ではあってもの意。「とも」は仮定。樹は桐の木。**○麗しき**　立派で美しいこと。**○君が手馴れの**　持ち主の手に馴染むこと。「君」は琴の娘子。**○琴にしあるべし**　そのような琴であることをいう。**○琴娘子答曰**　琴の娘子が答えて言ったこと。**○敬奉徳音**　「徳音」は有り難い言葉。『文選』李陵「答蘇武書」に「復た徳音を恵み、李陵頓首す」とある。**○幸甚幸甚**　「幸甚」は幸福であること。手紙の文末に用いる。『全後漢文』張奐《ちょうかん》「与府君書」に「張芝幸甚幸甚」とある。**○片時覚**　「片時」はわずかの間。「覚」は驚き目覚めること。**○即感於夢言**　「即」はすぐに。「夢言」は娘子の夢の中の言葉。**○慨然不得止黙**　「慨然」は気持ちを奮い立たせること。「止黙」は黙っていられないこと。**○故附公使**　それで公使に付けたこと。「公使」は都と大宰府を往復する公の使者。**○聊以進御耳**　「進御」は奉ること。『文選』馬季長「長笛賦」に「君子に進御す」とある。**○謹状不具**　「謹状」は前出。「不具」は完全ではない言葉があるだろうこと。手紙文のとじめの言葉。『史記』六国年表に「其文略不具」とある。**○天平元年十月七日**　天平元年は七二九年。**○附使進上**　使に付けて進上したこと。**○謹通**　謹んで差し出すこと。手紙文のとじめの言葉。**○中衛高明閤下**　藤原房前をいう。中衛高明閤下は中衛府の長官。「高明」は崇高にして明らかな意。「閤下」は貴殿や閣下の意。いずれも尊称。神亀五年（七二八）に中衛府を置きその長官に房前がなった。中衛府の長官たる閣下の意。房前は藤原四兄弟の次男。総前にも。北家の祖。天平九年（七三七）四月に伝染病流行により没した。他の兄弟もこの病で相次いで没した。『懐風藻』の詩人。**○謹空**　以下は空白であることをいう。上奏文のとじめの言葉。空白であることを敬意をもって示す。『全唐文』虞世南《ぐせいなん》「楽毅論帖」に「十三日遺書。謹空」とある。唐代の用法か。

【鑑賞】手紙により謹状した作品である。相手は「中衛高明閤下」とあり、大変な気の使い方である。その相手は藤原四兄弟の次男の房前。謹状の年月は天平元年（七二九）十月七日のことであり、旅人が大宰帥在任中のことである。この年の八月に藤原四兄弟の末の妹の光明子が聖武天皇の皇后となり、天平元年へと改元された。ここに新たな藤原政権が誕生する。光明子立后の背後には、それに異を唱えたと思われる左大臣の長屋王を抹殺するという事件があった。神亀六年（七二九）二月に、長屋王が左道を学び謀反の企てがあるという密告があり、直ちに六衛府の軍が王邸を取り囲み、長屋王を自尽に追い込んだ。それを計画し事を運んだのが、不比等の息子たちである武智麿・房前・宇合・麿の四子である。旅人はこの事件の起きる前年（神亀五年）の春頃に、京の不穏な空気を感じ取りながら大宰府へ下向したものと思われる。

長屋王事件の情報は直ちに大宰府に伝えられ、旅人は大宰府の守りを命じられたと思われる。大宰府は西の守りの軍事拠点であり、謀反が起きると朝廷では三関を閉じ、大宰府の守りを固めた。大宰府が謀反の側に荷担するのをくい止めるためである。旅人は大宰府へ下向の前に、房前から大宰府の守りをしっかり固めるように命じられたものと思われる。藤原四兄弟の中では、房前がこの時の実力者であった。そのことの意味が、京からの急使により告げられたことで明白になった。長屋王粛正事件によって、奈良の京は藤原政権の時代に入り、光明子の立后が実現した。この事件の顚末を知り、旅人がどのような思いを抱いたかは知られないが、きわめて複雑な思いにあったことは推測される。「禍故重畳、凶問累集」といったのは、着任して間もない神亀五年（七二八）六月のことである。その一年後に、懐かしい奈良の京の政権図は大きく塗り替えられた。八月に光明皇后が誕生して藤原政権は盤石なものとなったからである。このような複雑な経緯の中に旅人の作品が成立したことは、この時代の政治家の一人の運命を考えさせることになろう。

作品は手紙として書かれたものであるが、内容は手紙の範疇を逸脱して幻想的な物語りが作り上げられている。直接的な主旨は、梧桐の日本琴を房前に献上するということに尽きるが、琴の由来が幻想物語りとして構想されている。その琴の材は対馬の結石山の孫枝で、その琴が夢に娘子に化し、空しく溝壑に朽ちてしまう時に、良匠に遭い小琴となったこと、質は麁く音が小さいのを顧みず、君子の左琴を願い、何時の日の時にか、音を知って戴ける人の膝の上に、わたしは枕とするのでしょうかといったことが述べられる。それで旅人は「あなたは持ち主の手馴れの、琴（愛用の琴）になるはずです」と応じたところ、琴の娘子は深く感謝したのだという。旅人はこの夢にひどく感動して、琴を房前に献上するのだという。この物語り仕立ての方法は当時読まれていた『遊仙窟』（唐代の俗文学）に倣ったものと思われるが、むしろ、このようにしてまで現実を超越した内容に仕立てて工夫を凝らした旅人の思いは奈辺にあったのだろうか。

それは「琴」であることに答えが用意されている。この序の文章は全体に竹林の七賢の一人である魏の嵆康《けいこう》の「琴の賦」に基づいて叙述されているのは、琴を理解するための基本文献であったからである。嵆康は琴を弾き詩を詠み懐いを充足させたという。そこには嵆康の養生思想がある。琴というのは『芸文類聚』の「琴」に、「風俗通」にいうとして「琴は楽を統べ八音並び行き、君臣相御すもの」とあり、『初学記』の「琴」に「白虎通《びやつことう》」にいうとして「琴は禁であり、邪を禁じるものである。もって人心を正す」とある。

このような意味を持つ琴は、古代中国では文人のたしなみとする楽器であった。しかも、琴といえば「伯牙《はくが》絶絃」により知られる故事がある。『文選』李少卿「報任少卿書」に「鍾子期《しようしき》が死んだことで、伯牙は終身琴を弾かなかった」とあり、その注に「鍾子期は伯牙の弾く流水の曲に感動した。鍾子期の死後に伯牙は琴の絃を断った」とある。これは本当の音を知る友のことを語った故事であり、「知音《ちいん》」の話である。「高山流水」は伯牙の作った曲という。『懐風藻』にも牙水のことが詠まれ、当時知られていた故事である。旅人が日本琴を房前に贈った理由は、本当の心を知り合う友（知音）ということにある。二人はともに『懐風藻』に詩を残す文人であり、旅人は本当の音を知ると思われる房前と交友の文学を試みたのである。

【参考】藤原房前からの返信

跪《ひざまづ》きて芳音《はういん》を承《うけたまは》り、嘉懽《かくわん》は交《こもごも》深《ふか》し。乃《すなは》ち知る、龍門《りゆうもん》の恩、復《また》蓬身《ほうしん》の上《うへ》に厚《あつ》きことを。恋ひ望む殊念《しゆねん》、常に心は百倍せり。謹みて白雲《はくうん》の什《じふ》に和《わ》し、以《もち》て野鄙《やひ》の歌を奏《そう》す。房前謹状《ふささききんじやう》

言問《ことと》はぬ　木には有りとも　わが背子《せこ》が　手馴《たな》れのみ琴　土に置かめやも

（巻五・八一二）

謹通《きんつう》　尊門《そんもん》　記室《きしつ》

十一月八日　還《かへ》る使の大監《だいけん》に付《ふ》す

跪いてすばらしいお便りを拝受し、喜びとするところはとても深いものです。そこで知ることは、龍門の恩であり、またつまらぬ身の上に厚いお気遣いのことです。恋い慕うことは殊更であり、常の心は百倍にもなりました。謹んで白雲の什に答え、もって野鄙の歌を奏上いたします。房前謹状

言葉を話さない、木にはあるといっても、わが愛しいあなたの、手馴れのみ琴を、土に置くことがありましょうか。

謹通　尊門　記室

十一月八日　還る使の大監に付しました。

【鑑賞】大伴淡等謹状の歌に答えた藤原房前の歌。旅人は房前に日本琴を献上するにあたり、一篇の物語りを創作し手紙と共に贈った。これに房前が答えた歌である。

「龍門の恩」とは、龍門の孤桐から作られた名琴の故事を引用したものであり、それを旅人のいう対馬の結石山の孫枝に対応させている。旅人の作品は、嵆康の「琴賦」にみえる語を多く引用して作品を構成している。房前がそれを「龍門の恩」といった理由は、旅人の桐琴を「龍門の孤桐」の故事から理解したことを示す。それは房前の左琴となろうとする旅人の気持ちを表す孤桐であり、旅人の孤独な気持ちへの理解が背後にある。遠く白雲の彼方の仙郷である大宰府に住む旅人の思いを、房前は十分に理解したのである。「言葉を話さない木にはあるといっても、わが背子の手馴れのみ琴を、土に置くことがありましょうか」という房前の歌からは、その琴を大切にすることの気持ちが

伝えられ、旅人は知音の大切な友であるという意になる。琴を譬喩としながら、二人の心の交流が読み取れるであろう。ここには従来指摘されているように、政治的な配慮も加わると思われるが、これは文人としての旅人が、文人としての房前に思いを託した、世俗を超えた交友の文章であるから、それ以上の穿鑿《せんさく》をする必要はないであろう。

4　梅花の歌の序（巻五）

梅花の歌三十二首并《あは》せて序《じょ》

天平二年正月十三日、帥老《そちらう》の宅《たく》に萃《あつ》まりて、宴会を申《まう》す。時に、初春の令月《れいげつ》にして、気淑《きよ》く風和《かぜやわ》らぎ、梅は鏡前《きやうぜん》の粉《こ》を披《ひら》き、蘭《らん》は珮後《はいご》の香《かう》を熏《かを》らす。加以《しかのみならず》、曙《あけぼの》の嶺に雲移り、松は羅《うすもの》を掛けて蓋《きぬがさ》を傾け、夕の岫《くき》に霧結び、鳥は縠《うすもの》に封《ふう》じらえて林に迷《まと》ふ。庭に新蝶《しんてふ》舞ひ、空に故鴈《こがん》帰る。ここに天を蓋《きぬがさ》とし地を坐とし、膝《ひざ》を促《ちかづ》け觴《さかづき》を飛ばす。言《げん》を一室の裏《うち》に忘れ、衿《えり》を煙霞《えんか》の外に開く。淡然《たんぜん》として自《みづか》ら放《ほしきまま》にし、快然として自《みづか》ら足る。若《も》し翰苑《かんえん》に非《あら》ずは、何を以《もち》てか情《こころ》を攄《の》べむ。詩に落梅《らくばい》の篇《へん》を紀《しる》す。古今《こきん》夫《そ》れ何《なん》ぞ異《こと》ならん。宜《よろ》しく園梅《えんばい》を賦《ふ》し聊《いささ》か短詠《たんえい》を成さん。

梅花歌卅二首并序

天平二年正月十三日、萃于帥老之宅、申宴會也。于時、初春令月、氣淑風和、梅披鏡前之粉、蘭薫珮後之香。加以、曙嶺移雲、松掛羅而傾盖、夕岫結霧、鳥封縠而迷林。庭舞新蝶、空帰故鴈。於是盖天坐地、促膝飛觴。忘言一室之裏、開衿煙霞之外。淡然自放、快然自足。若非翰苑、何以攄情。詩紀落梅之篇。古今夫何異矣。宜賦園梅聊成短詠。

梅花の歌三十二首并せて序

天平二年正月十三日、帥老の宅に萃まり、宴会を開いた。時に、初春の麗しい月にして、春の気は穏やかで風は和らぎ、梅は美人の鏡の前の白粉のように白く開き、蘭は帯に結んだ帯玉が香るように良い香りを薫らせている。その上に、曙の嶺には雲が移り、松は薄絹のような雲を掛けて絹笠を傾ける風情であり、夕方の山の峰には霧が立ちこめ、鳥は薄物のような霧がこもる林に迷って鳴いている。庭には春の新蝶が舞い始め、空には秋に訪れた雁が故郷へ帰るところである。ここに天を絹笠とし地を敷物として、みんなは膝を近づけ觴を飛ばしている。宴の席では言葉を交わす必要もなく楽しみ、心を美しい自然の外に開いている。爽やかな気持ちはみんなを自由奔放にさせ、心地よい宴の席はみんなを十分に満足させている。もしここが歌苑でなければ、何をもって情を述べようか。中国の古詩には落梅の篇を紀している。昔も今もこの楽しみは何か異なるだろうか。よろしく園梅を賦して聊か短詠を成そうではないか。

○梅花歌卅二首并序　「梅花」は中国六朝ころから鑑賞される花として詩に詠まれ、日本では持統朝の葛野王に「翫鶯梅」（『懐風藻』十番詩）が詠まれている。「梅」は中国音 mei によるか、あるいは薬剤の烏梅《うばい》 umei によるか。梅は紀元前の『詩経』の時代から実を利用するために植えられていた。『晋詩』「子夜四時歌」に「杜鵑《とけん》は竹裏に鳴き、梅花は落《ち》りて道に満つ」、『梁詩』呉均《ごきん》「梅花落」に「独り梅花の落るあり、飄蕩として枝に依らず」とある。「卅二首」とはこの歌宴に参加した大宰府の役人たちの歌数をいう。「序」は三十二首に付された漢文の歌序。大伴旅人が風流を意図して書いた、極めて斬新な文章で出来ている。『万葉代匠記』

は張衡《ちょうこう》の「帰田《きでん》の賦」や王羲之《おうぎし》の「蘭亭序《らんていじょ》」に基づくとする。**〇天平二年正月十三日**　天平二年は七三〇年。**〇萃于帥老之宅**　「萃」は集まる意。『漢詩』張衡「歌」に「山趾に萃まる」とある。「帥老」は大宰帥大伴旅人。経歴参照。「老」は謙遜の語。ただ、この序が旅人以外の手になるとすれば「老」は尊敬となる。「宅」は帥旅人の官邸。一説に大宰府の坂本八幡宮が遺称地ともいう。**〇申宴会也**　「申」は開く。「宴会」は梅花を詠む歌宴。中国の詩形式によれば、君臣和楽の宴。**〇于時、初春令月**　「初春」は一月。「令月」は風光も景物も麗しい月。良辰をいう。『文選』張衡（平子）「帰田の賦」に「是に仲春令月、時和し気清らかなり」、『梁詩』王台卿「陌上桑」に「令月和景を開き、処処春心を動かす」とある。元号「令和」の「令」として取られた。以下、謝霊運の「鄴中《ぎょうちゅう》集」にいう良辰（季節の良い時）・美景（美しい風景）・賞心（美景を愛でる心）・楽事（みんなで詩を詠むこと）を理想としている。春の良い季節に、美しい梅の花が咲いているので、それをみんなで愛でて、梅の歌を詠もうという意。**〇氣淑風和**　「氣淑」は春の気がやさしいこと。「風和」は初春の風が和やかであること。「風」は物色の一。『全三国文』夏侯玄《かこうげん》「皇胤賦」に「和気淑く清し」、『全唐詩』「五郊楽章」に「気は四序を調え、風は万籟《ばんらい》を和す」とある。元号「令和」の「和」として取られた。**〇梅披鏡前之粉**　「梅」は白梅。「鏡前之粉」は女子が鏡の前で化粧に用いる白粉。白梅の白と白粉の白とを重ねる。次句と対。**〇蘭薫珮後之香**　「蘭」は「梅」の対。『和名抄』に「和名本草に云う、布知波賀万。新撰万葉集は別に藤袴二字を用いる」とある。「蘭薫《らんくん》」は蘭の香り。中国文人は蘭を気品や友情の象徴として詩に詠み、また帯に飾った。『梁詩』梁元帝「車名詩」に「膝を接して蘭薫に対す」とある。「珮後」は帯玉を腰に付けていること。「珮」は帯玉で帯の飾り物。「鏡前」の対。「香」は蘭の香り。「粉」の対。**〇加以、曙嶺移雲**　「加以」はそれに加えて。「曙嶺」は夜明けの嶺。『全唐詩』則天皇后「唐享昊天楽」に「朝壇霧巻きて、曙嶺煙沈む」とある。**〇松掛羅而傾盖**　松の木には薄絹のような雲が掛かり絹笠を傾けているようだ。「羅」は薄絹。松に纏う雲を薄絹の笠と見る。「盖」は絹笠。**〇夕岫結霧**　夕方の山には霧が掛かること。先句「曙嶺移雲」と対。「岫」は山の高い嶺。洞窟の意もあり仙人が住むとされる。**〇鳥封縠而迷林**　鳥は薄物の霧に篭められて林に迷い鳴いていること。「縠」は薄物。『文選』司馬相如「子虚賦」に「雑繊の羅、霧縠を垂る」とある。**〇庭舞新蝶**　「新蝶」は春に舞い始めた蝶。『梁詩』鮑泉《ほうせん》「奉和湘東王春日詩」に「新鶯始めて新たに帰り、新蝶復た新たに飛ぶ」とある。○**空帰故鴈**　「故鴈」は昨年の晩秋に渡り来た雁。春に故郷へと帰る。○**於是盖天坐地**　天を笠とし地を敷物とすること。「盖」は蓋で笠。「地」は大地。○**促膝飛觴**　互いに近づいて酒を酌み交わす様。『文選』左太沖「京都賦」に「里讌巷飲し、飛觴挙白す」とある。○**忘言一室之裏**　宴席では楽しさのあまり言うべきことも忘れること。『晋詩』傅咸《ふかん》「与尚書同僚詩」に「意を得て言を忘れ、言は意の後に在る」とある。「一室」は歌宴の開かれている室内。○**開衿煙霞之外**　「開衿」は上着の衿を開くこと。心を開いてくつろぐ意。開襟に同じ。『梁詩』王筠《おういん》「苦暑詩」に「月至り毎に開襟し、風過ぎ時に解帯す」とある。「煙霞之外」は世俗を離れた美しい自然。『全隋文』斉王暕《さいおうかん》「与逸人王真書」に「左琴右書。蕭散す煙霞の外」とある。○**淡然自放**　「淡然」は水の如くさっぱりした心。君子の交わりをいう。『老子道徳経』に「上善は水の如し」とあり、友との交わりは水の如きを良しとした。『荘子』山木篇には「君子の交わりは淡きこと水の若《ごと》く、小人の交わりは甘きこと醴《あまざけ》の若し」とある。『陳詩』祖孫登「詠水詩」に「淡然の心あるを知る」とある。○**快然自足**　「快然」は心地よい様。『後漢書』光武列伝に「快然として意を解す」とある。「自足」は自ずから足りていること。満足している様。○**若非翰苑**　「翰苑」は文苑。『全唐文』元宗「張説献詩賛」に「詞林秀発し、翰苑光鮮たり」とある。ここでは歌苑の意。○**何以攄情**　どのようにして情を述べようか。「攄」は述べること。『全隋文』柳瑒「徐則画像讃」に「曷ぞ用いて情を攄べん」、『全唐文』尚衡「文道元亀并序」に「古を学び以て情を攄ぶ」とある。○**詩紀落梅之篇**　「詩紀」は中国の詩の記録。「落梅之篇」は楽府詩「梅花落」を指す。梅の花が散る意。「梅花落」は兵士たちが辺境で正月を迎え故郷を思う歌。『斉詩』謝朓《しゃちょう》の「詠落梅詩」も楽府系の詩で「梅花落」に含まれる。○**古今夫何異矣**　昔も今も梅の花を愛でて詠んだことに変わりがないこと。○**宜賦園梅**　「賦」は詩歌を詠むこと。「園梅」は帥官邸の庭に咲く梅。『梁詩』簡文帝「餞廬陵内史王脩応令詩」に「園梅は新藻を斂《おさ》む」とある。○**聊成短詠**　「短詠」は短い歌。ここは短歌。『梁書』庾肩吾《ゆけんご》列伝に「性は既に文を好み、時に復た短詠す」とある。

【鑑賞】「梅花歌三十二首并序」と題する、三十二首の歌に付された漢文の序。大伴旅人の筆になると思われるが、山上憶良の筆ともいわれる。だが、この序の風流を志向する態度や、「帥老」が帥の謙遜と思われることから、大伴旅人の序と考えられる。この序文は契沖《けいちゅう》の『万葉代匠記』に「羲之か蘭亭記の開端に永和九年歳在癸丑、暮春之初会于会稽山陰之蘭亭。脩禊事也。この筆法にならへりとみゆ」と指摘していて、中国東晋時代の書家である王羲之《おうぎし》の「蘭亭《らんてい》序」に則って書かれているとされる。王羲之は「羲之」（てし）として『万葉集』にしばしば登場する。さらに、契沖は「于時初春令月気淑風和」について後漢の張衡《ちょうこう》の「帰田賦曰」を引いて「仲春令月時和気清」とあるのを指摘している。張衡の賦は『文選』にみられ、王羲之もそれを受けているものと思われる。その張衡の「帰田の賦」も王羲之の「蘭亭記」（蘭亭序）も奈良朝知識人の理解するところであった。そのような漢籍を背景にこの序文が成立していることは間違いなく、その類似性は認められるが、漢語の出典は多くの文献によっていることも確かである。

まず、最初に天平二年正月十三日に帥老の宅に集まり宴会を開いた時の事情から記される。帥老の宅とは大宰府長官の大伴旅人の官邸を指し、そこで梅の花宴という特別な宴会が開かれた。それは、「梅花の歌」を詠むための集団的文学運動としての歌宴である。三十二首という歌の数は、大宰府管内の役人たちが三十二人集まり歌を詠んだことを指す。官邸庭苑の梅の花を一人が一首ずつ詠み上げるという、正月の宴に相応しい華やかな文雅の席が展開したのである。『万葉集』にあっては空前絶後の花宴であり、異国趣味の風流が尽くされた。それを主催したのが、風流人である大伴旅人である。

梅という植物は中国から輸入した外来植物であり、初めは梅の実の薬効利用にあったが、六朝時代の中国の詩人たちが雪の中でも花を咲かす信義の花として好んで詩に詠むようになり、旅人官邸の梅花はこの流れにある。梅は正月になれば必ず咲き、雪の中でも色を失わずに咲く花として、松や竹の緑とともに信頼の植物とされた。それを詩人たちは歳寒の三友として愛でたのである。また、梅の名も「mei」と発音されたと思われ、「m」は鼻声音であるから、日本人の発音には無く、それで「u」の発音を加えて「umei」としたと思われる。あるいは、梅を煮て作る「烏梅《うばい》」(wumei) という薬剤があるので、その方から発音をしたとも考えられる。『芸文類聚』(第八十六)「梅」に「烏梅を二七日（十四日のこと）煮る。即ち熟せば、これを食し邪病を治む」とある。梅を煮て「烏梅」という薬を作り、邪病を治療するという。梅花の歌に梅を「烏梅」と表記するのが多いのは、梅の音仮名とされるが、それのみではなく薬剤の「烏梅」によったものと思われる（Ⅶ　附1　『烏梅』の歴史」参照）。

この宴会を主催した旅人は、最初か最後に序文を書き留めた。この宴会を開くことの趣旨は、前年の末までに各国庁に伝達され、出席者の確認も行われたことであろう。それに合わせて各国の役人たちは花宴の開催日までに大宰府入りをしていたはずである。彼らにとっては聞いたことも見たこともない宴会が開かれること、さらには梅の花を詠み込む歌を披露することなど、不安と期待とが入り交じった気持ちで当日を待ったものと思われる。そのようにして開かれる梅花の宴の最初に、改めて旅人はこの宴会の趣旨を述べたのであろう。その内容はすでに旅人の構想の中にあり、ここに記録されている程度の内容が開宴の冒頭に読み上げられたと思われる。

時に初春の麗しい月にして、気は淑く風は和らぎ、梅は鏡前の粉を披き、蘭は珮後の香を燻らせている、曙の嶺には雲が移り、松は羅を掛けて蓋を傾け、夕の岫には霧が結び、鳥は縠に封められて林に迷っている、庭には新蝶が舞い、空には故鴈が帰るという冒頭は、漢籍を典拠として十分に練られた文章である。すぐれた文章は、多くの典拠を持つことである。それは中国文人の文章態度であった。そのようにして書かれたこの文章からは、旅人の心躍る気持ちが伝わってくる。直ちに歌会に入るのではなく、時候の風光から述べるのは、高鳴る気持ちを抑えるためであり、出来るだけ冷静に事を運ぶのを目標とする算段である。

この時候の文章は、宴会を開く場合の四つの基本を踏まえている。その一は、「良辰」ということ。これは宴会を開くのに最も適した時（辰）が選ばれることである。その二は、「美景」であること。宴会を開く時が、最も美しい風景の中にあることである。先の冒頭の文章は、宴会を開くための条件である良辰と美景という二つの理念に基づいて描かれている。これに続いて、ここに天を蓋とし地を坐として、膝を促け觴を飛ばすのである。言葉を一室の裏に忘れ、衿を煙霞の外に開く。淡然として自ら放にし、快然として自ら足る。若しここが翰苑でなければ、何を以てか情を攄べよう、古詩には落梅の篇を紀している。古今夫れ何か異なるだろうか。宜しく園梅を賦して聊か短詠を成そうではないかという。ここにこの宴会の趣旨が詳しく述べられている。梅の花の咲くこの美しい風景を見れば、誰しも思いを述べたくなるのであり、この翰苑において園梅を賦して短詠を成そうという。その趣旨に基づいて、園梅を賦すことになる。ここに宴会の理念である四つの条件の続く二つが取り出される。その一は、「賞心」ということ。これは花宴の参会者が心を一つにして苑の梅を賞美することである。その二は、「楽事」ということ。これは今を盛りの園の梅を歌に賦すことである。この四つの条件が揃ったことで、梅花の宴が開かれるのだというのが、旅人の趣旨である。ここには、魏の曹丕《そうひ》が開いた鄴宮《ぎょうきゅう》宴の理念がそのまま受け入れられている。その鄴宮宴の理念を描いたのが宋の謝霊運《しゃれいうん》の「鄴中集詩」(『文選』収録) である。

ここにもう一つ加えられることとは、古詩には落梅の篇を紀している。古今夫れ何か異なるだろうかにある。この古詩の「落梅の篇」とは、中国で古くから辺境に派遣された兵士らが梅が咲くと正月の来たことを知り、故郷や家族を思い、そこで歌ったという歌謡である。『陳詩』江総「梅花落」に「胡地春来ること少なく、三年にして落梅に驚く」とあるのは、辺境の兵士の思いである。朱乾は「梅花落とは、春和のころに、軍士らが物に感じて帰ることを思い、それで歌とした」(『魏晋南北朝文学史参考資料』) という。それを古代中国の音楽所 (楽府) に集めて「梅花落」と呼んだ。「梅の花落る」ことを歌い、辺塞の兵士たちが正月に故郷を思うという歌である。旅人の宴会の本旨はここにあり、「梅花落」をみんなで歌い奈良の都を思おうということにある。大宰府は遠く辺境の地であり、また軍事拠点であるから、各地の兵士たちの集まる地である。そのような辺境の地にあって、梅の花の咲く正月にわれわれも故郷を思い、それを詩編として編もうというのである。そのようにして編まれた「梅花の歌三十二首」と漢文序は、日本文学の基調となる雪月花や花鳥風月という美学の出発を告げることとなった。

ところで、この序文中の「初春令月、氣淑風和」の「令和」が元号とされた。「春の麗しい月に春の気は爽やかで風も和やかだ」という内容を凝縮したのが「令和」である。元号が初めて日本古典の『万葉集』から採用されたことは記念すべきことである。新しい元号である「令和」の典拠とされる張衡の「帰田の賦」と王羲之の「蘭亭序」を以下に掲げて、「梅花の歌」の序との関係を考えておきたい。

張衡（子平）については、中国史書である『後漢書』に張衡列伝が載る。それによれば、字は平子。南陽西鄂《せいがく》の人とある。世にこの姓は有名で、祖父の堪は蜀郡の太守であった。衡は若くしてよく文章を綴り、三輔《さんぽ》（前漢の武帝の時に定めた、長安を中心とする三カ所の行政区域）に遊び、長安の都で太学（学校）に学び、五経（儒教経典の易経・書経・詩経・礼記・春秋の五つ）や、士大夫の教養である六芸《りくげい》（礼・楽・射・御・書・数）に通じた。その才能は世に高く知られたが、奢《おご》り高ぶる情はなかった。常に物静かで、俗人に接することは好まなかった。永元《えいげん》の時代、孝廉《こうれん》（官吏の特別任用の一つ。漢代に郡から推挙された者を孝廉として官吏に任用した）に挙げられたが都に行かず、公府に繫がることを避けて官職には就かなかった。時に天下太平の日が久しく、王侯《おうこう》より以下は贅《ぜい》を尽くす風潮となった。衡はそこで班《はん》固《こ》（後漢の歴史家で文人）の両都の賦に擬《なぞら》えて、二都の賦を作り、よって諷諌《ふうかん》（遠回しに諌めること）したという。

また機巧《きこう》（科学技術）を良くし、天文や陰陽、歴算（数学）に思いを致し、常に好んで玄経《げんきょう》（老荘の書）を読み耽った。琁機《せんき》（璇璣玉衡《せんきぎょっこう》のことで天文観測機器）を正すことに尽力し、渾天儀《こんてんぎ》（天文観測器）を作り、霊憲（天文暦法の学）や筭罔《さんもう》論（同上）を著し、言葉は実に詳細であったとある。

このように、張衡は天文・暦法・数理などにすぐれた天才科学者であり、その上に文人でもあった。官吏としては太史令などを歴任したが、性格が剛直で漢代に流行していた予言の説（讖緯《しんい》説）や、皇帝を取り巻き諂《へつら》う人らを批判したことから河北省に左遷された。辞職を願い奏上したが許されず、永和三年（一三八）に都に呼び戻されるが、翌年の永和四年に病死した。

「帰田の賦」は、『文選』の賦篇に載る。賦というのは韻文の叙事的文章のことで、漢代には賦形式の文学表現が主となり、文人たちはその腕を競い合った。一般に賦は長大な文章であるが、「帰田の賦」は珍しく短文である。しかも、その内容は叙事よりも情に傾き六朝情賦の先駆けのように思われる。その賦は以下の通りである。

帰田《きでん》の賦《ふ》　張衡

都邑《とゆう》に遊んで以て永久なるも、明略《めいりやく》の以て時を佐《たす》くる無し。徒《いたづら》に川に臨んで以て魚を羨《うらや》み、河の清《す》まんことを俟《ま》てども未だ期《き》あらず。蔡子《さいし》の慷慨《かうがい》に感じ、唐生《たうせい》に従って以て疑ひを決す。諒《まこと》に天道《てんだう》の微昧《びまい》なる、漁父《ぎよほ》を追ひて以て嬉《たのしみ》を同じうす。埃塵《じんあい》を超えて以て遐《とほ》く逝《ゆ》き、世事《せじ》と長く辞《じ》す。

是《ここ》に仲春令月、時和し気清《す》む。原湿鬱茂《げんしふうつも》し、百草滋栄《じえい》す。王雎《みさご》翼を鼓《こ》し、鶬鶊哀《うぐいすかなし》み鳴く。頸《くび》を交えて頡頏《きつこう》し、関関嚶嚶《かんかんあうあう》たり。焉《ここ》に於いて逍遥《しようよう》し、聊《いささ》か以て情を娯《たの》しましむ。爾《しか》して乃ち龍《りう》のごとく方沢《ほうたく》に吟《ぎん》じ、虎のごとく山丘に嘯《うそふ》く。仰いで繊繳《せんしやく》を飛ばし、俯《ふ》して長流に釣《つ》る。矢に触れて斃《たふ》れ、餌《えさ》を貪《むさぼ》りて鉤《はり》を呑《の》む。雲間の逸禽《いつきん》を落とし、淵沈《えんちん》の魦鰡《さりう》を懸く。

時に曜霊《えうれい》は景《かげ》を俄《かたむ》け、係《つ》ぐに望舒《ぼうじよ》を以てす。般遊《ばんゆう》の至楽《しらく》を極め、日は夕べなりと雖も劬《つか》るるを忘る。老氏の遺誡《いかい》に感じ、将に廻駕《かいが》を蓬廬《ほうろ》に廻《めぐ》らさんとす。五絃の妙指《めうし》を弾じ、周孔の図書《ずしよ》を詠ず。翰墨《かんぼく》を揮《ふる》ひて以て藻《さう》を奮《ふる》ひ、三皇《さんのう》の軌模《きぼ》を陳《の》ぶ。苟《いやしく》も心を物外《ぶつがい》に縦《ほしいまま》にせば、安《いずく》んぞ栄辱《えいじよく》の如《し》く所を知らんや。

都に来て久しくなるけれども、時世を救う才略もなく、むなしく川を前にして魚を手に入れたいと願うだけで、黄河の澄むのを待ってはいるが、まだその時期は来ない。そこで、かの蔡沢（戦国秦人）が身の不遇を嘆き、唐挙（楚の人相学者）について疑いを尋ねたように私もやってみた。が、天道は誠に深遠でどうにもはっきりさせることはできず、まずは例の漁父（屈原の『楚辞』の篇名）と楽しみを同じくし、俗塵をはるかに超越して、世間と縁を絶とうと思う。

さて、時は春のさなか、天気は和やかに澄み渡り、湿原は鬱蒼と茂り、百花は花を開く。王雎（鳥の名）は羽ばたき、鶬鶊（鳥の名）は憂わしげに声をあげ、首を擦り寄せながら上り下りし、和やかに鳴き交わしている。私はこの中に逍遥してしばらく気持ちを楽しませる。そうして龍のように大沢に吟じ、虎のように山丘にうそぶき、仰いでは空に繊繳《いぐるみ》（糸弓）を飛ばし、伏しては長流につり糸を垂れる。雲間の飛鳥は矢に触れて落ち、深い淵の鯋鰡は餌をむさぼってつり針に掛かる。

時に日は西に傾き、月が変わりに現れてくる。私は心行くまで遊び楽しみ、夕べになるまで疲れを忘れていた。しかし、老子の遺誡（訓戒）を思い出し、我家に車を返そうとする。五弦の琴をさやかにかき鳴らし、周公・孔子の書物を読み、筆を振るって文章を作り、上古の三皇の決められた法を述べるのである。心を俗世の外に放てば、この世の栄辱などは我身になんのかかわりがあろうか。

（訓読・現代語訳は、全釈漢文大系『文選』集英社による）

「帰田の賦」は短い作品であるが、そこには張衡の心情が読み取れる。「帰田」とは官を辞して田舎に帰る意であり、後の陶淵明も「帰去来の辞」に「田園まさに荒れなんとす」と詠んでいるように、これは不遇の身を嘆く形式にある。それゆえ、張衡は「都に来ても志は遂げられず、河清をまつことも叶わず、蔡子らが身の不遇を嘆いたように嘆き、俗塵とは縁を絶とう」という。そこで「仲春の麗しい月にあたり、時は和やかで春の気は清んでいる」（「於是仲春令月、時和気清」）ことから、「春の風光のなかを逍遥し、しばし楽しい気分になったことだ」と喜ぶ。そのようにして春の一日を楽しみ遊び、日も暮れても帰ることを忘れていたという。ただ、「老子の遺誡があり、それで周孔の書を読み文章を作るのだが、心を俗の外に縦にすると、この世の栄辱などはかかわりないことなのだ」(「苟縦心於物外、安知栄辱之所如」)と結ぶ。

ここには、漢代の知識人の一つのスタイルが見られる。それは新たな儒教国家の成立のなかで、官僚として真面目に勤めても不遇であることに起因して、世俗を逃れて生きることを理想とする老荘的な脱俗への憧れによる態度である。そのような不遇を嘆くのは、楚国の屈原に始まり司馬遷や陶淵明などの作品の主題となる。張衡の挙げる蔡子(沢)も志を遂げ得ず不遇を嘆いた。そうした宮廷や官という俗間に対して心を楽しませるのは、まさに春の麗しい時に美しい風光の中を逍遥することであった。それはこの世の栄辱を忘れさせるものであり、それが漢代以後の文人の理想とする生き方であったのである。張衡も例に漏れず不遇をいうのは、政治を真面目に考え諫言もするが、それが天子に受け入れられず、美しい春の風光のなかに身を置くことに喜びが見出されたということである。

「梅花の歌」の漢文序が張衡の「帰田の賦」にみる「於是仲春令月、時和気清」と類似することは、契沖の指摘するところであった。旅人の開いた「梅花の歌」の花宴は、精神性の上からいえば、世俗を離れて美しい梅花を愛でることが主意である。日本漢詩の上では公務に疲れた官人らは、吉野などの美しい自然を求めて遊覧を繰り返し、山水逍遥の詩を多く詠んでいる。『懐風藻』の詩人が「駕を命じて山水に遊び、長く忘る冠冕《かんべん》の情。安《いづく》にか王喬の道を得て、鶴を控きて蓬瀛《ほうえい》に入らむ(車駕を命じて山水に遊び、長く宮廷の生活を忘れようと思う。どうすれば仙人の王子喬の道を得て、鶴に乗り仙界へ行くことができようか)」(十一番詩)と詠むように、老荘的山水自然の中に理想の空間を得ようとした。そのような精神性の源流は、張衡の「帰田の賦」に始まり、続く六朝から唐へといたる中国文人の精神を支えた。特に六朝時代の文人たちは山水へと分け入り、新しい自然に接して山水文学を創り上げた。

旅人の求めた花の宴も、俗塵を離れた物外の遊びであり、自然の趣への関心にもとづく。その意味では、張衡の態度と等しいところにあろう。もちろん、旅人が不遇であったか否かは分からない。長屋王事件との関係から旅人の境遇が推し測られているが、大切なことは、この花宴が官（公）という世俗から離れて友と梅花を愛でるという風雅を楽しむことが目的であり、それは奈良朝知識人が示した新たな遊びの態度だということである。そうした生き方は張衡や王羲之などの自由な精神に連なる中に存在したのである。喩えていえば、世俗の穢土を離れて一室の内に花の浄土を作り上げたのが旅人である。

一方、王羲之の「蘭亭序」は、「梅花の歌」の序の基本を形成した。その王羲之は三〇三年から三六一年の人。魏晋時代の名門氏族である琅邪《ろうや》王の家に生まれた。王羲之は書聖として特に有名であり、末子の献之も書をよくして義之と献之とを合わせて二王と称される。王羲之の書としては「蘭亭序」が特別に著名であり、『万葉集』では「義之」と書いて「てし」と訓ませている。王羲之がすぐれた書の師（先生）であったことによる。古代日本でも王羲之は「手師」として尊敬された。「大王」も「てし」と訓まれるのは、王羲之と王献之とをならべて、父の王羲之を「大の王氏」として区別したことによる。奈良朝にあって王羲之の名声は高く、奈良朝知識人が憧れた書聖であった。

蘭亭は中国浙江省紹興県南西の蘭渚《らんしょ》にあった亭（山水を廻らした休息所）をいう。晋の穆帝《ぼくてい》の永和九年（三五三）三月三日に、王羲之が文人謝安ら数十人を招き、蘭亭で曲水の宴を開いた。三月三日は古く上巳《じょうし》といわれたが、六朝期に三月三日を通称とした。曲水の起源は衆人が川や池に出掛けて禊をする行事にあったが、知識人たちは酒杯を曲水に流し、詩を賦す遊びとした。「蘭亭序」は、この曲水の詩宴に詠まれた詩の「蘭亭集」に付した序文である。なお、王羲之には「臨河敘」という一文があり、この時の蘭亭の会を記したもので、「蘭亭序」と同じ内容を取るが、後半に「右将軍司馬太原孫丞公等二十六人、詩を賦すこと左の如し。前余令会稽謝勝等十五人は詩を賦すことが出来ず。罰酒として各三斗」ということが加えられている。この時の詩会が酒令（宴に規則がありそれに背くと罰杯がある）という遊びも含めた、詩酒の宴であったことが知られる。序は以下の通りである。

蘭亭《らんてい》の序《じょ》　王羲之

永和九年、歳《とし》は癸丑《きちゆう》に在《やど》る。暮春《ぼしゆん》の初め、会稽山陰の蘭亭に会《かい》す。事を修《おさ》むるなり。群賢《ぐんけん》畢《ことごと》く至り、少《せう》長《ちやう》咸《ことごと》く集まる。この地に崇山峻嶺《すうざんしゆんれい》、茂林修竹《もりんしうちく》あり、また清流激湍《げきたん》あり、左右に映帯《えいたい》す。引きて以て流觴曲《りうしやうきよく》水《すい》となし、その次《つぎて》に列座《れつざ》す。糸竹管絃《しちくくわんげん》の盛《さかん》なしと雖も、一觴一詠《いつしやういちえい》、また以て幽情《ゆうじやう》を暢叙《ようじよ》するに足《た》る。

この日や、天朗《ほが》らかに気清く、恵風《けいふう》和らぎ暢《の》び、仰《あふ》ぎては宇宙の大を観《み》、俯《ふ》しては品類《ひんるい》の盛《さかり》を察《さつ》す。目を游《あそ》ばせ懐《おもひ》を騁《は》する所以《ゆえん》にして、以て視聴の娯《たの》しみを極《きは》むるに足る。信《まこと》に楽しむべきなり。

それ人の相与《あひとも》に、一世を俯仰《ふぎやう》するや、或いは諸《もろもろ》を懐抱《くわいほう》に取り、一室の内に悟言《ごげん》し、或いは託《よ》する所に因寄《いんき》し、形骸《けいがい》の外に放浪《はうらう》す。趣舎万殊《しゆしやばんしゆ》、静躁《せいさう》不同と雖も、その遇《あ》ふ所を欣《よろこ》び、暫《しばら》く己《おのれ》を得《う》るに当たりては、快然《くわいぜん》として自ら足り、老の将《まさ》に至らんとするを知らず。その之《ゆ》く所、既に倦《う》み、情《じやう》は事に随ひて遷《うつ》るに及んでは、感慨これに係《かか》れり。向《さき》の欣《よろこ》ぶ所は、俛仰《ふぎやう》の間に已に陳跡《ちんせき》と為《な》る。猶《な》ほこれを以て懐《おもひ》を興《おこ》さざる能《あた》はず。況《いは》んや修短《しうたん》の化《か》に随ひ、終《つひ》に尽くすを期《き》するや。古人の云《い》はく、死生《しせい》また大なりと。豈《あに》痛ましからずや。

毎《つね》に昔人の感を興《おこ》すの由《よし》を覧《み》るに、一契《いつけい》を合せたるが若《ごと》く、いまだ嘗《かつ》て文に臨んで嗟悼《さたう》せざるはあらず。これを懐《こころ》に喩《さと》ること能《あた》はず。固《もと》より死生を一にするは虚誕《きよたん》、彭殤《はうしやう》を斉《ひと》しくするは妄作《ばうさく》たるを知る。後の今を視《み》るも、また由《な》ほ今の昔を視るがごとし。悲しいかな。

故に時の人を列叙《れつじよ》し、その述ぶる所を録《しる》す。世は殊に事異《こと》なりと雖も、懐《おも》ひを興《おこ》す所以《ゆえん》は、その致《むね》は一なり。後の覧《み》る者は、また将《まさ》にこの文に感ずるあらんとす。

永和九年癸丑の歳、暮春三月の初めにあたる。ここ会稽郡山陰県蘭亭に集ったのは、禊を行うためである。賢者らがみな集まり、老少もみな集まった。この地には高い山と険しい嶺、茂った林や長くのびた竹がある。

また、清らかな流れや激流の瀬があり、影は左右に照り映えている。その水の流れを引いて、觴を流すための曲水を作り、みなは順次座に列した。糸竹管弦の賑わいはないといっても、一つの觴が廻りくる間に詩を詠じ、人知れぬ思いを述べるには十分である。

この日、天は晴朗にして春の気は清らかで、春風はおだやかに吹いている。仰いでは広大な宇宙を見、俯しては万物の盛んなさまを見る。こうして、目を遊ばせ思いを十分に馳せ、見聞の娯しみを尽くすことは本当に楽しいことである。

そもそも、人がともにこの世で暮らす上で、ある者は諸々の懐いを抱き、一室の内にあって友と語り合い、ある者は託す所に寄せて、心は身体の外に彷徨い出る。取捨選択はみな異なり、静謐と喧噪にも違いはあるが、一致すればよろこび合う。暫し自分の意のままになる時、人は快く自足した気分となり、老いが目前にくることに気づかない。ただ、その行き着く所に至れば、感情は事柄に従い移ろい、感慨もそれにつれて移ろってゆく。以前の喜びは束の間に過去となるのであり、それゆえに、感慨を催さずにはいられない。まして人命は物の変化に従い、ついには命の尽きる時を思えばなおさらである。昔の人も「死生はまことに人生の大事」と言っているが、これは何とも痛ましいことではないか。

常に昔の人が感興を催すのを見ると、割り符を合わせたかのように我の思いと等しく、いまだその文を読むたびに感嘆しないことはない。しかし、我が心を諭すことはできない。もともと、死と生を同一視するのは偽りであり、長命も短命も同じなどというのも偽りであることは知っている。後世の人が現在の我々を見るのは、また今の我々が昔の人を見るのと同じようなものだ。悲しいではないか。

それで今日ここに集う人々の名を列記し、それぞれ述べたところを記録しよう。世の中が移り、事柄が異なっても、人々が感慨を興すのは、つまりは一つである。後世のこの文を見る人も共感するにちがいない。

この「蘭亭序」をみると、張衡の「帰田の賦」よりも語彙の上ではいっそう「梅花の歌」の序に近い。「天平二年正月十三日、帥老の宅に萃まりて、宴会を申す」という書き出しは、「永和九年、歳は癸丑に在る。暮春の初め、会稽山陰の蘭亭に会す」を意識してのことであろう。正月と暮春との相違は大きいが、正月という新たな年の花宴への喜びと、上巳という桃花曲水の遊びへの喜びが二つの序を結びつけている。六朝の曲水は庭苑に曲がりくねった小川を作り、そこに盃を流し盃が流れ来るまでに詩を詠むという遊びである。韓半島新羅の鮑石亭でも曲水の遊びが行われていたことが知られ、古代日本でも『懐風藻』に「三月三日曲水の宴」の題で山田三方は「流水の急を憚らず、唯恨む盞の遅く来たるを」（詩番五四）のように詠んでいる。

その上で「蘭亭序」は「この日、天は晴朗にして春の気は清らかで、春風はおだやかに吹いている」と暮春の風光を愛で、さらに「仰いでは広大な宇宙を見、俯しては万物の盛んなさまを見る。こうして、目を遊ばせ思いを十分に馳せ、見聞の娯しみを尽くすことは本当に楽しいことである」と宴会の喜びを述べる。それは「梅花の歌」の序が曙の嶺には雲が移り、松は薄絹のような雲を掛けて絹笠を傾ける風情であり、夕方の山の峰には霧が立ちこめ、鳥は薄物のような霧がこもる林に迷って鳴いている。庭には春の新蝶が舞い始め、空には秋に訪れた雁が故郷へ帰るところであるという、正月の風景を描いたところに該当する。むしろ、「梅花の歌」の序は積極的に季節の美しさを愛でることに力を注いでいる。

さらに、「人がともにこの世で暮らす上で、ある者は諸々の懐いを抱き、一室の内にあって友と語り合い、ある者は託す所に寄せて、心は身体の外に彷徨い出る」という詠詩への誘いは、「梅花の歌」の序では「天を絹笠とし地を敷物として、みんなは膝を近づけ觴を飛ばしている。宴の席では言葉を交わす必要もなく楽しみ、心を美しい自然の外に開いている。爽やかな気持ちはみんなを自由奔放にさせ、心地よい宴の席はみんなを十分に満足させている」のだという。すでに春の美しい風光を目にして、余計な言葉はいらず、自由な心は自然を愛でて詩を詠むことに向かっているのである。そのような喜びを王羲之は「世の中が移り、事柄が異なっても、人々が感慨を興すのは、つまりは一つである。後世のこの文を見る人も共感するにちがいない」という。「梅花の歌」の序はこの一文を受けて、これらの梅の歌も後世に残すならば、それを見た人たちも共感するに違いないという思いにあったであろう。

もちろん、「蘭亭序」とには違いもみられる。「蘭亭序」には人生の悲しみが湛えられていて、この宴会の人たちと何時までも楽しむことが出来ないこと、それ故にここに序を記して後の世の人に示すのだという。親しい友との宴も、それは一時のことだというのである。それに対して「梅花の歌」の序は、正月を迎えた花宴の喜びが第一の主旨である。王羲之は「人命は物の変化に従い、ついには命の尽きる時」があり、古人のいう「死生はまことに人生の大事」という箴言《しんげん》を引き、何とも痛ましいことなのだという。そのことに当たるのが「梅花序」では「中国の古詩には落梅の篇を紀していること、昔も今もこの楽しみは何か異なるだろうか」にあるが、ここに「蘭亭序」との大きな異なりがある。王羲之の場合は人生観を述べることが〈志〉をいうことであり、それは中国文人たちの長い伝統の上での文章の態度である。「梅花の歌」の序が目指すのは人生観ではなく、懐かしい故郷への思いであり、それは古人も我々も同じくすることだという。そのような異なりは、初めから目的を異にする宴会であるから、結論を異にするのは必然であろう。

5　梅花の歌三十二首（巻五・八一五～八四六）

正月《むつき》立ち　春の来たらば　かくしこそ　梅を折りつつ　楽しきを経《へ》め　大弐紀卿《だいにきのきやう》　（巻五・八一五）

武都紀多知　波流能吉多良婆　可久斯許曽　烏梅乎乎利都々　多努之岐乎倍米　大貮紀卿

正月の月が立って、春が来たならば、このようにして、梅を折り挿頭《かざ》して、楽しい日を過ごしましょう。　大弐紀卿

〇正月立ち　正月が来たこと。暦の上での立春をいう。**〇春の来たらば**　こうして毎年春が来た時にはの意。「ば」は仮定。正月一日と立春とは基本的に同じ。これにズレが生じると年内立春となる。**〇かくしこそ**　梅の花を愛でることをいう。**〇梅を折りつつ**　梅を折り挿頭とすること。梅を「烏梅」と書くのは「梅」の仮名表記のようであるが、梅の実を薬剤や染料の媒染剤《ばいせんざい》としたのが「烏梅」と呼ばれる。井手至氏はこの「烏梅」が薬剤であり憶良が持ち帰って梅花の宴で披露したのではないかという（「万葉集と本草書」『万葉語文研究』第1集）。憶良が持ち帰ったか否かは不明であるが、この指摘は尊重すべきであろう。本草の上で烏梅の研究は広く行われている。烏梅は平安時代以降に薬剤として文献的記録に見え、また今日では染めの媒染剤ともされている（Ⅶ　附1　『烏梅』の歴史」参照）。「乎利」は梅を頭の飾りのために折り取ること。紀州本に「乎岐」とあり、それであれば梅を招くこと。梅を上座とするのであろう。底本を尊重する。**〇楽しきを経め**　毎年楽しく過ごすこと。「経め」は過ごす意。「琴歌譜」に「新たしき年の初めにかくしこそ千歳をかねて楽しきをへめ」があり、この歌は宮廷の大歌所に管理されていたもので、正月の賀宴に奏されていたのであろう。紀卿はそれを念頭に賀宴の喜びを詠んだものと思われる。**〇大弐紀卿**　詠み手の署名。大弐は帥に次ぐ職で「職員令」に「掌ること帥に同じ」とある。正五位上相当官。紀卿は閲歴未詳。この宴席の主賓として招かれた。

【鑑賞】　紀卿の歌。主賓としてこの宴を始める座開きの歌である。正月となり春が来たなら、このようにして毎年のように梅を手折り挿頭して楽しく遊ぼうという。開宴に相応しい歌である。正月は待たれるものであり、新たな年を祝う楽しみが正月にある。そのような正月に、朝廷では宮廷奉仕の役人たちが一堂に集まり賀正の礼が行われ、天皇を祝賀する。また、各国庁では国守による賀宴が開かれた。大宰府では旅人の趣向により、梅花の宴が開かれたので

ある。それは前代未聞の花の宴であり、主賓の挨拶では、宴会の趣旨である梅の花を頭に挿して遊ぼうという。国庁における正月の公の賀宴は儀礼的なものであるが、大宰府の花の宴は風流を尽くす遊びであった。

なお、序文に「詩に落梅の篇を紀す」とあるのは、中国で古くから歌われていた楽府の「梅花落」のことである。梅の花が咲くと正月が来たことを知り、辺境へと送られた兵士たちが歌う歌謡である。それに基づいて詩人たちも梅花落をテーマとして詠んだ。大宰府の花宴はこの楽府詩「梅花落」を参考としていると思われ、以下に掲げる。

梅花落　呉　均

終冬十二月、寒風西北に吹く。独り梅花落あり、飄蕩《へふたふ》として枝に依らず。流連して霜を逐《お》ひて彩り、散漫として氷澌《ひようし》に下る。何ぞまさに春日と、共に芙蓉の池に映ずべきを。

梅花落　張正見

芳樹雪の野に映じ、発すること早く寒の侵すを覚る。遠くに落り香風急にして、多花を飛ばし径《みち》に深し。周人は嘆きて初めて摽《なげう》ち、魏帝は前林を指さす。辺城灌木少なく、これを折りて自ら悲吟す。

梅花落　陳後主

春砌《しゆんせつ》芳梅落《ち》り、飄零《へふれい》として鳳台に上る。妝《よそほひ》の払ふ粉の散るかと疑い、逐ひて溜《とど》るは萍《うきくさ》の開くに似たり。日に映じて花光に動き、風の迎へて香気来たる。佳人早くも髷《まげ》に挿し、試みに立ちまた裵徊《はいくわい》す。

梅花落　江　総

胡地春来ること少なく、三年にして落梅に驚く。偏に粉蝶の散るかと疑ひ、たちまち雪花の開くに似たり。可憐なる香気歇《つ》き、惜しむべし風の相摧《はば》むを。金鐃《どう》しばらく韻《ひびき》無く、玉笛幸ひに徘徊す。

梅花落　江　総

臘月《らふげつ》正月早くも春に驚き、衆花未だ発せず梅花新たなり。芬芳《ふんぽう》として玉台に臨み、朝に攀《よ》ぢ晩に折り還りて復た開く。長安の少年多く軽薄にして、両両共に梅花落を唱ふ。満酌金巵《きんし》玉桂を催《うなが》し、落梅の樹下宜しく歌舞すべし。金谷万株綺甍《きばう》を連ね、梅花の密なる処嬌鶯を蔵《かく》す。（以下略）

梅花落　　盧照隣

梅嶺の花初めて発し、天山の雪未だ開かず。雪の処は花の満つるかと疑ひ、花の辺りは雪の回れるに似たり。風に因りて舞袖《ぶしゆう》に入り、雑粉は妝台《しやうだい》に向かふ。匈奴《きようど》幾万里、春至るも来たるを知らず。

「梅花落」は楽府題として成立しているが、これは辺境へと派遣された兵士たちが梅の花が咲くと正月が来たことを知り、懐かしい故郷を思い歌っていた歌である。それが楽府題として詩人たちに好まれて詩に詠まれた。そのような「梅花落」の詩も、基本は懐かしい故郷を思うことにある。

梅の花　今咲けるごと　散り過ぎず　わが家《へ》の苑《その》に　ありこせぬかも　小弐《せうに》小野大夫《をののだいふ》　（巻五・八一六）

烏梅能波奈　伊麻佐家留期等　知利須義受　和我覇能曽能尓　阿利己世奴加毛　小貮小野大夫

梅の花は、今咲いているように、散り過ぎずに、わが家の苑に、このまま咲いていてくれないかなあ。小弐小野大夫

○**梅の花**　八一五番歌参照。○**今咲けるごと**　今咲いている如くに。○**散り過ぎず**　散らずにあることをいう。○**わが家の苑に**　わが家の苑は奈良の自邸の庭。参加者はいちように故郷を舞台に梅の花を詠む。「梅花落」が故郷を思う歌であることによる。○

ありこせぬかも　あってくれないかなあ。「こせ」は動詞の連用形に付いて「〜すること」の意。旅人官邸の梅のように我が家の庭にもの意。**○小弐小野大夫**　詠み手の署名。小弐は大宰府の大弐に次ぐ官で「職員令」に「掌ること大弐に同じ」とある。従五位相当。小野大夫は小野朝臣老。養老三年（七一九）一月従五位下、天平元年（七二九）三月従五位上、同六年（七三四）一月従四位下。「大夫」は五位クラスの官。

【鑑賞】小野大夫の歌。席順としては大弐に次ぐ。小野大夫は梅の花が満開であることを詠み、このまま散ることなくわが家の苑に咲いていてくれないかという。梅の花は大宰府官邸の庭に咲いている筈であるが、小野大夫は我が家の庭に咲き続けよという。ここに矛盾があるように見えるが、これは梅が故郷を思う花であることから、宴に参加している者は故郷へと思いを馳せ、官邸の庭を故郷の我が家の庭として詠むことによる。そこに「梅花落」の主旨があり、後続の歌もそのような主旨で詠んでいる。

梅の花　咲きたる苑《その》の　青柳は　蘰《かづら》にすべく　成りにけらずや　小弐《せうに》粟田大夫《あはたのたいふ》　（巻五・八一七）

烏梅能波奈　佐吉多留僧能ゝ　阿遠也疑波　可豆良ゝ須倍久　奈利ゝ家良受夜　小貳粟田大夫

梅の花が、咲いている苑の、青柳は、蘰にするように、成っているのではないか。小弐粟田大夫

○梅の花　八一五番歌参照。**○咲きたる苑の**　咲いている苑は故郷の家の苑。**○青柳は**　早春に細い枝を伸ばした柳。梅と柳の組み合わせで春の美景を描く。『晋詩』陶淵明「蜡日」に「梅柳門を挟み植え、一条佳花あり」とある。**○蘰にすべく**　蘰は草木で造る頭の飾り物。挿頭《かざし》をいう。宴楽で風雅を尽くすのに用いる。**○成りにけらずや**　成ったではないか。「や」は詠嘆。**○小弐粟**

田大夫　作者の署名。小弐は大宰府の大弐に次ぐ官で「職員令」に「掌ること大弐に同じ」とある。小野大夫と同格。従五位相当。粟田大夫は閲歴未詳。

【鑑賞】粟田大夫の歌。大宰府の大弐に次ぐ官で、小野大夫と同格であるが、粟田大夫の席順が下なのは年齢が若かったのであろう。梅の花が咲いているという苑も、旅人官邸の苑ではなく、故郷の粟田大夫の家の庭のことである。その苑の青柳は、蘰にするように成っているのではないかという。故郷の家の庭には梅の花が咲き、青柳も芽吹いて、蘰とするのに良い時を迎え、故郷の者たちは正月の宴を楽しんでいるだろうという。蘰は頭に飾り風流を楽しむ飾り物であるが、早春の青柳の細い枝も蘰にするのに適していて、宴会の頭飾りに用いられた。梅の花を挿頭すという風流はこの花の宴に始まる。

春去《はるさ》れば　先づ咲く宿の　梅の花　独り見つつや　春日暮らさむ　筑前守山上大夫《ちくぜんのかみやまのうへのたいふ》　（巻五・八一八）

波流佐礼婆　麻豆佐久耶登能　烏梅能波奈　比等利美都〻夜　波流比久良佐武　筑前守山上大夫

春が来ると、先ず咲く家の、梅の花である。その梅の花もこうして独り見ながら、春日を暮らすのだろうか。筑前守山上大夫

○春去れば　春となったので。「され」は時が移ったこと。「ば」は順接。**○先づ咲く宿の**　「宿」は屋戸で自邸をいう。**○梅の花**　八一五番歌参照。**○独り見つつや**　一緒に見る家族の居ないことをいう。「や」は詠嘆。**○春日暮らさむ**　春の好日を過ごすことへの思い。**○筑前守山上大夫**　詠み手の署名。筑前は福岡県の旧国名。守は国司。国庁は大宰府に置かれた。山上大夫は山上憶良。

大宝二年（七〇二）に第七次遣唐使少録（書記次官）として渡唐。霊亀二年（七一六）に伯耆守、養老五年（七二一）に時の首皇太子（聖武天皇）に侍した。神亀三年（七二六）ころに筑前国守。神亀五年に旅人が帥に着任し、以後二人の交流が始まる。天平四年（七三二）ころ帰京し、翌年に没したと思われる。

【鑑賞】山上憶良の歌。春が来ると故郷の家には梅の花が咲く。しかし、独りこの梅の花を見て春の日を過ごすのだろうかと詠む。本来は、家族とともに梅の花の咲いた正月を喜び迎える。それが今は家族とも離れ、独りで梅の花を見ていることが寂しいのだという。「梅花落」に沿った歌い方である。ただ、これは憶良個人の気持ちを詠んだものではない。この宴会の趣旨は、故郷を思うことにあり、宴に参加している全員は、家族を離れて正月を迎えていることから、彼らの気持ちを代弁したのである。梅花の宴が「梅花落」の主旨により行われていることを理解しての歌である。なお、「独り見つつや」は妻を失った旅人の思いを汲み取ったという解説もあるが、正月の賀宴に相応しくない。梅花落の歌の主旨を理解すれば、憶良の思いは故郷を思う参加者と共にある。

世の中は　恋繁《こひしげ》しゑや　かくしあらば　梅の花にも　ならましものを　豊後守大伴大夫《ぶんごのかみおほとものたいふ》（巻五・八一九）

余能奈可波　古飛斯宜志恵夜　加久之阿良婆　烏梅能波奈尓母　奈良麻之勿能怨　豊後守大伴大夫

世の中は、梅を愛でる思いに尽きないにもほどがある。このようなことであるなら、いっそ梅の花にでも、成りたいものだ。豊後守大伴大夫

○世の中は　世の中というものはの意。仏教のいう「世間」の意ではなく、いま自分の外側に起きている現象をいう。**○恋繁しゑ**

や　梅の花を恋い慕う人が多いこと。「しゑや」は悲喜こもごもの感動の言葉。まあいいやの意。○かくしあらば　梅の花に心を奪われること。「ば」は仮定。○梅の花にも　八一五番歌参照。○ならましものを　梅の花になりたいものだの意。「まし」は反実仮想による逆説的論理。○豊後守大伴大夫　詠み手の署名、豊後は大分県の旧国名。守は国司。大伴大夫は閲歴未詳。

【鑑賞】大伴大夫の歌。豊後も上国であるので、憶良に続いた。「世の中は恋の思いに尽きないことだ」とは、世の中の男女の恋のようにも見えるが、これは梅の花への思慕と賞美である。美しい梅の花への恋であり、落ち着かない心をいう。在原業平風にいうならば「世の中に絶へて桜のなかりせば」(『古今和歌集』春)に相当する。あちらにもこちらにも可憐な梅の花が咲いて、それらに心を奪われ、あちこちと走り回りなすすべもないのである。そのようであるなら、梅の花などない方が良いといえば業平風であるが、大伴大夫は梅の花になろうという。梅の花になれば、梅の花に心を奪われることはなく、春の心はのどかになるからである。風流の先にある愛でる心を詠んでいる。

梅の花　今盛りなり　思ふどち　挿頭《かざし》にしてな　今盛りなり　筑後守葛井大夫《ちくごのかみふぢいのたいふ》

(巻五・八二〇)

烏梅能波奈　伊麻佐可利奈理　意母布度知　加射之尓斯弖奈　伊麻佐可利奈理　筑後守葛井大夫

梅の花は、今が盛りである。心一つに思う仲間たちよ、挿頭にして遊ぼう、今が盛りであるのだから。筑後守葛井大夫

○梅の花　八一五番歌参照。○今盛りなり　今が満開であること。○思ふどち　梅を愛でる人たちよの意。「どち」は心を一つにする仲間。○挿頭にしてな　挿頭は宴楽に頭に飾り風流を尽くす飾り物。「挿頭」は名詞。「挿頭す」は動詞。もとは巫祝が蓬や蔓などを頭に付けた。『芸文類聚』歳時に「俗にこの月を尚とび。茱萸《しゆゆ》の房を折り頭に挿す」とある。○今盛りなり　二句目の繰り

返し。主旨を強調する歌い方。**○筑後守葛井大夫**　詠み手の署名。筑後は福岡県南部の旧国名。守は国司。葛井大夫は葛井大成か。旅人上京の時の歌に「筑後守葛井連大成」（巻四・五七六）とみえる。神亀五年（七二八）五月外従五位下。

【鑑賞】葛井大夫の歌。二句目と末尾とを繰り返しているのは、歌のリズムの尊重と強調にある。この繰り返しにより、梅の花の盛りが強調され、それを楽しむ心を高揚させる。「思ふどち」とは梅を美しいと思う仲間という意味であり、誰しもがこの梅の花に心を寄せるべきことを誘う言葉である。これは美しい風景を賞でる時の、四条件の中の「賞心」を指している。みんなが心を一つにして梅の花を愛でることが賞心であり、葛井大夫はそのことを詠んでいる。

青柳《あをやなぎ》　梅との花を　折り挿頭《かざ》し　飲みての後は　散りぬともよし　笠沙弥《かさのしやみ》　（巻五・八二一）

阿乎夜奈義　烏梅等能波奈乎　遠理可射之　能弥弓能々知波　知利奴得母與斯　笠沙弥

青柳と、梅の花とを、折り取り挿頭して遊ぼう。こうして宴楽を楽しんだ後は、散ってしまっても良い。　笠沙弥

○青柳　早春に青い芽を吹いた柳。挿頭の材。**○梅との花を**　梅は八一五番歌参照。梅と柳とをセットとすることで景物の美しさを意図する。『梁詩』蕭子範《しようしはん》「春望古意詩」に「春情柳色に寄せ、鳥語梅中に出づ」とある。**○折り挿頭し**　梅花を頭の飾りとすること。挿頭は八二〇番歌参照。**○飲みての後は**　酒宴の後をいう。**○散りぬともよし**　散ってしまっても良い。散ることをいうのはこの梅花の宴が「梅花落」をテーマとすることによる。**○笠沙弥**　詠み手の署名。笠沙弥は出家前は笠麿。既出五七四番歌参照。

【鑑賞】笠沙弥の歌。造筑紫観音寺別当として大宰府に着任し、僧籍にあるがこの宴会に参加し上座の賓客として迎

えられた。そのことは続く歌が旅人であり、宴会の主人の隣に座を占めたことから知られる。「青柳と梅の花」を対とするのは、美しさの取り合わせを考慮してである。いずれも早春の景物であり、それを宴会の席に取り込むことは、宴席を春の風景にすることである。季節の植物を取り合わせるのは、まず歌において出発し、やがて花を活る文化へと展開した。笠沙弥は梅も柳も取り混ぜて、それらを挿頭として遊ぼうという。しかも、その後はもう梅は散っても良いのだという。そのようにいう理由は、この宴会が梅の花を独占することにある。この場のみに限定された楽しみとするためであり、同じ宴が繰り返されるならば、今の遊びの感動が失われるということになる。

わが苑《その》に　梅の花散る　久方《ひさかた》の　天《あめ》より雪の　流れ来るかも　主人《しゆじん》　（巻五・八二二）

和何則能尒　宇米能波奈知流　比佐可多能　阿米欲里由吉能　那何列久流加母　主人

わが苑に、梅の花が散っている。いやこれははるか遠くの、天上より雪が、流れ来たのだなあ。主人

○わが苑に　旅人自邸の奈良の庭園。大宰府官邸の苑ではない。**○梅の花散る**　梅は八一五番歌参照。楽府詩の「梅花落」を「梅の花落る」と訳した。**○久方の**　遥か遠くの天の意から、次の「天」を導く枕詞。**○天より雪の**　天上から雪が降ること。梅花に雪を合わせる。『梁詩』梁簡文帝に「雪の裏に梅花を覓める詩」がある。『全唐詩』杜審言《としんげん》「大酺」に「梅花の落るところ残りの雪かと疑う」とある。**○流れ来るかも**　空から雪が流れ降って来ることへの感動。梅花の白と雪の白とを重ねる。**○主人**　詠み手の署名。主人は宴会の主催者の大伴旅人。旅人は経歴参照。

【鑑賞】　主人は大伴旅人。大弐の紀卿から始まって、八番目に主人旅人の歌が来るのは、この八人が上座の一まとま

りであったことが知られ、旅人の席で一巡りしたのである。このことからこの宴には四つのテーブルが用意されていて、全員で三十二人となる。旅人が「わが苑に、梅の花散る」というのは、この宴の主旨に基づく。その上でこの白いものは梅なのか雪なのかと疑う。二つが紛れ合って、いずれか知られないというのである。ここには景物の重ねが意図されている。この方法は、やがて重ねの美学として歌に定着する。そのように、この歌の大きな特徴は「梅の花散る」にある。これは旅人邸に梅の花が散っている実景を詠んだものではなく、「梅花落」という中国歌謡のことばを翻訳した歌い方である。それが「梅ノ花落ル」である。漢語で「落」は「散」よりも普通に使われる。旅人がこうした散る梅を詠むのは、序文に記したように「落梅の篇」を賦すためである。それを詠むことが懐かしい故郷を思うことであり、その主旨に沿う歌を旅人が最初に示した。楽府詩（中国の音楽所が管理する楽曲と歌詞）の「梅花落」に「雪の処は花が満ちるかと疑い、花の辺りは雪の降るのに似る」（盧照鄰《ろしょうりん》）のように、白梅と白雪との紛れた様子が詠まれている。旅人はこのような「梅花落」の詩を理解し、故郷を思う「梅の花落る」を宴のテーマとしたのである。

梅の花　散らくは何処《いづく》　しかすがに　この城《き》の山に　雪は降りつつ　大監伴氏百代《だいけんばんしのももよ》　（巻五・八二三）

烏梅能波奈　知良久波伊豆久　志可須我尒　許能紀能夜麻尒　由企波布理都々　大監伴氏百代

梅の花が、散っているというのは何処か。さすがに、この城の山には、雪が降り続いている。大監伴氏百代

○梅の花　八一五番歌参照。**○散らくは何処**　散っているのは何処かの意。「散らく」は「散るらく」のク語法で「散ること」の意。噂では梅が散っているということ。「梅花落」を前提とする。『梁詩』王筠《おういん》に「和孔中丞雪裏梅花詩」がある。**○しかすがに**

しかしながら。**○この城の山に**　城の山は大宰府南方の山の基山。記夷《きい》城がある。**○雪は降りつつ**　まだ雪の降る冬を提示して梅と雪とを組み合わせる。**○大監伴氏百代**　詠み手の署名。「伴氏」という言い方は唐風。大監は「職員令」に「糺判府内、審署文案、勾稽失、察非違を掌る」とある。正六位相当官。百代は大伴百代。天平十年（七三八）閏七月兵部少輔外従五位下、同十三年八月美作守、同十五年十二月筑紫鎮西府副将軍、同十八年（七四六）四月従五位下、同九月豊前守、同十九年一月正五位下。「大宰大監大伴宿祢百代梅歌」（巻三・三九二）がある。

【鑑賞】伴氏百代の歌。ここから第二テーブルの歌が始まる。「梅の花散らくは何処」とは、旅人の「わが苑に梅の花散る」を受けているのであろう。百代も「梅花落」を詠んでいるが、しかし、その散る梅はどこのことかと問い、城の山には雪が降っているという。山の雪は事実か否かではなく、旅人の「天より雪の流れ来るかも」の雪を受けたのであろう。そのことにより、春の梅花と冬の雪との間を行きつ戻りつすることを詠み、そこに季節感が成立することになる。『古今和歌集』（春歌）に「春霞たてるやいづこみよしのの吉野の山に雪はふりつゝ」とある。

梅の花　散らまく惜しみ　わが苑《その》の　竹の林に　鶯鳴くも　小監《せうけん》阿《あ》氏奥嶋《しのおきしま》　（巻五・八二四）

烏梅乃波奈　知良麻久怨之美　和我曽乃ゝ　多氣乃波也之尓　宇具比須奈久母　小監阿氏奥嶋

梅の花が、散ってしまうのを惜しんで、わが苑の、竹の林に、鶯が鳴いているよ。　小監阿氏奥嶋

○梅の花　八一五番歌参照。**○散らまく惜しみ**　散るのが惜しいので。「まく」はク語法で「〜なので」の意。「惜しみ」は「惜し」に接尾語「み」の接続で「惜しいので」の意。「怨」は漢音「ヲン」の「ヲ」の音。**○わが苑の**　奈良の自邸の苑とする。**○竹の**

林に　梅と竹の組み合わせは『晋詩』「子夜四時歌」に「杜鵑竹裏に鳴き、梅花落りて道に満つ」とある。**○鶯鳴くも**　鶯はヒタキ科の鳥。早春に鳴いて愛でられる。竹と鶯の組み合わせは『晋詩』孫綽《そんしやく》「蘭亭詩」に「鶯語脩竹に吟ず」、『北周詩』（巻一）宗《そう》懍《りん》「早春詩」に「鶯鳴いて一両囀、花樹早くも重ねて開く」とある。**○小監阿氏奥嶋**　詠み手の署名。小監は大監に次ぐ大宰府の役人。「職員令」に「掌ること大監に同じ」とある。従六位上相当官。阿氏奥嶋は閲歴未詳。「阿氏」は唐風の表記。

【鑑賞】阿氏奥嶋の歌。梅の花が散るのを惜しんで、わが家の苑の竹の林で鶯が鳴いているという。梅の花が散ると歌うのは、この宴会の主要テーマが「梅花落」であるので、それに合わせている。「わが苑」も宴の主旨により故郷の家の庭を詠んでいる。また、竹の林に鶯が鳴くのは、竹に鶯の取り合わせである。これは梅（信頼）に竹（不変）という上品の植物から連想されて、竹に鶯を導いたものと思われる。やがて松竹梅という歳寒三友が成立する。

梅の花　咲きたる苑《その》の　青柳を　蘰《かづら》にしつつ　遊び暮らさな　小監《せうけん》士氏百村《としのももむら》　（巻五・八二五）

烏梅能波奈　佐岐多流曽能ゝ　阿遠夜疑遠　加豆良尓志都ゝ　阿素昆久良佐奈　小監士氏百村

梅の花が、咲いている苑の、青柳を、蘰にしながら、遊び暮らしましょう。　小監士氏百村

○梅の花　八一五番歌参照。**○咲きたる苑の**　故郷の自邸の苑をいう。**○青柳を**　春に芽を出したばかりの柳をいう。**○蘰にしつつ**　蘰は蔓性の植物や花木を頭の飾りとすること。八一七番歌参照。**○遊び暮らさな**　宴楽をして過ごすこと。「な」は勧誘。**○小監士氏百村**　詠み手の署名。小監は大監に次ぐ大宰府の役人。「職員令」に「掌ること大監に同じ」とある。従六位上相当官。「士氏」は唐風表記。士氏百村は士師朝臣百村とも。養老五年（七二一）正月に山上憶良らと春宮（皇太子）に侍す。

【鑑賞】土氏百村の歌。先に小弐粟田大夫は「青柳は蘰にすべく成りにけらずや」と詠んでいた。それと呼応するように、すでに柳が蘰にすべく成っているので、それを挿頭としながら遊び暮らしましょうという。この宴は「梅花落」を歌うと共に、梅花を愛でて異国趣味による風流を尽くすことにある。その風流は梅の枝や柳の枝を挿頭して酒を飲み遊ぶことにある。百村はその主旨通りに詠んでいる。

打《う》ち靡《なび》く　春の柳と　わが宿《やど》の　梅の花とを　如何《いか》にか分《わ》かむ　大典史氏大原《だいてんししのおほはら》　（巻五・八二六）

有知奈毗久　波流能也奈冝等　和我夜度能　烏梅能波奈等遠　伊可尓可和可武　大典史氏大原

打ち靡いている、春の柳と、わが家の庭の、梅の花とを、どのように区分けしようか。大典史氏大原

〇打ち靡く　風に靡いている様をいう。**〇春の柳と**　春柳は春を象徴する景物。『梁詩』梁簡文帝「和湘東王陽雲樓簷柳詩」に「春柳新梅を発す」とある。**〇わが宿の**　故郷の自邸をいう。「宿」は屋のある所で自邸。**〇梅の花とを**　梅は八一五番歌参照。春柳と梅花との組み合わせ。**〇如何にか分かむ**　その美しさはどのように区別すべきかの意。梅と柳の美しさを競う言い方。**〇大典史氏大原**　詠み手の署名。大典は大宰府の役人。「職員令」に「受事上抄、勘署文案、撿出稽失、読申公文を掌る」とある。正七位上相当官。史氏大原は閲歴未詳。「史氏」は唐風表記。

【鑑賞】史氏大原の歌。春柳は春の到来のシンボルである。故郷の家の庭には、柳が植えられているのだろう。そこに新たな春の植物の梅が加わった。今までは春の柳が春景を楽しむ植物であり宴楽の採り物（挿頭）であったが、新来の梅が加わることで、どちらが勝れた春の景物かと迷っているというのである。「如何にか分かむ」とは、どちら

に軍配を挙げるべきか、大原が参加者に投げかけた質問である。宴では歌びとたちが次々に歌を詠み上げたのではなく、美酒を飲み美味を口にしながら、詠まれた歌の批評をしていた。

春《はる》去《さ》れば　木末隠《こぬれがく》りて　鶯そ　鳴きて去《い》ぬなる　梅が下枝《しづえ》に　小典山氏若麿《せうてんさんしのわかまろ》　（巻五・八二七）

波流佐礼婆　許奴礼我久利弖　宇具比須曽　奈岐弖伊奴奈流　烏梅我志豆延尒　小典山氏若麿

春が来たので、木末に隠れて、鶯は、鳴いて飛び去っている。あの梅の下枝に。小典山氏若麿

○春去れば　春が到来したので。「され」は移る意。「ば」は順接。**○木末隠りて**　木々の枝葉に隠れてはの意。「末」は木の先端で梢。**○鶯そ**　ヒタキ科の鳥。早春に鳴き始めて声を愛でられた。**○鳴きて去ぬなる**　鳴きながら飛び移って行くこと。『文選』丘希範《きゆうきはん》「与陳伯之書」に「雑花樹に生じ、群鶯乱れ飛ぶ」とある。**○梅が下枝に**　梅は八一五番歌参照。**○小典山氏若麿**　詠み手の署名。小典は大宰府の役人。「職員令」に「掌ること大典に同じ」とある。正八位上相当官。「山氏」は唐風表記。若麿は「少典山口忌寸若麿」（巻四・五六七）と見え、大宰府の旅人の病を見舞いに来た都の使者を送る。

【鑑賞】　山氏若麿の歌。春が来たので木末に隠れて梅の下枝を鶯が鳴き渡っているというのは、鶯を観察した結果であろう。日本人好みの梅に鶯は、必ずしも伝統の風物ではない。それゆえに、古代日本人が梅とは関わりなく鶯を観察し愛好していたとは思われない。梅も鶯も『万葉集』では奈良時代に入ってから詠まれる新しい季節の景物であり、巻五に六首、巻十に四首、巻十九に二首の十二首に見える。巻五は本巻の梅花の宴の歌であり、巻十は作者未詳歌巻であるが、奈良朝の季節歌が集められている中に見え、巻十九は大伴家持関係の歌である。このことは「梅に鶯」と

いう取り合わせが、大宰府の梅花の歌を切っ掛けに始まったことが知られる。その根拠となったのが「梅花落」である。そのことを詠む江総の「梅花落」では、「梅花の密なるところ嬌鶯を蔵す」のように詠まれる。『懐風藻』では「花鶯を翫《はや》す」の題で、「友を求むる鶯は樹に嫣《な》き、香を含む花は叢に笑ふ」（八番詩）と詠まれている。若麿はこのような詩を翻案した可能性を窺わせる。

人ごとに　折り挿頭《かざ》しつつ　遊べども　いや珍しき　梅の花かも　大判事丹氏麿《だいはんじたんしのまろ》　（巻五・八二八）

比等期等尓　乎理加射之都々　阿蘇倍等母　伊夜米豆良之岐　烏梅能波奈加母　大判事丹氏麿

人ごとに、折り挿頭しながら、こうして遊ぶのだけれど、いっそうすばらしい、梅の花であることだ。大判事丹氏麿

〇人ごとに　梅花の宴に参集の人をいう。**〇折り挿頭しつつ**　梅花を折り挿頭としていること。挿頭は八二〇番歌参照。**〇遊べども**　このように遊ぶけれどもの意。「ども」は逆接。**〇いや珍しき**　「いや」はいっそう。「珍し」は希少価値により素晴らしい意。**〇梅の花かも**　梅は八一五番歌参照。**〇大判事丹氏麿**　詠み手の署名。大判事は大宰府の役人。「職員令」に「案覆犯状、断定刑名、判諸争訟を掌る」とある。「丹氏」は唐風表記。麿は閲歴未詳。

【鑑賞】　丹氏麿の歌。このような正月の宴に梅花をテーマとして歌を詠むというのは、参加した客人たちには思いもよらない趣向であったろう。その主旨は「梅花落」を詠むことにあるが、一方に梅花を挿頭《かざ》して風流を尽くすことも主旨としてある。その風流の遊びの楽しさを丹氏麿は詠んだのである。こうしてみなさんと挿頭して遊ぶけれども、さらに珍しく思われる梅の花だという。花の遊びを尽くしても、まだ楽しみは尽くしきれないというのである。梅の

花をいかに褒め称えるか、丹氏麿はそれを考えたのである。

梅の花　咲きて散りなば　桜花　継ぎて咲くべく　成りにてあらずや　薬師《くすし》張氏福子《ちやうしのふくし》　（巻五・八二九）

烏梅能波奈　佐企弖知理奈波　佐久良波那　都伎弖佐久倍久　奈利尒弖阿良受也　薬師張氏福子

梅の花が、咲いて散ったならば、桜の花が、続いて咲くように、成っているのではないだろうか。　薬師張氏福子

○梅の花　梅は八一五番歌参照。**○咲きて散りなば**　咲いて散ってしまったならばの意。「梅花落」を受けた表現。「ば」は仮定。**○継ぎて咲くべく**　梅に続いて桜が咲くこと。『梁詩』蕭瑱《しようてん》「春日貽劉孝綽詩」に「山桜早くも紅を発し、新禽争いて響を弄す」とある。**○成りにてあらずや**　桜が咲く用意をしているのではないか。**○薬師張氏福子**　詠み手の署名。薬師は医師。「職員令」の大宰府条に「医師二人。診候療病を掌る」とある。正八位上相当官。「張氏」は唐風表記。福子は「武智麻呂伝」に張福子と見える。渡来系の医師。

【鑑賞】張氏福子の歌。梅の花が咲いて散ると、今度は桜が続いて咲くだろうという。「梅花落」を取り込んで、梅の花が散れば次に待たれるのは桜だという。張福子にとって日本の印象は桜だったのである。中国も韓半島も、正月の春の花は伝統的に梅と決まっていた。それは張福子にも故郷を偲ぶ花であったに違いない。しかし、梅が散れば今度は桜が咲くのだというのは、日本の春の風景が桜であることを知っていたからである。渡来人の目からみたことによって描かれた、日本の風景である。もちろん、このような楽しみが今度は桜に引き継がれることへの期待でもある。

万世《よろづよ》に　年は来《き》経《ふ》とも　梅の花　絶ゆることなく　咲き渡るべし　筑前介佐氏子首《ちくぜんのすけさしのこおびと》　（巻五・八三〇）

萬世尓　得之波岐布得母　烏梅能波奈　多由流己等奈久　佐吉和多留倍子　筑前介佐氏子首

万代にも、年は過ぎたとしても、梅の花は、絶えることなく、咲き続けることであろう。　筑前介佐氏子首

○万世に　永遠にの意。**○年は来経とも**　年月が来ては過ぎて行くこと。「とも」は逆接。**○梅の花**　梅は八一五番歌参照。**○絶ゆることなく**　絶えることがなく何時までもの意。美しい梅への称賛。**○咲き渡るべし**　咲き続けるべきであることをいう。**○筑前介佐氏子首**　作者の署名。筑前は福岡県の旧国名。「介」は守に次ぐ大国の官職。正六位下相当官。「佐氏」は唐風表記。子首は閲歴未詳。

【鑑賞】佐氏子首の歌。美しい梅の花をどのように褒め称えたら良いのか、それが参会者たちの心を占めていた悩みである。この宴の主旨が「梅花落」にあることから、その意味を漢詩の「梅花落」の主旨を通して詠み上げることは、もちろん漢詩の理解が必要であろう。そうでなければ、梅の美しさを詠むには、常識的なことから詠むしかない。佐氏子首はこの梅の花が絶えることなく、万代にも渡って咲き続けるだろうという。梅の花への祝意を述べたのであるが、子首の思いには、この場の花の宴が万代にも渡って続くことへの願いがあったからであろう。

春なれば　うべも咲きたる　梅の花　君を思ふと　夜《よ》寝《い》も寝なくに　壱岐守板氏安麿《いきのかみばんしのやすまろ》　（巻五・八三一）

波流奈例婆　宇倍母佐枳多流　烏梅能波奈　岐美乎於母布得　用伊母祢奈久尓　壹岐守板氏安麿

春となったので、まさに咲いている、梅の花よ。君を思うと、夜も眠られないほどなのだ。壱岐守板氏安麿

○春なれば　春となったので。「ば」は順接。**○うべも咲きたる**　「うべ」は「諾」で実にの意。**○梅の花**　梅は八一五番歌参照。**○君を思ふと**　君は梅の花。景物を擬人化し心を一つにする態度。**○夜寝も寝なくに**　「夜寝」は夜に寝ること。「寝なく」は梅に心を奪われて夜も眠られない意。「なくに」は「ず」のク語法で「ないこと」の意。**○壱岐守板氏安麿**　詠み手の署名。壱岐は九州と韓半島との間の島。壱岐国は下国なので守は従六位下相当官。古くは独立した壱岐の国があった。「板氏」は唐風表記。安麿は閲歴未詳。

【鑑賞】　板氏安麿の歌。ここから第三テーブルの歌が始まる。全体の席順は官位の高い順を基準として、年齢も考慮されていると思われる。第三グループは、地方官や大宰府の職員を混ぜたテーブルで、六位相当官以下のまとまりである。梅の美しさを賞美するには、いかなる言葉が必要か。客人たちはさまざまな工夫を凝らした。安麿は第三テーブルの始まりに、咲き誇る梅の花に君を思うと夜も寝られないのだという。夜も寝られないほどに、梅を心待ちにしていたのである。これは恋歌仕立てであるが、恋歌に見せながら梅を友として親愛を示したのである。見ても見飽きない、そしてやがて散るであろう梅の花という友への愛おしみである。そこには風狂の心が芽生えている。

梅の花　折りて挿頭《かざ》せる　諸人《もろひと》は　今日の間は　楽しくあるべし　神司荒氏稲布《かみつかさこうしのいなしき》　（巻五・八三二）

烏梅能波奈　乎利弖加射世留　母呂比得波　家布能阿比太波　多努斯久阿流倍斯　神司荒氏稲布

梅の花を、折り取って挿頭している、みなさま方よ。今日のこの日は、楽しく遊びましょう。　神司荒氏稲布

〇**梅の花**　梅は八一五番歌参照。〇**折りて挿頭せる**　梅を折り挿頭すこと。挿頭は八二〇番歌参照。〇**諸人は**　梅花の宴に参集の人をいう。〇**今日の間は**　今日このようにある間は。〇**楽しくあるべし**　宴楽に興じようの意。〇**神司荒氏稲布**　詠み手の署名。神司は大宰府に置いた主神で、「職員令」に「主神一人。諸祭祠事を掌る」とある。正七位下相当官。「荒氏」は唐風表記。稲布は閲歴未詳。

【鑑賞】荒氏稲布の歌。一人の歌が終わると、続けて次が詠まれるわけではない。一人の歌が詠み上げられると、周囲の客人たちのコメントがいろいろあり、歌への称賛や批評が入ることもあったに違いない。酒の席でもあるから、この間に歌を肴に酒を酌み交わすことになる。荒氏稲布は「梅の花を挿頭している、みなさま方よ」と参会者に呼び掛ける。何をみんなに求めたのかといえば、「今日のこの日は、楽しく遊びましょう」ということである。この内容はすでにいくつか見られた。最初の紀卿は、「梅を折りつつ楽しきをへめ」と開会を宣言した。稲布も、同じことを勧めている。ここで楽しく遊ぶことを勧誘するのは、この宴会を大いに楽しんでいるが、稲布はまだ歌の方向が定まっていなかったのであろう。それで「今日のこの日は、楽しく遊びましょう」といい、宴会の趣旨を繰り返したのだと思われる。江総の「梅花落」には、「梅花の樹下宜しく歌舞すべし」とある。

年の端《は》に　春の来たらば　かくしこそ　梅を挿頭《かざ》して　楽しく飲まめ　大令史《だいりやうし》野氏宿奈麿《やしのすくなまろ》　（巻五・八三二）

得志能波尓　波流能伎多良婆　可久斯己曽　烏梅乎加射之弖　多努志久能麻米　大令史野氏宿奈麿

年ごとに、春が来たならば、このようにして、梅を挿頭して、楽しく飲もうではありませんか。 大令史野氏宿奈麿

○年の端に 毎年のようにの意。「毎年 謂之等之乃波《としのは》」（巻十九・四一六八）とある。**○春の来たらば** 春が到来したならの意。「ば」は仮定。今後もかくあることへの希望。**○かくしこそ** この宴楽のようにの意。**○梅を挿頭して** 梅を挿頭として宴楽を楽しむこと。梅は八一五番歌参照。挿頭は八二〇番歌参照。**○楽しく飲まめ** 楽しく飲みましょう。「多弩志」の「弩」は呉音「nu」。「ぬ」と「の」の中間音による「の」の音。**○大令史野氏宿奈麿** 詠み手の署名。「大令史」は「職員令」に「大令史一人。抄写判文を掌る」とあり少判事の下に置かれる防人令史。大初位上相当官。初位は役人に採用された官人の最初の官位。少初位に上・下、大初位に上・下の四ランクあり、一つのランクを上げるのに五年程度を要したとすれば、大初位上といっても早くて二十年程度を要している計算になる。有力氏族以外の官吏の昇格は、一つのランクを上げるのに、十年から十五年掛かり容易ではなかった。「野氏」は唐風表記。宿奈麿は閲歴未詳。

【鑑賞】 野氏宿奈麿の歌。宿奈麿は「年ごとに春が来たならば、このように梅を挿頭して楽しく飲もうではありませんか」という。これは、先の荒氏稲布の「今日のこの日は、楽しく遊びましょう」を受けた内容である。稲布に同調し、この宴会をさらに盛り上げることを目的に詠まれている。しかも、宿奈麿にはこの宴会があまりにも楽しかったらしく、春が来たら毎年こうして飲みましょうと席を盛り上げる。風流な主人、異国趣味の梅花、宴と美酒、さらに思うどちの集まりに宿奈麿は酔いしれている。

梅の花　今盛りなり　百鳥《ももとり》の　声の恋《こ》ほしき　春来たるらし　少令史《しやうりやうし》田氏肥人《でんしのうまひと》　（巻五・八三四）

烏梅能波奈　伊麻佐加利奈利　毛〻等利能　己恵能古保志枳　波流岐多流良斯　小令史田氏肥人

梅の花は、まさに今が盛りである。百鳥の、声が恋しい、春が来たようである。　少令史田氏肥人

○**梅の花**　梅は八一五番歌参照。○**今盛りなり**　今が満開であること。○**百鳥の**　春に鳴き始めるたくさんの鳥。『晋詩』（巻三）傅咸《ふかん》「詩」に「春和気を敷きて百鳥鳴く」とある。○**声の恋ほしき**　鳥の声が恋しく思われること。○**春来たるらし**　春が到来したらしいことへの喜びをいう。「らし」は確かなことへの現在推量。『北周詩』（巻一）宗懍《そうりん》「早春詩」に「昨暝春風起ち、今朝春気来たる」とある。○**小令史田氏肥人**　詠み手の署名。「小令史」は「職員令」に「小令史一人。掌ること大令史に同じ」とある。大初位下相当官。「田氏」は唐風表記。肥人は閲歴未詳。

【鑑賞】田氏肥人の歌。春は新たな暦によって到来し、律令時代の季節感を成立させる。その正月に加わったのが梅の花である。正月には梅の花が咲いて宴楽をする、新たな楽しみが貴族たちの風雅を作り上げた。肥人は梅が満開となり、いろいろな鳥の懐かしい声を聞く春が来たという。心浮かれる春の到来は、梅の花とともに聞こえる百鳥の声だというのである。「声の恋ほしき」という表現には、春を待ち続けていた心が込められている。

春《はる》去《さ》らば　逢はむと思《も》ひし　梅の花　今日の遊びに　あひ見つるかも　薬師《くすし》高氏《かうしの》義通《ぎつう》　（巻五・八三五）

波流佐良婆　阿波武等母比之　烏梅能波奈　家布能阿素毗尓　阿比美都流可母　薬師高氏義通

春が来たならば、逢おうと思った、梅の花だ。今日のこの遊びに、逢えたことだ。　薬師高氏義通

○春去らば　春が到来したならの意。「去」で移ること。「ば」は仮定。**○逢はむと思ひし**　梅の花に逢おうと思っていたこと。梅を友とする。**○梅の花**　梅は八一五番歌参照。**○今日の遊びに**　この梅花の宴の遊びをいう。**○あひ見つるかも**　梅の花に逢ったことへの詠嘆。**○薬師高氏義通**　詠み手の署名。「薬師」は医師で大宰府に「医師二人。掌診候療病」とある。高氏義通は閲歴未詳。先の薬師張福子から見ると渡来系の医師か。

【鑑賞】　薬師高氏義通の歌。春が来たら逢おうと思っていた梅の花は、まさに今日のこの遊びに逢うことが出来たと喜ぶ。梅が咲いたと言わずに「見つる」（出逢った）といったのは、花を友とする態度である。心待ちにした梅の花との対面が、この花宴であった。心待ちにした女性や親しい友とどのような時に、どのような場所で対面するのか、そのような面持ちの歌であり、梅は一年に一度訪れる懐かしい友なのである。梅の花宴への心躍る歌である。

梅の花　手折《たを》り挿頭《かざ》して　遊べども　飽き足らぬ日は　今日にしありけり　陰陽師《おんやうし》礒氏法麿《ぎしののりまろ》（巻五・八三六）

烏梅能波奈　多乎利加射志弖　阿蘇倍等母　阿岐太良奴比波　家布尒志阿利家利　陰陽師礒氏法麿

梅の花を、手折り挿頭して、遊ぶけれども、飽き足りない日は、今日のこの遊びでありました。　陰陽師礒氏法麿

○梅の花　梅は八一五番歌参照。**○手折り挿頭して**　折り取り挿頭しとすること。挿頭《かざし》は名詞形。八二〇番歌参照。**○遊べども**　風流な宴楽の遊びをいう。「ども」は逆説。**○飽き足らぬ日は**　宴楽に飽きることのない日はの意。『文選』応徳璉《おうとくれん》「侍五官中郎将建章台集詩」に「公子客を敬愛し、楽飲して疲れを知らず」とある。**○今日にしありけり**　今日のこの宴楽にあったこと。**○陰陽師礒氏法麿**　詠み手の署名。「陰陽師」は「職員令」に「陰陽師一人。占筮相地を掌る」とある。「占筮《せんぜい》」は鹿の骨を焼いたり、細

い竹の棒（筮竹）を用いて吉凶を占う方法。中国古代の「易」を利用していたと思われる。祭祀・儀礼の日取りや方位の善し悪し、建物の位置の吉凶などを占いで決めた。風水師に類する。正八位上相当官。「礒氏」は唐風表記。法麿は閲歴未詳。

【鑑賞】 礒氏法麿の歌。この花宴に梅の枝を挿頭として、十分に楽しく遊び尽くしたという。それでみんなは満足して宴会はお開きとなるのが通例であるが、法麿はそれでもまだ飽き足りないのが今日の花宴だという。梅を挿頭しての風雅な花の遊びに、法麿は帰ることも忘れているのである。宴会が長引くと客人たちは疲れを見せることになるが、この花宴は違うのである。いかに素晴らしい宴会であるかを強調するところに、法麿の心からの楽しみが現れている。

春の野に　鳴くや鶯　懐《なつ》けむと　わが家《へ》の苑《その》に　梅が花咲く　竿師《さんし》志氏大道《ししのおほみち》　（巻五・八三七）

波流能努尓　奈久夜汙隅比須　奈都氣牟得　和何弊能曽能尓　汙米何波奈佐久　竿師志氏大道

春の野に、鳴き続けている鶯だ。それを懐けようとして、わが家の苑に、梅の花が咲いた。　竿師志氏大道

○春の野に　春の到来した野をいう。**○鳴くや鶯**　野に鳴く鶯への感動をいう。「や」は詠嘆。『梁詩』王囧《おうきよう》「奉和往虎窟山寺詩」に「野花人の眼を奪い、山鶯紛れて喜ぶべし」とある。**○懐けむと**　鶯を手なずけること。他に飛び行くのを留めることをいう。**○わが家の苑に**　故郷の自邸の庭をいう。**○梅が花咲く**　梅が咲いて鶯を止めようとすること。鶯は梅と友だちなのである。**○竿師志氏大道**　詠み手の署名。「竿師」は算師。数学の専門家。大宰府の「職員令」に「竿師一人。勘計物数を掌る」とある。大宰府には財政・管財等に関する計算の専門家が置かれていた。正八位上相当官。「志氏」は唐風表記。大道は閲歴未詳。

【鑑賞】 志氏大道の歌。春の野には鶯が盛んに鳴いているという。『懐風藻』には葛野王の「春日翫鶯梅」の詩がある。

鶯への関心は、古代日本では梅の花と結合することで風雅な鳥へと変身した。『万葉集』に鶯の詠まれる歌は、梅の花を詠む巻と並行して詠まれていて、鶯への関心は梅の花への関心をもつ文化層の中に受容された。鶯は夏の終わりまで鳴いているが、梅が散ると鶯は歌の世界から退散する。志氏大道は、この鶯が来て鳴くことを自己の楽しみとしてではなく、梅の花へと視点を移し梅の花が咲くのは鶯を懐けるためなのだという。梅と鶯は友だちとする考えが生じていて、梅に鶯というセットは、このようにして強固な風物となってゆくのである。

梅の花　散り乱《まが》ひたる　岡傍《をかび》には　鶯鳴くも　春かた設《ま》けて　大隅《おほすみのさくわん》目　榎氏鉢麿《かしのはちまろ》　（巻五・八三八）

烏梅能波奈　知利麻我比多流　乎加肥尒波　宇具比須奈久母　波流加多麻氣弖　大隅目榎氏鉢麿

梅の花が、散り乱れている、岡辺には、鶯がしきりに鳴くことだ。春がやって来たので。大隅目榎氏鉢麿

〇梅の花　梅は八一五番歌参照。**〇散り乱ひたる**　梅の花が散り乱れていること。「乱《まが》ひ」の様を美しいとみる。「梅花落」の「梅の花散る」のテーマを受ける。**〇岡傍には**　岡辺の方ではの意。**〇鶯鳴くも**　鶯が鳴くことだの意。「も」は詠嘆。落梅と鶯の組み合わせ。『梁詩』梁元帝「和劉上黄春日詩」に「新鶯葉に隠れて囀り、新燕窓に向かい飛ぶ。柳絮時に酒に依り、梅花は乍《たちま》ち衣に入る」とある。**〇春かた設けて**　春が近づいたこと。「かた設け」はその時が準備されたこと。**〇大隅日榎氏鉢麿**　詠み手の署名。大隅は鹿児島県東部の地。「目」は上国の掾に次ぐ官職。従八位下相当官。「榎氏」は唐風表記。鉢麿は閲歴未詳。

【鑑賞】　榎氏鉢麿の歌。梅の花が散り乱れている岡辺は、旅人官邸以外の場所である。梅の花の咲いている場所を官邸から移動させて、あらたな場所に梅を咲かせたのである。その理由は、類型化を離れるためである。岡辺では梅の

花が盛んに散り乱れているという。これも「梅花落」の主旨を受けて落梅の美しさを描いたものであり、花の紛いは美しい景を描く方法として見出されている。しかも、梅花の散り乱れる中に鶯が鳴いている。「落梅と鶯」という美しい風景が、鉢麿の中に想像されたのである。

春の野に　霧立ち渡り　降る雪と　人の見るまで　梅の花散る　筑前《ちくぜんの》目《さくわん》田氏《でんしの》真上《まかみ》（巻五・八三九）

波流能努尓　紀理多知和多利　布流由岐得　比得能美流麻提　烏梅能波奈知流　筑前目田氏真上

春の野に、霧が立ち渡って、降る雪ではないかと、人が見るほどに、梅の花が散っている。筑前目田氏真上

○春の野に　春の到来した野にの意。**○霧立ち渡り**　霧が立ちこめていること。**○降る雪と**　白いのは降る雪ではないかと疑うこと。**○人の見るまで**　人が見まごうまでにの意。白雪と白梅の組み合わせ。両者の紛れを意図した表現方法。『梁詩』（巻七）沈約《しんやく》「会圃臨春風」に「春雪舞い、流鶯雑《まじ》る」とある雰囲気である。**○梅の花散る**　梅は八一五番歌参照。「梅の花散る」は「梅花落」の翻訳。**○筑前目田氏真上**　詠み手の署名。筑前は福岡県の旧国名。「目」は大国の大目に次ぐ官職。従八位下相当官。「田氏」は唐風表記。真上は閲歴未詳。

【鑑賞】田氏真上の歌。ここから第四テーブルの歌が始まる。春の野には霧が立ち渡り、雪と見まごうまでに梅の花が散るという。「梅花落」を主旨として春の野に霧が立ち渡る風景と、雪に紛う梅とを詠む。宴の主人旅人の「天より雪の流れ来るかも」を受けたものであろう。白梅と白雪とを重ねることで、「まがひ（乱ひ）」という表現が成立する。『懐風藻』にも「芳梅雪を含みて散る」（七五番詩）、「梅花の雪なお寒し」（一〇五番詩）などと詠まれ、梅花に雪

を合わせるのは漢詩の風景であった。これは先の江総の「梅花落」に「偏に粉蝶の散るかと疑い、乍ち雪花の開くに似る」とある。白梅と白雪との重ね（乱ひ）は、この花の宴の大きな収穫である。

春楊《はるやなぎ》　蘰《かづら》に折りし　梅の花　誰か浮かべし　盃《さかづき》の上《へ》に　壱岐目村氏彼方《いきのさくわんそんしのをちかた》　（巻五・八四〇）

波流楊那宜　可豆良尓平利志　烏梅能波奈　多礼可有可倍志　佐加豆岐能倍尓　壹岐目村氏彼方

春の楊を、蘰にするように手折った、梅の花。誰が浮かべたのか、盃の上に。　壱岐目村氏彼方

○春楊　春に芽を出した楊柳をいう。楊を宴楽の挿頭とすることから、次の蘰を導く。枕詞ではない。**○蘰に折りし**　蘰のために折ったこと。「蘰」は頭を飾り風流を演出する飾り物。挿頭に同じ。蘰から次の梅を導く。**○梅の花**　梅を蘰としたこと。梅は八一五番歌参照。**○誰か浮かべし**　蘰の梅の花が散って浮かぶこと。「誰」は梅をいう。**○盃の上に**　盃の上に梅花が浮かんでいること。盃に梅花を浮かべるのは風雅を求めた「梅花落」による表現。**○壱岐目村氏彼方**　詠み手の署名。壱岐は九州と韓半島の間にある島。対馬と並んで防人の前線基地。古くは壱岐の国。壱岐は下国であるので「目」は少初位上相当官。「村氏」は唐風表記。彼方は閲歴未詳。

【鑑賞】村氏彼方の歌。蘰はかつて巫祝が蔓草や香草を頭に巻いて神を招いていた呪物であるが、それが宴会の飾り物となり風流だと思われるようになった。さらに春の柳のような季節の物も風流として用いられるようになり、宴楽は季節と深く結びついた。「春楊《はるやなぎ》　葛《かづらき》山《やま》に」（巻七・二四五三）というのは、「春の楊が芽吹いてそれを蘰とする葛城山」の意である。村氏彼方は柳を蘰とするように、梅の花を飾りとして挿頭《かざ》すのだという。つまり、柳の蘰はもう古

いということである。ここに、宴楽の風流が一大転機を迎えた。それは、季節の花を飾り物として風流を尽くすということである。しかも、それに加えて梅の花を盃に浮かべるのだという。漢詩では『全唐詩』（巻六十一）李嶠《りきょう》「奉和聖制幸韋嗣立山荘応制」に「鸚鵡の杯中に紫霞を弄《ろう》す」という風流があるが、ここでは梅の花を盃に浮かべるという風流を発見している。

鶯の　音聞《おとき》くなへに　梅の花　わぎ家《へ》の苑《その》に　咲きて散る見ゆ　対馬目高氏老《つしまのさくわんかうしのおゆ》

（巻五・八四一）

于遇比須能　於登企久奈倍尒　烏梅能波奈　和企弊能曽能尒　佐伎弖知留美由　對馬目高氏老

鶯の、鳴き声を聞くごとに、梅の花が、わが家の苑に、咲いて散るのが見える。対馬目高氏老

○鶯の　盛んに鳴く鶯をいう。早春に鳴いて声が愛でられた。**○音聞くなへに**　「なへ」はそのような折にの意。**○梅の花**　梅は八一五番歌参照。**○わぎ家の苑に**　故郷の自邸の苑をいう。**○咲きて散る見ゆ**　大宰府にあって故郷の庭の梅を詠むのは、梅花が故郷を思う花であることによる。**○対馬目高氏老**　詠み手の署名。対馬は九州と韓半島の間にある島。古くは対馬の国。対馬は下国であるので「目」は少初位上相当官。「高氏」は唐風表記。老は閲歴未詳。下国の目は守に次ぐ官職。壱岐と並んで防人の前線基地の島。

【鑑賞】高氏老の歌。鶯の声を聞く折に、家の庭に梅の花が散るという。高氏老は漢詩風にこの歌を詠んでいる。『懐風藻』には「素梅素靨《そえふ》開き、嬌鶯嬌声を弄す」（一〇番詩）とある。白い梅は白い靨《えくぼ》を開き、かわいい鶯はかわいい声で鳴いているという。鳴く鶯に散る梅の花を取り合わせて、花の宴に応えている。その梅がわが家の苑に咲いてい

るというのは、「梅花落」の主旨を受けて故郷の家を思うことをいう。

わが宿《やど》の　梅の下枝《しづえ》に　遊びつつ　鶯鳴くも　散らまく惜しみ　薩摩目《さつまのさくわん》高氏海人《かうしのあま》

（巻五・八四二）

和我夜度能　烏梅能之豆延尓　阿蘇毗都々　宇具比須奈久毛　知良麻久乎之美　薩摩目高氏海人

わが家の、梅の下枝に、遊びながら、鶯が鳴くことだ。散るのが惜しいので。　薩摩目高氏海人

○わが宿の　奈良の家をいう。宿は屋戸で家のある所。**○梅の下枝に**　梅は八一五番歌参照。**○遊びつつ**　飛び翔りながらの意。**○鶯鳴くも**　木々を伝って鶯が鳴くこと。「も」は詠嘆。**○散らまく惜しみ**　梅の花が散るのを惜しむこと。「梅花落」をテーマとする。「まく」は推量の助動詞「む」のク語法で「だろうこと」の意。「惜しみ」は形容詞語幹「惜」に接尾語「み」の接続で「惜しいので」の意。**○薩摩目高氏海人**　詠み手の署名。薩摩は鹿児島県西部の地の旧国名。薩摩は中つ国であるので「目」は大初位下相当官。「高氏」は唐風表記。海人は閲歴未詳。

【鑑賞】高氏海人の歌。わが宿の庭には梅の花が咲き、梅の下枝では鶯が遊びながら鳴いているという。「わが宿」とは大宰府の旅人官邸ではなく、故郷のわが家である。このことを詠むのは、『陳詩』江総「梅花落」に「梅花の密なる処嬌鶯を蔵《かく》す」の理解がある。梅花の満開の中に鳴く鶯を隠しているという。海人はこの「梅花落」を受けて、鶯は梅の散るのを惜しみ、故郷の庭に鳴いていると詠んだのである。絵に描いたような歌である。絵の中に歌があり、歌の中に絵があるということである。

梅の花　折り挿頭《かざ》しつつ　諸人《もろひと》の　遊ぶを見れば　京《みやこ》しぞ思《も》ふ　土師氏御道《はにしのみみち》　（巻五・八四三）

宇梅能波奈　乎理加射之都々　毛呂比登能　阿蘇夫遠美礼婆　弥夜古之叙毛布　土師氏御道

梅の花を、折り挿頭しながら、みなさん方が、遊ぶのを見ると、京のことが偲ばれる。土師氏御道

○梅の花　梅は八一五番歌参照。**○折り挿頭しつつ**　梅の花を折って挿頭とすること。挿頭は八二〇番歌参照。**○諸人の**　この宴楽に参加している人をいう。**○遊ぶを見れば**　宴楽に楽しんでいる様子を見るとの意。**○京しぞ思ふ**　故郷である平城京が偲ばれること。「梅花落」が故郷を思う歌であることによる。**○土師氏御道**　詠み手の署名。土師氏は土師宿祢水通か。「土師宿祢水道、従筑紫上京海路作歌」（巻四・五五七）とみえる。

【鑑賞】　土師氏御道の歌。梅の花を挿頭としながら、客人たちの遊ぶのを見ていると都のことが思われるという。梅の花と懐かしい都という組み合わせは、「梅花落」が故郷を思う歌であることの主旨をそのままに詠んだことによる。「梅花落」を歌うことで思われるのは、正月を迎えて一族が集まり、楽しい宴が開かれているだろうことである。そこには自分のみがいない。御道は遠い辺境の地に咲いた梅の花から、それを思うのである。

妹《いも》が家《へ》に　雪かも降ると　見るまでに　ここだも乱《まが》ふ　梅の花かも　小野氏国堅《をののしのくにかた》　（巻五・八四四）

伊母我陛迩　由岐可母不流登　弥流麻提尓　許々陀母麻我不　烏梅能波奈可毛　小野氏國堅

あの愛しい子の家に、雪が降っているのかと、そのように見るまでに、こんなにも乱れ散る、梅の花であることよ。

小野氏国堅

○妹が家に　故郷に残してきた妻の住む家にの意。梅花は故郷を思う花であることによる。**○雪かも降ると**　雪が降っているのかとの意。梅と雪の重ね。**○見るまでに**　見るほどまでにの意。**○ここだも乱ふ**　かくも見まごうこと。「ここだ」はこんなにもひどく。「乱ふ」は紛れることを美とする表現。**○梅の花かも**　梅は八一五番歌参照。「かも」は詠嘆。梅の花の散る様子を雪とのまがいとして詠む。『梁詩』梁簡文帝「雪裏覓梅花詩」に「絶えて梅花の晩きを訝り、争い来たり雪の裏《うち》に窺う」とある。**○小野氏国堅**　詠み手の署名。小野氏国堅は閲歴未詳。正倉院文書などに名が見え、写経所に関与していたか。

【鑑賞】小野氏国堅の歌。愛しい子の家に雪が降っているのかと見紛うまでに、梅の花が散っているという。ここに「妹が家」が詠まれるのは、故郷に残してきた愛しい女子への思いからである。陳後主の「梅花落」の詩に「佳人早くも髷に挿し、試みに立ち且つ裵徊《はいかい》す」とある佳人は故郷に残した妻である。梅花の歌が故郷を思うという歌であるから、国堅はその主旨を愛しい女子を思う方面へ向けた。梅花の宴に「妹が家」が詠まれることによって、先の土師氏御道の「京しぞ思ふ」と同様に、「梅花落」が故郷を思う歌であることを理解している。「ここだも乱ふ梅の花かも」は、そのまま「梅花落」の展開である。

鶯の　待ちかてにせし　梅が花　散らずありこそ　思ふ子がため　筑前《ちくぜんの》 拯門氏石足《じやうもんしのいはたり》　（巻五・八四五）

宇具比須能　麻知迦弖尓勢斯　宇米我波奈　知良須阿利許曽　意母布故我多米　筑前拯門氏石足

鶯が、長く待ちかねていた、梅の花よ。散らずにあって欲しい。わたしの思う愛しい子のために。筑前掾門氏石足

〇鶯の　早春に鳴いて声が愛でられた。江総の「梅花落」に「梅花の密なる処、鳴く鶯を蔵す」とある。**〇待ちかてにせし**　梅の咲くのを待ちかねていたこと。「かて」は出来ないこと。**〇梅が花**　梅は八一五番歌参照。梅の花は鶯と友だちという考え。**〇散らずありこそ**　散らずにあって欲しいこと。「梅花落」を前提とする。**〇思ふ子がため**　鶯の花妻が梅の花であることをいう。**〇筑前拯門氏石足**　詠み手の署名。筑前は福岡県の旧国名。拯は掾で上国の掾は従七位上相当官。「門氏」は唐風表記。石足は門部連石足。旅人帰京の折に「筑前掾門部連石足」（巻四・五六八）とみえる。

【鑑賞】門氏石足の歌。石足が末席に座ったのは、次の小野氏淡理とともに、この宴会の幹事を務めていたからであろう。鶯が待ちかねていた梅の花だというのは、人が待ちかねている前に、鶯が待ちかねていることをいう。ここには「梅に鶯」の取り合わせが強固に見られる。中国古典詩には「梅鶯」も「鶯梅」も熟語として存在しない。『懐風藻』には持統朝の葛野王に「春日翫鶯梅」（二〇番詩）の詩があり、その関係の密着度が強い。石足は鶯が待ちかねていた梅だから散るなという。その梅は愛しい人のためである。「梅花落」を「梅の花散る」と翻訳し、故郷への思いを愛しい人へと向けることで「梅花落」を詠んだのである。

霞《かすみ》立《た》つ　長き春日《はるひ》を　挿頭《かざ》せれど　いや懐《なつ》かしき　梅の花かも　小野氏淡理《をののしのたもり》　（巻五・八四六）

可須美多都　那我岐波流卑乎　可謝勢例杼　伊野那都可子岐　烏梅能波那可毛　小野氏淡理

霞が立つ、長い春日を、こうして挿頭すけれども、いよいよ懐かしいものとなる、梅の花であることよ。小野氏淡理

○霞立つ　春の霞が立っての意。**○長き春日を**　長い春の一日をいう。**○挿頭せれど**　挿頭すのだけれども。この宴楽に梅を挿頭として風流を尽くすこと。挿頭は八二〇番歌参照。「ど」は逆接。**○いや懐かしき**　いよいよもって懐かしく思われること。心がいつまでも離れないことをいう。**○梅の花かも**　梅は八一五番歌参照。**○小野氏淡理**　詠み手の署名。淡理は渤海大使の小野朝臣田守（巻二十・四五一四）か。

【鑑賞】小野氏淡理の歌。淡理は旅人の秘書であったか。淡理がこの花宴の最後を飾ったのは、宴会の幹事である門氏石足の助手を務めたからか。これが三十二首の最後の歌となる。淡理は霞の立つ長い春の日に挿頭をして遊ぶが、それでも懐かしく思われる梅の花であるという。春の一日を費やして梅を挿頭して風流に遊び、酒にも酔い、そろそろお開きの時を迎えたのであろう。この花の宴を惜しみながら、それでも梅の花はいっそう懐かしく思われて、飽きることがないのだという。梅への惜しみない讃美と花の宴への讃美が詠まれ、宴楽への尽きない感動がみられる終宴の歌である。

　これらの三十二首の梅花の歌によって、和歌が花鳥風月や雪月花の美学を獲得してゆく過程が知られよう。

6　**員外故郷を思う歌**（巻五・八四七〜八四八）

員外《ゐんぐわい》故郷《こきやう》を思《しの》ひたる歌両首《うたりやうしゅ》

わが盛り　いたく降《くた》ちぬ　雲に飛ぶ　薬《くすり》食《は》むとも　また変若《をち》めやも　（巻五・八四七）

員外思故郷歌両首
和我佐可理　伊多久〻多知奴　久毛尓得夫　久須利波武等母　麻多遠知米也母

員外にあって故郷を思った歌の両首
わが盛りは、ひどく衰えた。雲に飛ぶ、薬を飲んだとしても、また若返ることがあろうか。

〇員外思故郷歌両首　「員外」は員数の外。作者は大伴旅人であろう。「梅花の歌」に対しての員外である。『宋書』百官志に「員外散騎侍郎、晋の武帝置く」とある。**〇わが盛り**　心身ともに盛りである時をいう。**〇いたく降ちぬ**　盛りも過ぎたこと。「いたく」はひどく。「降ち」は低下すること。年老いて気力が失われたことをいう。**〇雲に飛ぶ**　雲に飛ぶのは仙人。『南嶽総勝集』に「丹霞雲に飛び下に迎え、身を兆《きざ》し上昇す」とある。**〇薬食むとも**　薬を飲んでもの意。薬は仙薬。**〇また変若めやも**　また若返るだろうかなあの意。変若は若返ること。月中に変若水という仙薬があり、これを飲むと若返るという。「月読の持てる変若水」(巻十三・三二四九)とある。「やも」は疑問を含む詠嘆。

【**鑑賞**】員外は員数の外の意であるが、この歌は「梅花の歌」の外に加えたことにより員数外としたのであろう。「梅花の歌」との繋がりからみれば、梅花の歌ではないことによる「員外」である。ただ、梅花の歌との繋がりでは、懐かしい故郷を思うという「梅花落」の主旨を受けたものであるから、それに続けて故郷への思いを詠んだと理解すべきである。作者は、故郷思慕に拘る大宰帥の大伴旅人であろう。

すでに人生の盛りも終えて下り坂にある作者は、雲に飛びかけるような若返りの薬を手に入れたいという。そのような薬を求めるのは、懐かしい故郷を見ることなく、異郷で死ぬことへの恐れである。故郷は懐かしく、友も懐かしく、今すぐにも雲を飛びかけて逢いたいというのである。そうした旅人の気持ちを理解するだろうと思われるのは、都の吉田宜である。後に見るように、梅花の歌から松浦遊覧の歌までを宜に贈ったのは、旅人の風流を理解する友であったからであろう。宜からの返信に「梅苑の芳席には、群英が美しい歌を詠み、松浦の玉潭には、仙媛と贈答するのを見ますと、あたかも孔子先生の杏壇《きようだん》の各言の作に類し、また洛水の衡皐税駕《こうこうぜいが》の篇にも擬《ぎ》すべきものです」（八六四序）とあることから知られる。

雲に飛ぶ　薬食《くすりは》むよは　京見《みやこみ》ば　卑《いや》しきあが身　また変若《をち》ぬべし　（巻五・八四七）

久毛尓得夫　久須利波牟用波　美也古弥婆　伊夜之吉阿何微　麻多越知奴倍之

雲に飛ぶ、薬を飲むよりは、懐かしい京を見れば、老いぼれたわが身も、また若返ることであろう。

○雲に飛ぶ　雲に翔り飛ぶことの可能なの意。仙人が雲に飛びかけることをいう。『文選』郭景純「遊仙詩」の「雲梯」の注に「雲梯《うんてい》は仙人の昇天をいう。雲に因り上る。故に雲梯という」とある。**○薬食むよは**　薬を飲むよりは。薬は仙薬をいう。「よは」は「よりは」の意。**○京見ば**　懐かしい京を見ればの意。「ば」は仮定。**○卑しきあが身**　「卑し」は老いている身を謙遜した言い方。**○また変若ぬべし**　ふたたび若返るだろう。「変若」は八四六番歌参照。

【鑑賞】　員外に故郷を思う歌の二首目。雲に飛ぶ薬を飲むよりも、懐かしい京を見ればまた若返るだろうと思う。若返ることへの希望は故郷への思いからであるが、大宰府から無事に奈良の京へ帰るための気力すらも覚束ないのである。年老いて思い出されるのは、故郷の山河であり懐かしい友である。それらに逢えるならば、再び若返ることも可能だろうという。みんなが故郷を思い詠んだ「梅花の歌」を読み耽る中に思われた故郷への思慕であろう。

7

梅花の歌への余韻（巻五・八四九〜八五二）

後《のち》に追《お》ひて和《こた》へたる梅《うめ》の歌四首《うたよんしゆ》

残りたる　雪に交じれる　梅の花　早くな散りそ　雪は消ぬとも

（巻五・八四九）

後追和梅歌四首

能許利多留　由棄仁末自例留　宇梅能半奈　半也久奈知利曽　由吉波氣奴等勿

後に追って応じた梅の歌の四首

いまだ消えず残って、白雪に交じっている、梅の花よ。早く散らないでくれ。雪は消えるとしても。

○後追和梅歌四首　「後」は以後。「追和」は追いかけて答えること。作者は帥の旅人であろう。「梅花の歌三十二首」に対しての私的な追和である。『全唐詩』李賀に「追和柳惲」とある。**○残りたる**　梅が咲き残っていること。**○雪に交じれる**　白梅と白雪とが交じっていること。それをセットとして美しい風景とする。**○梅の花**　雪に交じる梅の花をいう。**○早くな散りそ**　早く散るなよ。楽府詩である「梅花落」を意識。**○雪は消ぬとも**　白雪よりも白梅への思い。「とも」は逆接。「勿」は「もつ」の音の「も」による。

【鑑賞】　後に追って応じた梅の歌。天平二年（七三〇）正月十三日に、大宰帥の旅人邸で梅花の宴が開かれ、三十二人の官人が集い梅の歌が詠み継がれた。これは前代未聞の花の宴で、旅人たちの風流が尽くされていた。その楽しかった花の宴の余韻の中に詠まれたのが、この四首の梅の歌である。作者は花宴の主人であった旅人と思われる。
　残った雪に交じって咲いている梅の花という景は、梅花の宴で披露した旅人の白梅と白雪との紛いのことである。旅人は『懐風藻』で「梅雪は残岸に乱る」（四四番詩）と詠んでいる。旅人はこのように白雪と白梅との紛いを詠むことに興味があり、そこには旅人が見出した美学がある。この歌もそのような傾向にあり、旅人の作品と見て良い。梅花は故郷思慕を主旨とするから、この四首においても旅人は繰り返し故郷への思いの中にあったのである。

雪の色を　奪《うば》ひて咲ける　梅の花　今盛りなり　見む人もがも　（巻五・八五〇）

由吉能伊呂遠　有波比弖佐家流　有米能波奈　伊麻佐加利奈利　弥牟必登母我聞

雪の色を、奪って咲いている、梅の花は、今が盛りである。一緒に見る人が欲しい。

○雪の色を　雪の白色をいう。**○奪ひて咲ける**　雪の白さを奪い白さを増して咲いていること。『魏詩』陳思王曹植「当事君行」に「朱紫更に相色を奪う」、『梁詩』荀済《じゅんさい》「贈陰梁州詩」に「梅花しばしば雪を成す」とある。**○梅の花**　白梅をいう。紅梅は平安時代の漢詩に詠まれる。**○今盛りなり**　いまが満開であること。**○見む人もがも**　花を愛でる心のある友が欲しいこと。「がも」は願望。

【鑑賞】　後に追って応じた梅の歌の二首目。「雪の色を奪って咲いている梅の花」とは、梅の白い色が雪の白さを奪い取り一層勝って白いことをいう。梅は雪の白を奪って咲いているというのである。このような表現は、漢詩から学んだものであろう。そのようにして盛んに競い合っている雪と梅であるが、それを一緒に見る人が欲しいという。「梅花落」の流れから考えると、懐かしい故郷の友や家族ということであろう。老いへの焦りと故郷への思いが、この歌に託されている。これらを京の吉田宜に贈ったことからすれば、旅人の真の友は吉田宜であると思われ、これらは宜へのメッセージであろう。

わが宿《やど》に　盛りに咲ける　梅の花　散るべくなりぬ　見む人もがも　（巻五・八五一）

和我夜度尓　左加里尓散家留　宇梅能波奈　知流倍久奈里奴　美牟必登聞我母

わが家に、盛んに咲いている、この梅の花。いよいよ散る時となった。一緒に見る人が欲しいことよ。

○わが宿に　大宰府の官邸と故郷の自邸との重なりの中にあるわが家。**○盛りに咲ける**　花が盛んに咲いていること。**○梅の花**　白梅をいう。梅は八一五番歌参照。**○散るべくなりぬ**　散るような時を迎えたこと。楽府の「梅花落」による。**○見む人もがも**　梅の花を愛でる心ある友が欲しい意。「もがも」は願望。

【鑑賞】　後に追って応じた梅の歌の三首目。「わが宿」とは旅人の官邸と思われるが、「梅花落」を受ければ、梅の花が散る懐かしい故郷の家の庭園である。その時に一緒に見るべき人が欲しいという。大宰府には一緒に見る者は多いが、故郷では待つ妻もなく、また身分差を離れて共に花を愛でるという真の友は難しい。これらを京の吉田宜に贈ったことからすれば、真の友は吉田宜であると思われ、宜へ託した旅人の思いであろう。

梅の花　夢《いめ》に語《かた》らく　雅《みやび》たる　花とあれ思《も》ふ　酒に浮かべこそ〔一《いつ》に云《いは》く、「いたづらに　あれを散らすな　酒に浮かべこそ」といへり〕　　（巻五・八五二）

烏梅能波奈　伊米尓加多良久　美也備多流　波奈等阿例母布　左氣尓于可倍許曽〔一云、伊多豆良尓　阿例乎知良須奈　左氣尓于可倍許曽〕

梅の花が、夢の中に語るところでは、「雅やかである、花とわたしは思う、酒に浮かべよ」と。〔別に言うところでは、「無駄に、わたしを散らすな、酒に浮かべよ」とある。〕

○梅の花　梅は八一五番歌参照。**○夢に語らく**　夢の中でいうことにはの意。「語らく」は「語るらく」のク語法。**○雅たる**　雅やかであること。「雅」は都会風をいう。**○花とあれ思ふ**　そのような花だと梅自らが思うこと。梅を擬人化している。**○酒に浮かべこそ**　それを酒に浮かべよということ。梅の花を盃に浮かべるのを風流とした。先の梅花の歌に「梅の花誰か浮かべし盃の上に」（八四〇）とある。『全唐詩』則天皇后「遊九龍潭」に「酒中に竹葉を浮かべ、杯上に芙蓉を映す」とある。**○一に云はく**『万葉集』編纂資料に見える別伝をいうが、旅人の意図した「一云」か。**○いたづらに**　無駄なことにの意。**○あれを散らすな**　わたしを散らすようなことはするなの意。「な」は禁止。**○酒に浮かべこそ**　酒に浮かべよ。「こそ」は強意。梅が旅人に風流の楽しみを勧める。

【鑑賞】後に追って応じた梅の歌の四首目。梅の花が夢で語ったことには、「わたしは雅な花だと思うので、酒に浮かべよ」といったという。あるいは「無駄に散らさずに、酒に浮かべよ」ともいったという。夢に琴の娘子が現れて、作者と問答を交わしたのも旅人である。すでに旅人は梅との会話の中にあり、わが心を知るのは梅の花だということであろう。雅を理想として生きる旅人は、梅の雅と心を一つにしている。そのような旅人の雅を理解するのは、京の吉田宜だということであろう。こうした風雅は『懐風藻』に「酒中去輪沈む」（一五番詩）という表現があり、またこの流れには「酒杯に梅の花浮け思ふどち飲みての後は散りぬともよし」（巻八・一六五六）と詠む旅人の妹の坂上郎女の歌がある。本巻の梅花の宴の歌にも村氏彼方に同じ趣向の歌（八四〇）がある。

8　松浦河に遊ぶ漢文序と歌（巻五・八五三〜八六三）

松浦河《まつらがは》に遊ぶの序

余《われ》、暫《しば》し松浦《まつら》の県《あがた》に往《ゆ》きて逍遥《せうえう》し、聊《いささ》か玉嶋《たましま》の潭《ふち》に臨みて遊覧《いうらん》す。忽《たちま》ちに魚《うを》を釣る女子《をとめら》等に値《あ》へり。花容双無《くわようならびな》く、光儀匹無《くわうぎたぐひ》し。柳葉《りうえふ》を眉中《びちゆう》に開き、桃花《たうくわ》を頬上《けふじやう》に発す。意気は雲を凌《しの》ぎ、風流《ふうりう》は絶世なり。僕《ぼく》問ひて曰《いは》く、「誰《た》が郷《さと》の誰が家の児等《こら》そ、若疑《けだし》神仙の者ならんか」と。娘等《をとめら》皆咲《みなゑ》みて答へて曰く、「児等《こら》は、漁夫《ぎよふ》の舎《いへ》の児《こ》、草菴《さうあん》の微《いや》しき者、郷《きやう》無《な》く家も無し。何《なに》そ稱《しよう》して云《い》ふに足らん。唯性《ただせい》は水を便《たより》とし、復《また》心は山を楽しむ。或《ある》は洛浦《らくほ》に臨みて徒《いたづら》に玉魚《ぎよくぎよ》を羨《うらや》み、乍《ある》は巫峡《ふけふ》に臥《ふ》し空しく烟霞《えんか》を望《のぞ》む。今邂逅《いまたまさか》に貴客《うまひと》に相遇《あひあ》ひ、感応《かんおう》に勝《た》へずして、輒《すなは》ち款曲《くわんきよく》を陳《の》ぶ。今よりして後に豈《あに》偕老に非《あら》ざるべけむや」と。下官《げくわん》対《こた》へて曰く、「唯唯《おお》、敬《うやま》ひて芳命《はうめい》を奉《うけたまは》る」と。時に日

は山の西に落ち、驪馬《りば》は去《い》なむとす。遂《つひ》に懐抱《くわいはう》を申《まう》し、因《よ》りて詠歌《えいか》を贈《おく》りて曰《いは》く

漁《あさり》する　海人《あま》の子どもと　人は言へど　見るに知らえぬ　貴人《うまひと》の子と　（巻五・八五三）

遊松浦河序

余以暫往松浦之縣逍遥、聊臨玉嶋之潭遊覧、忽値釣魚女子等也。花容無雙、光儀無匹。開柳葉於眉中、發桃花於頬上。意氣凌雲、風流絶世。僕問曰、誰郷誰家兒等、若疑神仙者乎。娘等皆咲荅曰、兒等者、漁夫之舎兒、草菴之微者、無郷無家。何足稱云。唯性便水、復心楽山。或臨洛浦而徒羨玉魚、乍臥巫峡以空望烟霞。今以邂逅相遇貴客、不勝感應、輙陳款曲。而今而後豈可非偕老哉。下官對曰、唯〻、敬奉芳命。于時日落山西、驪馬将去。遂申懐抱、因贈詠謌曰

阿佐里須流　阿末能古等母等　比得波伊倍騰　美流尓之良延奴　有麻必等能古等

松浦河に遊覧するの序

余は、暫し松浦の県に往き逍遥し、いささか玉嶋の潭に臨んで遊覧した。たちまちに魚を釣る女子等に逢った。花の容は二つと無く、美しい姿は類が無い。柳葉を眉の中に開き、桃花を頬の上に発している。心意気は雲を凌ぎ、風流は絶世である。僕は問い掛けて言った。「どこの郷の誰の家のお嬢さんか。ひょっとして神仙の者ではありませんか」と。娘たちは皆微笑んで答えて言った。「わたしたちは、漁夫の家の子で、むさ苦しい家に住む賤しい者、特別な郷も無く立派な家もありません。どうして身分を明かすことなど出来ましょう。ただ性は水を便りとし、また心は山を楽しむことにあります。あるいは洛浦に臨んでは徒に玉魚を羨み、あるいは巫峡に臥しては空しく烟霞を望むのみです。今たまたまに貴客にお逢いして、大きな感動に堪えられず、それで喜びの言葉

を陳べたのです。今より後は偕老を求めないわけではありません」と言う。下官が応じて言った。「さようですか、敬ってご主旨を承りました」と。時に日は山の西に落ち、黒馬は去ろうとしている。そこで心に思うことを申し上げようと、次の歌を詠んで贈って言った。

漁をする、海人の女子たちと、人は言うけれども、見ても出身の知られないような、貴人の女子と思われます。

○遊松浦河序　「遊」は遊覧。世俗を離れて自然に遊息すること。そこには詩歌を詠む環境があった。『文選』に「遊覧」の分類がある。『全三国文』阮籍《げんせき》「大人先生伝」に「遊覧して歓楽し、世に非ざる所を見る」とある。「松浦」は肥前の国の郡名。佐賀県東松浦郡と唐津市を中心とする地。「松浦河」は神功皇后伝説の伝わる観光名所の玉島川のこと。玉島神社がある。近傍に垂綸石《すいりんせき》公園があり、神功皇后が鮎を釣ったという岩が伝えられている。**○余以暫往松浦之県逍遥**　「逍遥」は自然の中を散歩すること。『文選』潘安仁「秋興賦」に「山川の阿に逍遥し、人間の世に放曠す」とある。『荘子』に「逍遥遊」がある。**○聊臨玉嶋之潭遊覧**　「玉嶋之潭」は佐賀県唐津市東部を流れる玉島川の淵。「肥前国風土記」に神功皇后が鮎釣りをした伝説を伝える。**○忽値釣魚女子等也**　「忽」は突然。「値」は逢うこと。「釣魚」は魚を釣ること。**○花容無双**　美しさは並ぶものがない。「花容」は美しいかんばせ。『梁詩』楽府雑歌謡辞「高陽楽人歌」に「両頬の色は火の如く、自ら桃花の容あり」とある。**○光儀無匹**　「光儀」は美しい容姿。『全梁文』江淹《こうえん》「空青賦」に「君子の光儀に接す」とある。「匹」は類。**○開柳葉於眉中**　柳の葉を眉の中に開いていること。唐代流行の化粧法の柳眉をいう。『全唐詩』謝観「漢以木女解平城囲賦」に「既に桃瞼を払い。妝《よそおい》は柳眉を旋《めぐ》らす」とある。**○発桃花於頬上**　桃花を頬の上に開くこと。女子の化粧法。前掲『梁詩』雑歌謡辞の「高陽楽人歌」に「自ら桃花の容あり」とある。**○意気凌雲**　「意気」は心ばえ。「凌雲」は雲をも凌ぐこと。『文選』石季倫「思帰引序」に「傲然《ごうぜん》として凌雲の操あり」とある。**○風流絶世**　「風流」には儒教風な風雅と好色風な風雅の意があり、ここは後者。『玉台新詠』に「秀媚双眼を開き、風流語声を著く」とある。**○僕問曰**　「僕」は「我」の謙遜。**○誰郷誰家児等**　どこの郷の誰の家のお嬢さんかの意。**○若疑神仙者乎**　「若疑」は

「けだし」。『南斉書』志に「若疑兄弟同居す」とある。「神仙」は仙術を得た仙人。○**娘等皆咲答曰**　少女たちはみんな笑って答えて言ったこと。○**児等者漁夫之舎児**　「漁夫」は漁師。「舎児」は田舎の家の子。○**草菴之微者**　「草菴」は賤しい家。「微者」は取るに足らない者。○**無郷無家**　郷も家もないこと。○**何足稱云**　「何足」は「どうして〜足りましょうか」。「稱」は家や名を教えること。教えるような身分ではないことをいう。○**唯性便水**　性格は水を楽しむこと。「性便水」は『論語』「雍也」の「智者は水を楽しむ」をいう。○**復心楽山**　心は山を楽しむこと。『論語』「雍也」の「仁者は山を楽しむ」をいう。○**或臨洛浦而徒羨玉魚**　「洛浦」は洛陽を流れる洛水の岸辺。『梁詩』何思澄「南苑逢美人詩」に「洛浦疑うらくは廻る雪かと。巫山は旦《あさ》の雲に似る」とある。仙女の現れる所。『文選』曹子建に「洛神賦」がある。○**乍臥巫峡以空望烟霞**　「巫峡」は中国四川省と湖北省との境にある巫山の峡谷。『晋詩』雑謡歌辞の「巴東三峡歌」に「巴東三峡巫峡長く、猿鳴いて三声涙は裳を沾《ぬ》らす」とある。『文選』宋玉に「高唐賦」があり仙女との幻想物語りが詠まれている。○**今以邂逅相遇貴客**　「邂逅」はたまたま逢うこと。「貴客」は賓客。○**不勝感応**　「不勝」は堪えられないこと。「感應」は大きな感動。○**輙陳款曲**　「款曲」は喜びの言葉。『漢詩』張衡「贈婦詩」に「思念款曲を叙ぶ」とある。○**而今而後豈可非偕老哉**　今から後は一生を共にすること。「豈」は反語。「偕老」は夫婦が共に老いること。偕老同穴（共に老いて同じ墓に入ること）をいう。『全後漢文』丁廙《ていよく》「蔡伯喈女賦」に「豈偕老《かいろう》期す可く、庶《ねが》わくは歓を余年に尽くさん」とある。○**下官対曰**　「下官」は自らの身分を卑しめる言い方。「對」は応じること。○**唯唯**　応諾の言葉。『文選』班孟堅「西都賦」に「賓曰く、唯唯」とある。○**敬奉芳命**　「芳命」は貴い者からの仰せ言。○**于時日落山西**　時は夕暮れを迎えたこと。『文選』謝霊運「七里瀬」に「日落ち山は照曜す」とある。○**驪馬将去**　「驪馬」は黒馬。『全漢文』闕名氏「奏加莽九錫」に「大国は乗車安車各一、驪馬二駟」とある。○**遂申懐抱**　「申」は申し上げること。「懐抱」は心に思うこと。『宋詩』謝霊運「平原侯植」に「歓娯懐抱を写し、良遊昼夜に匪ず」とある。○**因贈詠歌曰**　「詠謌曰」は心情を表白する方法。『晋書』志に「百姓岸上に歌いて曰く」とある。○**漁する**　漁をしていること。○**海人の子どもと**　海人の少女であるとの意。○**人は言へど**　「人」は海人の女子。「ど」は逆接。○**見るに知らえぬ**　女子が高貴な家の娘に見えることをいう。○**貴人の子と**　貴人は「うましひと」。

「うまし」は美味を根拠としてすばらしいの意。

【鑑賞】松浦河に遊覧する序と歌。この序には松浦の県に逍遥し、玉嶋の潭に臨んで遊覧したこと、そこで魚を釣る女子等に逢ったこと、その女子等は花の如き容姿で絶世の美人であったこと、そこで作者はこの女子等に歌いかけたことが記されている。ここには、女子等をめぐって歌の贈答が以下に繰り返されていて、松浦河に係わる神仙譚が展開している。最後にこれらの贈答の歌に応じて「帥老」という記名があり、旅人が最後に係わったようにみせるが、全体は旅人が創作した神仙物語りであったと思われる。山水遊記の文学の形式を踏んだものと思われる。

逍遥は日常を離れて別の世界に遊ぶことであり、松浦河は俗を離れた仙境として選ばれている。それゆえに俗では逢うことのない絶世の美人に出会ったのである。その美女は「漁夫の家の子で、むさ苦しい家に住む賤しい者」でしかないと身を隠す。しかし、性は水を楽しみ、心は山を楽しむことにあるという時、この女子等は漁師の娘に変身した何者かであることを示唆している。しかも、「洛浦に臨んでは徒に玉魚を羨み、あるいは巫峡に臥しては空しく烟霞を望む」ということによれば、それはただちに宋玉の「高唐賦」や曹植の「洛神賦」を想起させることになる。「高唐賦」も「洛神賦」も、神女と出逢う幻想物語りであり、その幻想譚に重ねたのが「松浦河に遊覧するの序」である。そこには六朝的な神仙譚が顔を覗かせている。作者は女子等の話を聞き、日も暮れたので帰る折に歌を贈ったという。「漁をする海人の女子たちと人は言うけれども、見ても出身の知られないような、高貴な女子と思われます」という。卑しい身分の女子だとはいうが、本当は貴人の子のように思われるのだという。海人の子なのか貴人の子なのか、その紛れの中にこの物語りの伝奇性が窺えるが、作者の期待は神仙の女子にあろう。このような風流譚を作り上げたのは、それを好ましいものとして評価する者がいるからであろう。この作品を京の吉田宜に贈ったのは、彼が真の読者だと想定してのことである。

答へたる詩に曰く

玉嶋《たましま》の　この河上に　家はあれど　君をやさしみ　露《あらは》さずありき　（巻五・八五四）

　　　答詩曰

多麻之末能　許能可波加美尓　伊返波阿礼騰　吉美乎夜佐之美　阿良波佐受阿利吉

　　答えた詩に言う

玉嶋の、この河上に、家はあるのですけれど、あなた様を恥ずかしく思い、露さずにおりました。

○答詩曰　「答」は応答。「詩」は歌のこと。ここでは中国の神仙譚を意図している。『文選』任彦昇「王文憲集序」に「粲《さん》の答詩に曰く」とある。**○玉嶋の**　玉島の地をいう。八五三番歌序参照。**○この河上に**　玉島川の上流をいう。**○家はあれど**　少女の家の所在をいう。**○君をやさしみ**　「やさし」は相手が尊貴であるのでこちらが恥ずかしく思われる意。「み」は接尾語で「〜なので」の意。**○露さずありき**　身分を明かさずにあったことをいう。

【鑑賞】　松浦河遊覧の歌に続く女子の答えた歌。先に作者が女子等を「貴人の女子と思われる」といったのを受けて、「玉嶋の河上に家はあるが、あなたの身分からみて恥ずかしく思い露さずにいた」のだと答える。「やさし」は、相手に対して恥ずかしいと思う心であり、相手が高貴であったり、気遣いが必要な相手であったり、あるいは控えめにあるべき態度を指す。この女子等の「やさし」は、相手が高貴でわが身は卑賤であるという態度からの言葉と思われる。作者も女子等との問答で自らを「下官」と謙遜している。作者も女子等も互いに自らの身を卑しい存在に貶めるのは社交的・儀礼的な態度であるが、社会性を隠した男女の出会いが想定されているからであろう。

蓬客等《ほうかくら》の更に贈れる歌三首

松浦河《まつらがは》　川の瀬光《せひか》り　鮎釣《あゆつ》ると　立たせる妹《いも》が　裳《も》の裾濡《すそぬ》れぬ　（巻五・八五五）

蓬客等更贈謌三首

麻都良河波　可波能世比可利　阿由都流等　多〻勢流伊毛河　毛能須蘇奴例奴

蓬客等が更に贈った歌の三首

松浦河の、川の瀬が光り、鮎を釣るといって、立たれる子の、裳の裾が濡れている。

○蓬客等更贈歌三首　「蓬客」は賤しい身の旅人。転がる蓬のような身の意か。『文選』江文通「詣建平王上書」に「下官は本は蓬戸桑樞《そうすう》の人」とある。**○松浦河**　松浦は肥前の国の郡名。玉島川をいう。八五三番歌参照。**○川の瀬光り**　川の輝きをいう。瀬は浅瀬。**○鮎釣ると**　鮎はアユ科。一年魚なので年魚といい、香りがあるので香魚ともいう。**○立たせる妹が**　川の浅瀬に立っている女子をいう。「妹」は「背」と一対の女子。神功皇后の鮎釣り伝説を踏まえる。**○裳の裾濡れぬ**　裳は女子が身につけるスカート。濡れた裳にエロチシズムを感じている。

【鑑賞】　蓬客等が女子に贈った歌。女子等に出会った作者は、先に「下官」といい、ここでは「蓬客」という。下官も蓬客も身を貶める謙遜の辞である。そのようにいうのは、女子等が海人の家の卑しい女子といったのに合わせたからである。互いに身を貶めることで、相手との距離を縮める方法である。蓬客は漂泊の旅人をいうと思われ、「転蓬」から来ているのであろう。『文選』曹子建「朔風詩」に「転蓬は本の根を離れ、飄颻《ひょうよう》として長風に随う」とあるように、風に吹かれるままにある漂泊の身を指す。そのような蓬客は女子らが川瀬で鮎を釣る様子を見て、裳裾が濡れているという。裳は赤裳と思われ、鮎に視点が行かず女子の濡れた裳へと関心が向かうのは、仙女の濡れた赤い裳裾への男子らの興味による。

松浦なる　玉嶋河《たましまかは》に　鮎釣《あゆつ》ると　立たせる子らが　家路知らずも　（巻五・八五六）

麻都良奈流　多麻之麻河波尒　阿由都流等　多ゝ世流古良何　伊弊遲斯良受毛

松浦にある、この玉嶋河に、鮎を釣るといって、立っていられる子らの、家路は知らないことだ。

〇松浦なる　松浦は肥前の国の郡名。八五三番歌参照。「なる」は「〜にある」の約。**〇玉嶋河に**　神功皇后伝説の伝わる玉島川。八五三番歌参照。**〇鮎釣ると**　鮎を釣るといって。**〇立たせる子らが**　川の中に立っていられる少女らがの意。「せる」は神仙とすることによる尊敬表現。神功皇后伝説を背景とする。**〇家路知らずも**　女子が住む家への道が知られないこと。女子の家を求めるのは恋愛感情による。

【鑑賞】　蓬客等が女子に贈った歌。松浦の玉島川に鮎を釣っている子らの、家路は知らないことだという。すでに女子等は漁師の家の卑しい身であるから、教えるべき故郷も家もないと断った。そのことを踏まえて、さらに女子等の家路への関心を示す。この形式は、男女が歌の掛け合いをする時の最初の歌い方である。男子は相手の女子の名や家を聞いて、その素性を知ろうとするが、女子は容易に教えない。この女子等も卑しい家の娘と答えたのみであるので、蓬客たちは何とかして家の所在を確かめようとしている。その意図は、神仙の女子らと行きずりの恋に進むかも知れないという期待からである。

遠《とほ》つ人　松浦の河に　若鮎釣《わかゆつ》る　妹《いも》が手本《たもと》を　われこそ巻かめ　（巻五・八五七）

等富都比等　末都良能加波尒　和可由都流　伊毛我多毛等乎　和礼許曽末加米

遠くの人を待つという、その松浦の河に、若鮎を釣っている、あの子の袖を、われこそが巻こう。

○遠つ人　遠い人を待つことから、次の「松」を導く枕詞。**○松浦の河に**　松浦は八五三番歌参照。**○若鮎釣る**　若鮎は春に成長した鮎。**○妹が手本を**　「妹」は「背」と一対の女子。手本は袂で袖。**○われこそ巻かめ**　袖を巻くことは共寝をすること。

【鑑賞】　蓬客等が女子に贈った歌。前歌で女子の赤裳が濡れているといい、女子等の家路が知られないと述べた。そこには赤裳に興奮するエロス性と、彼女の家を聞くという求愛の行動がみられる。それに続くのが、女子等との共寝への期待である。「妹が手本をわれこそ巻かめ」とは、共寝することをいう類型的な表現である。この歌のみでは突然の共寝が歌われてその意味は推し量り難いが、蓬客の三首は女子と情を交わし共寝へと向かう歌であったのである。蓬客は女子等を神仙の女と勝手に決めて、その神女と一晩の契りを結ぼうというのである。そこには唐の俗文学である『遊仙窟』（張文成の作）のような仙界への期待があろう。

娘等《をとめら》の更《さら》に報《こた》へたる歌三首

若鮎釣る　松浦の河の　川波の　並《なみ》にし思《も》はば　われ恋ひめやも

（巻五・八五八）

娘等更報謌三首

和可由都流　麻都良能可波能　可波奈美能　奈美迩之母波婆　和礼故飛米夜母

娘等が更に報えた歌の三首

若鮎を釣る、松浦の河の、川波ではありませんが、並のことと思うなら、わたしは恋などすることでしょうか。

○娘等更報歌三首　少女たちが更に蓬客に応じた歌。**○若鮎釣る**　若鮎は春に成長した鮎。**○松浦の河の**　松浦は八五三番歌参照。**○川波の**　川の波から次の「並」を導く。**○並にし思はば**　並は普通のこと。「ば」は仮定。**○われ恋ひめやも**　わたしは恋などしないだろうか。「やも」は反語。

【鑑賞】　娘等が報えた歌。女子はここで娘等と呼ばれる。「女子」は遠回しであるが、「娘」には親しみが込められている。その娘等に共寝を誘ったところ、娘等は「並のことに思うなら、恋などすることでしょうか」と答える。真剣に思うから蓬客に恋をするのだというのであり、共寝への意志を表す。蓬客と娘等との間には、何度かの贈答が繰り返されたことが前提であろう。そのような贈答を通して、娘等は蓬客の心に触れて恋心を抱いたということになる。

春去《はるさ》れば　わぎ家《へ》の郷《さと》の　川門《かはと》には　鮎子《あゆこ》さ走《ばし》る　君待ちがてに

（巻五・八五九）

波流佐礼婆　和伎覇能佐刀能　加波度尓波　阿由故佐婆斯留　吉美麻知我㣙尓

春が来たので、わが家のある郷の、川門には、鮎が頻りに泳いでいる。あなたの訪れを待ちかねて。

〇春去れば　春が到来したのでの意。「去」は移ること。「ば」は順接。**〇わぎ家の郷の**　女子の住む里をいう。**〇川門には**　川の船着き場をいう。**〇鮎子さ走る**　鮎が泳ぎ回っていること。**〇君待ちがてに**　あなたを待ちかねての意。君は貴い客人。「がて」は出来ないこと。

【鑑賞】娘等が報えた歌。春が来たのでわが里では鮎が泳ぎ廻っているが、それはあなたを待ってのことであるという。鮎が蓬客を待ちかねて泳ぎ回っているというのは、娘等の喜びの心の表れである。そこが「わぎ家の郷」であるのは、娘等は蓬客を家に招こうということである。蓬客らは神女の住む郷に招かれ、仙女たちと楽しむことが予期されていよう。ここには、旅の途次に山中で洞窟に迷い込み、仙女に出逢ったという唐代の俗文学である『遊仙窟』の物語りが想定されている。

松浦河　七瀬《ななせ》の淀《よど》は　淀むとも　われは澱まず　君をし待たむ　（巻五・八六〇）

麻都良我波　奈ゝ勢能與騰波　与等武等毛　和礼波与騰麻受　吉美遠志麻多武

松浦河の、七瀬の淀は、淀むとしても、わたしの心は澱むことはありません。あなたをお待ちしています。

○松浦河　松浦は八五三番歌参照。**○七瀬の淀は**　玉島川の上流の七瀬の淀。淀は水が溜まる所。**○淀むとも**　水が停滞して淀となること。「とも」は仮定。**○われは淀まず**　私は澱むことなどない。この「澱」は心の淀み（躊躇）をいう。川淀から澱みへの転換。**○君をし待たむ**　女子が賓客を受け入れたことを示す。

【鑑賞】　娘等が報えた歌。娘等は「七瀬の淀が淀んでも、わたしの心は澱むことはありません」という。あり得ない状況を提示して、それ以上であることをいう誓約の言い回しである。男からの誘いに澱む心はなく、あなたを待ちましょうという。娘等は蓬客等の心に任せるというのであり、それは恋の求めに応じたことである。しかし、ここから先は序文の「時に日は山の西に落ち、黒馬は去ろうとしている」という所に回帰し、蓬客等は別れを惜しみながら神女たちと袂を分かち家路につくことになる。中国神仙譚では神女との別れが幻想の中に描かれるが、この作品もそのように娘等は神女なのか海人の娘子なのか判然としないままに別れることになる。神仙譚への志向が強くある。

松浦河　河の瀬速《はや》み　紅《くれなゐ》の　裳《も》の裾濡《すそぬ》れて　鮎か釣るらむ

（巻五・八六一）

後人追和《こうじんつい わ》の歌三首　帥《そち》の老《おゆ》

後人追和之謌三首　帥老

麻都良河波　河波能世波夜美　久礼奈為能　母能須蘓奴例弖　阿由可都流良武

後人の追って応じた歌の三首　帥の老

松浦河の、河の瀬が速いので、紅色の、裳の裾を濡らして、鮎を釣っているのだろうか。

〇後人追和之歌三首　「後人」は匿名をいうが、ここは大伴旅人。「追和」は追って答えること。『全唐詩』李賀に「柳惲《りゆうこん》に追和す」の作がある。**〇帥老**　大宰帥である老人の旅人の意。「老」は敬称であり謙遜である。**〇松浦河**　松浦は八五三番歌参照。**〇河の瀬速み**　川瀬の流れが速いのでの意。「速み」は形容詞語幹「速」に接尾語「み」の接続で「早いので」の意。**〇紅の**　中国呉国の藍色をいう。『和名抄』に「弁色立成に云う、紅藍。〔久礼乃阿井〕呉の藍同上。本朝式に云う、紅花〔俗これを用いる〕」とある。**〇裳の裾濡れて**　赤裳が濡れていること。**〇鮎か釣るらむ**　鮎を釣っているだろうか。「らむ」は確かなことへの現在推量。女子らが鮎を釣っていることへの想像。

【鑑賞】　蓬客が女子等と贈答をした歌に対して、後人が追って応じた歌。作者は「帥老」とあるから大伴旅人である。「松浦河に遊覧するの序」に続いて、女子等が作者の歌に応じて追和の歌が展開する。この序には「余は、暫し松浦の県に往き逍遥し、玉嶋の潭に臨んで遊覧した」とあるように、「余」なる者が玉嶋の潭に遊覧したとある。そこで魚を釣る女子等に逢ったこと、その女子等は花の如き容姿で絶世の美人であったこと、この女子等と歌の贈答を繰返したことが記されている。その贈答の歌を後に聞いて旅人が追って和したという形式を踏むが、全体が旅人の手になることは間違いない。このような構成を取ったのは、作品が幻想譚とはいえ海人の娘との恋愛譚であり、行きずりの恋という男の願望が生々しく感じ取られることから、それを避けるために偽装したものと思われる。

「後人の追って応じた歌」とは、旅人が蓬客と海人の娘との恋愛譚を伝え聞いて関心を示し追和したという意味である。旅人が第三者の立場を取っているのは、この恋愛譚が自らの体験とすることを避けるためである。その中で旅人が示した関心の一つは、娘等は河の瀬が速いので「紅色の、裳の裾を濡らして、鮎を釣っているのだろうか」ということにある。これはあの蓬客等の体験した風景であるが、それを伝え聞いたこととして娘等が河に立って赤い裳裾を濡らして鮎を釣っていることを推測するという態度である。河に入り鮎を釣っていれば裳が濡れるのは当然のことであるが、「紅色の裳の裾を濡らして」と描くのは、仙女のエロスを感じ取っているからである。それを直接に見たのではなく、伝え聞いた話から推測するというのは、あくまでも幻想譚を意図したことによる。

人皆《ひとみな》の　見らむ松浦の　玉嶋を　見ずてやわれは　恋ひつつ居らむ　（巻五・八六二）

比等未奈能　美良武麻都良能　多麻志未乎　美受弖夜和礼波　故飛都ゝ遠良武

遊覧しただれもが、見たであろう松浦の、その玉嶋を、見ないでわたしは、恋い慕い続けているのだろうか。

○人皆の　「人」は松浦遊覧の人たち。**○見らむ松浦の**　見たことであろう松浦。「らむ」は現在推量。松浦は八五三番歌参照。**○玉嶋を**　玉島の美しい風光をの意。玉島は八五三番歌序参照。**○見ずてやわれは**　噂を聞くのみで旅人は見ていないとする。**○恋ひつつ居らむ**　名勝の玉島への憧れをいう。「らむ」は確かなことへの現在推量。

【鑑賞】　後人が追って応じた歌。誰もが見たいと思う松浦の玉島は、早くから観光名所であったのだろう。そこは仙郷のような趣きであり、旅人も一度は見たいと思っていたが訪れる機会がなく、思慕するばかりなのだという。つまり、旅人は玉島には出掛けていないというのである。あくまでもあの神仙譚は他人から伝え聞いたものであり、自分は関知していないのだという主張である。玉島には行っていないが、玉島でそのような経験をした者が羨ましいということである。赤裳を濡らして鮎を釣っている美しい娘等の姿は羨ましいことだが、それは伝え聞いたことでしか知り得ないというのである。『遊仙窟』の主人公が仙郷へ迷い込んで仙女と歓楽を尽くしたという話を聞いて、それを羨むのと等しい構成を取っている。

松浦河　玉嶋の浦に　若鮎釣る　妹《いも》らを見らむ　人の羨《とも》しさ　（巻五・八六三）

麻都良河波　多麻斯麻能有良尒　和可由都流　伊毛良遠美良牟　比等能等母斯佐

松浦河の、玉嶋の浦に、若鮎を釣る、あの可愛い子を見たであろう、その人たちが羨ましいことだ。

○松浦河　松浦は八五三番歌参照。**○玉嶋の浦に**　松浦河の玉島川。浦は川辺。**○若鮎釣る**　若い鮎を釣ること。**○妹らを見らむ**　仙女の女子を見たであろうこと。「らむ」は現在推量。**○人の羨しさ**　仙女が裳を濡らして鮎を釣る姿を見た人たちへの羨みをいう。「羨」は乏しい意で、少ないことから羨ましい意となる。

【鑑賞】後人が追って応じた歌。玉島の浦へ遊覧して美しい女子らに出逢い、女子等と恋をしたという話は、あくまでも伝え聞いた話であると強調する。これは、玉島を舞台にした神仙譚を創作する目的からである。神仙譚は初めから幻想の世界であり、夢の中の世界であるから現実とは繋がりを持たない。旅人が伝聞の話として構成したのは、それが夢幻譚だからである。海人の娘との恋愛譚も、夢幻の中にある。宋玉の「高唐賦」では「昔、先王が高唐に遊び昼寝をして、一婦人を夢に見た。婦人は巫山の女だという」と始まるように、すべては夢の中にある。また、日が暮れて仙郷から帰るのも、曹子建の「洛神賦」では「日すでに西に傾き、車も馬も疲れ果てた」といって仙郷へと入り込むのを、ここでは反転させているのである。このようにして作り上げられた神仙譚は、旅人による山川遊記という形をとった文学作品（俗文学）であった。

9　領巾振り山の歌（巻五・八七一～八七五）

大伴《おほともの》佐提比古《さでひこ》の郎子《いらつこ》、特に朝命《てうめい》を被《かがふ》りて、使《つかひ》を藩国《はんこく》に奉《うけたまは》る。艤棹《ぎたう》して言《ここ》に帰《ゆ》き、稍《やや》に蒼波《さうは》に赴《おもむ》く。妾《せふ》や、松浦《まつら》〔佐用嬪《さよひめ》〕、此の別るることの易《やす》きを嗟《なげ》き、彼《そ》の会ふことの難《かた》きを歎《なげ》く。即《すなは》ち高山《たかやま》の嶺《みね》に登り、遙《はる》かに離り去く船を望み、悵然《ちやうぜん》として肝を断ち、黯然《あんぜん》として魂《たま》を銷《け》す。遂に領巾《ひれ》を脱《ぬ》ぎてこれを麾《ふ》る。傍《かたはら》の者流涕《りうてい》せざるはなし。因りて此の山を号《なづ》けて領巾麾《ひれふり》の嶺《みね》と曰ふなり。乃《すなは》ち歌《うた》を作《つく》りて曰く

遠《とほ》つ人　松浦佐用姫《まつらさよひめ》　夫恋《つまこ》ひに　領巾《ひれ》振《ふ》りしより　負《お》へる山の名　（巻五・八七一）

大伴佐提比古郎子、特被朝命、奉使藩國。艤棹言帰、稍赴蒼波。妾也、松浦〔佐用嬪面〕、嗟此別易、歎彼會難。即登高山之嶺、遥望離去之舩、悵然断肝、黯然銷魂。遂脱領巾麾之。傍者莫不流涕。因号此山曰領巾麾之嶺也。乃作謌曰

得保都必等　麻通良佐用比米　都麻胡非尓　比例布利之用利　於返流夜麻能奈

大伴佐提比古の郎子は、特に朝命を受けて、使者として藩国に出掛けることとなった。船を飾り立てて出発し、しばらくして蒼波の立つ海上へと向かった。私松浦〔佐用嬪〕は、この別れることの容易なのを嗟き、その逢う

ことの難しいのを嘆いた。そこで高い山の嶺に登り、遙かに離れて行く船を望んで、その悲しみのために肝を断ち、心は塞がり魂を失った。ついに領巾を脱いでこれを振った。傍にいる者で涕を流さない者はいなかった。よってこの山を名づけて領巾麾の嶺と言うのである。そこで歌を作って言う
遠くの人を待つという、松浦の佐用姫は、夫を恋い慕って、領巾を振ったことから、名づけられた山の名よ。

○大伴佐提比古郎子　郎子は大伴金村の子。宣化天皇二年（五三七）十月新羅が任那《みまな》を侵略した時に、金村の子の磐《いわ》と狭手彦《さでひこ》とを派遣して救った。この折に肥前松浦の弟日姫子との別離の伝説が「肥前国風土記」に載る。欽明二十三年（五六二）八月に兵数万を率いて高麗を討って百済を助けた。**○特被朝命**　「朝命」は朝廷からの命令。『全陳文』徐陵「勧進梁元帝表」に「親しく朝命を承る」とある。**○奉使藩国**　「藩国」は護りとなる国。『全晋文』斉王攸《せいおうゆう》「藩王自選長史議」に「聴使藩国自ら長吏を除く」とある。**○艤棹言帰**　「艤棹」は船を飾り立てること。『全陳文』徐陵「為護軍長史王質移文」に「王師艤棹し、素は中流に在る」とある。「帰」は出向くこと。**○稍赴蒼波**　蒼波の海へ出航したこと。『全梁文』簡文帝「与蕭臨川書」に「白雲天に在り、蒼波極まりなし」とある。**○妾也**　「妾」は女子が自らの身を貶めて言う言い方。『梁詩』劉孝綽《りゅうこうしゃく》「班捷妤怨」に「妾身は秋扇に似る」とある。**○**
松浦　八五三番歌参照。**○佐用嬪**　大伴佐提比古の妻。佐提比古が朝命を受けて藩国に使いした時に、妻の松浦佐用比売が別れを嘆いて高山の嶺に登り、遥かに離れ去く船を望み、悲しみに肝を断ち領巾を脱いで振ったとある。この伝説は「肥前国風土記」にもみえる。**○嗟此別易**　「嗟」は嗟嘆。「別易」は別れの容易なこと。**○歎彼会難**　「会難」は再会の困難なこと。**○即登高山之嶺**　それで領巾振りの嶺に上った。**○遥望離去之舩**　「遥望」は遠くを見ること。『全漢文』司馬相如「長門賦」に「蘭台に登り遥かに望む」とある。**○悵然断肝**　「悵然」は悲しみ傷むこと。『文選』宋玉「神女賦」に「悵然として志を失う」とある。「断肝」は「断肝腸」の意。『全唐詩』李白「越女詞」に「白地断肝腸」とある。**○黯然銷魂**　「黯然」はひどく心を痛めること。「銷魂」は魂を失うこと。『文選』江文通「別賦」に「黯然銷魂して、唯別れて已《やむ》なり」とある。**○遂脱領巾麾之**　松浦佐用嬪（比売）が山上

で領巾を振ったという故事。「領巾」は女性が首に掛ける長い薄布。古くは呪布。『梁詩』簡文帝「楽歌」に「牀頭縄結を辟《ひら》き、鏡上領巾斜なり」とある。**〇傍者莫不流涕**　「傍者」は側付きの者。「流涕」は涙を流すこと。**〇因号此山曰領巾麾之嶺也**　それで領巾振りの嶺としたこと。「領巾麾之嶺」の起源譚。「肥前国風土記」に弟日姫子と大伴狭手彦との別離の話として類話を載せている。**〇乃作歌曰**　「作歌曰」は心情を表白する手法。『漢書』西域伝に「公主悲愁し、自ら為して歌を作り曰く」とある。**〇遠つ人**　遠くの人を待つことから次の松浦を導く枕詞。**〇松浦佐用姫**　待つという松浦の佐用姫の意。**〇夫恋ひに**　「夫」は身に寄り添う者。「つま」は夫・妻に共用。大伴佐提比古をいう。**〇領巾振りしより**　佐用姫が領巾を振ったことからの意。**〇負へる山の名**　領巾振り山の名の起源をいう。「肥前国風土記」にもみえる。

【鑑賞】　大伴佐提比古郎子と妻の佐用姫（比売）の別離を題材とした五首連作の歌。序文に続く歌を受けて、次々と追和の歌が続き、旅人の松浦河遊覧の歌と同じ形式を踏んでいるように見せている。それを意図した作者は不明であるが、大伴旅人か山上憶良か。ここでは旅人の作として扱う。

松浦には松浦佐用姫の悲別の物語りがあり、その物語りの概要と佐用姫の悲しい思いを領巾振りの峰に寄せて、みんなで詠み上げたというのがこの五首である。「松浦の佐用姫は夫を恋い慕って、領巾を振ったことから名づけられた」ことで、その山は領巾振りの山と名づけられたのだと紹介する。これは「肥前国風土記」に「褶振峯」の山名起源が伝えられている。それには大伴狭手彦連が任那に渡る時に、弟日姫子がこの峰に登り褶を振って招いたといい、それでこの山の名があると伝える。その後に三輪山式の神婚伝承が続くが、領巾振りの山の名前から、佐用姫の悲しい物語りが呼び起こされている。この歌を皮切りに、領巾振りの嶺をテーマとした歌の流れが展開する。

後人《こうじん》の追《お》ひて和《こた》へたる

山《やま》の名《な》と　言《い》ひ継《つ》げとかも　佐用比売《さよひめ》が　この山《やま》の上《へ》に　領巾《ひれ》を振《ふ》りけむ　（巻五・八七二）

後人追和

夜麻能奈等　伊賓都夏等可母　佐用比賣何　許能野麻能閇仁　必例遠布利家無

後の人が追って答えた

そうした山の名であることを、語り継げというので、佐用比売が、この山の上で、領巾を振ったのであろう。

○後人追和　「後人」はこの歌を聞いた人。匿名とするは作者の演出。旅人か憶良の作。「追和」は後から答えた意。『全唐詩』（巻三九〇）李賀に「追和柳惲」がある。**○山の名と**　佐用比売別離の伝説による山の名をいう。**○言ひ継げとかも**　悲恋の歴史として伝えよということかの意。「かも」は疑問。**○佐用比売が**　大伴佐提比古の妾。「肥前国風土記」に佐提比古が朝命を受けて藩国に使いした時に、妾の松浦佐用比売が別れを嘆いて高山の嶺に登り、遥かに離れ去く船を望み、悲しみに肝を断ち領巾を脱いで振ったという伝説がある。**○この山の上に**　遺称地は鏡山にある。**○領巾を振りけむ**　山上で佐用比売が領巾を振ったことへの懐古。

【鑑賞】大伴佐提比古の郎子と妻の佐用比売の別離を題材とした五首連作の歌。作者は旅人か憶良であろう。「後人追和」の歌は、一般的にはある歌を聞いた者が、後にその歌に対して関心を示し追って応じることと理解できるが、歌の場が成立している時には、前の歌に直ちに追いかけて歌うことも追和である。この「後人追和」は、物語りの構成上の方法である。山の名を語り継げというのを踏まえて、佐用比売が山の上で領巾を振ったのであろうという。もちろん佐用比売にそのような意図はなかったであろうが、土地の伝説は幾時代を経ても語り継がれることを主旨としているので、結果としてこの領巾振りの嶺の名の起源伝説も佐用比売の物語りとして語り継がれることになる。詠み手も、山の名を語り継ぐべきものとしているのである。

最後人《さいこうじん》の追《お》ひて和《こた》へたる

万世《よろづよ》に　語《かた》り継《つ》げとし　この岳《たけ》に　領巾振《ひれふ》りけらし　松浦佐用比売《まつらさよひめ》

（巻五・八七三）

寂後人追和

余呂豆余尒　可多利都夏等之　許能多氣仁　比例布利家良之　麻通羅佐用嬪面

最後の人が追って答えた

万代にも、語り継げと、この岳の上で、領巾を振ったらしい。松浦佐用比売は。

○最後人追和　最後人はこの歌を聞いた最後の人。ただこれは作者の演出。「追和」は後から答えた意。『隋書』（巻六十六）列伝に「義明馳馬追和」とある。**○万世に**　万年に至るまでもの意。**○語り継げとし**　この話を歴史として語り継ぐべきこと。**○この岳に**　領巾振りの山をいう。**○領巾振りけらし**　佐用比売が領巾を振った意図をいう。「良之」は確かなことへの現在推量。**○松浦佐用比売**　松浦佐用比売本人がの意。

【鑑賞】大伴佐提比古郎子と妻の佐用比売の別離を題材とした五首連作の歌。最後人が追って答えた歌。「万代にも語り継げと、この岳の上で領巾を振ったらしい」とは、佐用比売がわが悲しみの思いを万代にも語り継げということであるが、それも伝説の聞き手の理解である。佐用比売はただ運命の中で別離をしたまでであるが、別離の悲しみは聞く者をして血の涙を流させるほどであったのだろう。それは人の歴史に存在する愛の極北の悲しみである。それゆえに、この悲恋を万代にも語り継ぐべきだと考えたのである。それは古い伝説であるが、聞く者に今の愛の物語りでもあった。そこには、男女の愛が古今を通して人の心を動かす力であることを語ろうとする態度がある。

最最後人《さいさいこうじん》の追《お》ひて和《こた》へたる二首《にしゅ》

海原《うなばら》の　沖行《おきゆ》く船《ふね》を　帰《かへ》れとか　領巾《ひれ》振《ふ》らしけむ　松浦佐用比売《まつらさよひめ》

（巻五・八七四）

冣ゝ後人追和二首

宇奈波良能　意吉由久布祢遠　可弊礼等加　比礼布良斯家武　麻都良佐欲比賣

最最後人の追って和した二首

海原の、沖の方へと行く船を、帰って来いといって、領巾を振られたのであろうか。松浦佐用比売は。

○**最最後人追和二首**　「最最後人」はこの歌を一番最後に聞いた人。ただこれは作者の演出。この歌材への強い関心を示している。「追和」は追って答えること。『全唐詩』（巻三九〇）李賀に「追和柳惲」がある。○**海原の**　領巾振りの嶺から見える海上。鏡山からは松浦湾方面の海上が眺望出来る。○**沖行く船を**　夫が乗った船をいう。○**帰れとか**　戻れといってかの意。引き戻そうとすること。○**領巾振らしけむ**　領巾を振ることは魂を呼び戻す呪術。ここは船をも呼び戻そうとする。○**松浦佐用比売**　松浦佐用比売の悲しむ心はの意。

【鑑賞】大伴佐提比古郎子と妻の佐用比売の別離を題材とした五首連作の歌。最最後人が追って和した歌。「最最後人」というのは、この話を盛り上げるための演出である。これがかくも悲しい物語りであり、その思いは最後人に留まらず最最後人にまで連綿として続くという意図である。そこで最最後人は海原の沖の方へと行く船を帰って来いといって領巾を振ったのであろうと、松浦佐用比売の別れの一場面を描く。ここでも領巾振りの嶺という山の名の由来を詠んで、佐用比売の嘆きを回顧し愛の物語りに耽る。それは旅人が描いた松浦の女子等の神仙物語りと呼応するものであろう。

行《ゆ》く船《ふね》を　振《ふ》り留《とど》みかね　如何《いか》ばかり　恋《こ》ほしくありけむ　松浦佐用比売《まつらさよひめ》　（巻五・八七五）

由久布祢遠　布利等騰尾加祢　伊加婆加利　故保斯苦阿利家武　麻都良佐欲比賣

遠く去って行く船を、領巾を振っても留めることは出来ないで、どんなにか、恋しくあったことであろう、松浦佐用比売は。

〇行く船を　大伴佐提比古の乗る船をいう。**〇振り留みかね**　松浦佐用比売の領巾振りの呪力は効果がなかったことをいう。「かね」は出来かねること。**〇如何ばかり**　いかばかりかの意。**〇恋ほしくありけむ**　夫への恋しい思いをいう。**〇松浦佐用比売**　大伴佐提比古の妻の佐用比売の悲しみの心をいう。

【鑑賞】大伴佐提比古郎子と妻の佐用比売の別離を題材とした五首連作の歌。最最後人が追って和した歌。「遠く去って行く船を、領巾を振っても留めることは出来ないで、どんなに恋しくあったことか」と、愛する佐提比古との別れを悲しむ佐用比売の心を思いやる。船が遠くへ去って行くという場面は、二人の別離の悲しみを深めた要因であろう。国内の赴任でも愛する者との別離は悲しいに違いないが、朝命により海外へと出掛ける佐提比古との別れは、今生の別れを思う悲しみである。作者がこのように佐提比古と佐用比売との別れに拘るのは、愛の別れへの強い関心があるからであろう。そこには人間の愛の運命を理解している作者がいる。

【参考1】吉田宜の謹上の歌（巻五・八六四〜八六七）

宜《よろし》啓《まを》す。伏《ふ》して四月六日の賜書《ししよ》を奉《うけたまは》る。跪《ひざまづ》きて封函《ふうかん》を開き、芳藻《はうさう》を拝読《はいどく》す。心神開朗《しんしんかいらう》にして、泰初《たいしよ》が月を懐《いだ》くに似て、鄙懐《ひくわい》は私《わたくし》を除き、楽広《がくくわう》が天《てん》を披《ひら》くが若《ごと》し。「辺城《へんじやう》に羇旅《きりよ》し、古旧《こきう》を懐《おも》ひて志《こころざし》を傷《いた》め、年矢《ねんし》は停《とど》まらず、平生を憶《おも》ひて落涙《らくるい》するが若《ごと》きに至《いた》る」は、但達人《ただたつじん》の安排《あんばい》にして、君子の悶無《うれへな》きのみ。伏して冀《ねが》はくは、朝《あした》に懐翟《くわいてき》の化《か》を宣《せん》し、暮《ゆふべ》に放亀《はうき》の術《すべ》を存《そん》し、張《ちやう》・趙《てう》を百《ひやく》代《だい》に架《か》け、松《しよう》・喬《けう》を千齢《せんれい》に追はむを。兼ねて垂示《すいじ》を奉《たてまつ》るに、梅花の芳席《はうせき》に、群英摛藻《ぐんえいちさう》し、松浦の玉潭《ぎよくたん》に、仙媛贈答《せんゑんぞうたふ》するは、杏壇《きやうだん》の各言《かくげん》の作に類《るい》し、衡皐税駕《かうかうぜいが》の篇《へん》に疑《なぞ》ふ。耽読《たんどく》し吟諷《ぎんぷう》し、戚謝歓《せきしやくわん》怡《い》す。宜《よろし》の恋主《れんしゆ》の誠、誠《まこと》犬馬《けんば》に逾《こ》え、仰徳《ぎやうとく》の心、心《こころ》葵藿《きくわく》に同じくす。而《しか》も碧海《へきかい》は地を分かち、白雲は天を隔て、徒《いたづ》らに傾延《けいえん》を積む。何《なに》ぞ労緒《らうしよ》を慰《なぐさ》めん。孟秋《まうしう》の節《せつ》に膺《あた》れり。伏《ふ》して願はくは万《まん》祐《いう》の日に新たならむを。今相撲《いますまひ》の部領使《ことりづかひ》に因《よ》りて、謹《つつし》みて片紙《へんし》を付く。宜《よろし》謹《つつし》みて啓《まを》す。不次《ふし》。

諸人《もろひと》の梅花の歌に奉和《ほうわ》せる一首

後《おく》れ居《ゐ》て　長恋《ながこ》ひせずは　御園生《みそのふ》の　梅の花にも　ならましものを　（巻五・八六四）

宜が申し上げます。有り難く四月六日付のお便りを賜りました。恐縮して封函を開き、美しいお手紙を拝読したところです。心は開放されて、あたかも泰初が月を懐くのに似て、卑しい懐は私心を除き、楽広が天を開くようなものでした。「辺城に羈旅し、古旧を懐って志を傷め、年矢は停らず、平生を憶って落涙するが若きに至る」というのは、ただ達人の安排によって、君子の悶は無いのであります。伏して冀うことは、朝には懐翟の化を宣し、暮には放亀の術を存し、張・趙を百代に架け、松・喬を千年に追うことです。兼ねてお教えを承りましたこと、梅苑の芳席には、群英が美しい歌を詠み、松浦の玉潭には、仙媛と贈答するのをみますと、あたかも孔子先生の杏壇の各言の作に類し、また洛水の衡皐税駕の篇にも擬すべきものです。耽読しまた吟諷して、感謝し大きな喜びとするものです。宜の恋主の誠は、実に犬馬に超えるもので、仰徳の心は、向日葵が太陽に向くのと同じです。しかし碧海は地を分かち、白雲は天を隔てていて、ただに首を伸ばして慕うばかりです。どのようにしてご苦労を慰めたものでしょうか。いまは孟秋の節に膺ります。伏して願うべきことは、たくさんの幸いが日に新たになることであります。いま相撲部領使にお願いして、謹んで片紙を付けます。宜が謹んで申し上げます。不次。

諸人の梅花の歌に奉和する一首

ここに残されていて、長く恋い慕っているよりは、御園生の、梅の花にでも、なりたいものです。

【鑑賞】吉田宜から大宰帥である大伴旅人に当てた手紙。すでに旅人から宜に宛てた信書があり、それに宜が答えたもの。旅人の手紙は天平二年（七三〇）四月六日付で、宜の返信の日付は七月十日とある。

旅人からの信書には、正月に開いた梅花の宴の歌、員外の歌、梅花の歌への追和の歌、松浦河遊覧の歌がしたためられていたことが知られる。それを読むにつけて宜は「梅苑の芳席には、群英が美しい歌を詠み、松浦の玉潭には、仙媛と贈答するのをみますと、あたかも孔子先生の杏壇の各言の作に類し、また洛水の衡皐税駕の篇にも擬すべきものです」と褒め称え、「耽読しまた吟諷して、感謝し大きな喜びとする」のだという。旅人は宜と気の合う友の関係にあったのであろう。宜は旅人の梅花の宴や仙女との神仙譚を風流として理解を示す、特別な友人であったに違いない。それゆえに、「諸人の梅花の歌に奉和する一首」で、「ここにいて恋い慕っているより、園生の梅の花にでもなりたいものだ」と、旅人の風流を羨むのである。これは旅人が梅花の歌に追和した、「雪の色を奪ひて咲ける梅の花今盛りなり見む人もがも」（巻五・八五〇）の「見む人」が吉田宜であったことを示唆している。

松浦《まつら》の仙媛《せんゑん》の歌に和《こた》へたる一首

君を待つ　松浦の浦の　少女《をとめ》らは　常世《とこよ》の国の　天少女《あまをとめ》かも

（巻五・八六五）

松浦の仙媛の歌に答えた一首

君を待つという、松浦の浦の、少女たちは、常世の国の、天女でありますね。

【鑑賞】吉田宜が大伴旅人に当てた歌。「松浦の仙媛の歌」と題したのは、松浦河の女子等が仙女なのか海人の少女なのか曖昧なままにあるのを、宜はこれを仙女との出逢いなのだという理解を示した。「松浦の少女たちは、常世の国の天女でありますね」ということにより、旅人の狙いはそのまま宜に受け入れられたのである。宜のいう「疑衡皐税駕之篇」とは、曹子建の「洛神賦」を指すものであるから、松浦河遊覧の作は「洛神賦」と重ねられていたことが知られる。それが旅人の狙いであることも、宜は理解している。

君を思ひ未だ尽きざるに重ねて題す二首

遥遥《はろはろ》に　思ほゆるかも　白雲の　千重《ちへ》に隔てる　筑紫の国は　（巻五・八六六）

君が行き　日長《けなが》くなりぬ　奈良道《ならぢ》なる　山斎《しま》の木立も　神さびにけり　（巻五・八六七）

天平二年七月十日

君を思うことまだ尽きないので、重ねて題する二首

はるばると遠くに、思われることです。白雲の、千重に隔てている、筑紫の国は。

あなたが出掛けて行かれ、日数も長くなりました。奈良道にある、山斎の木立も、すっかり神々しくなりました。

天平二年七月十日。

【鑑賞】吉田宜が大伴旅人に当てた歌。旅人への懐かしい思いが尽きず、さらに二首の歌を加えた。旅人と宜とは身

分や年齢を超えた「友」という関係で結ばれていたことが知られる。この二首は「追伸」にあたり、思いが残り詠んだもので、交友の深さを思わせる。

「はるばると遠くに思われる」とは、すぐに逢おうとしても不可能な距離にあることをいう。友であれば詩歌を交換し琴を奏で酒を酌み交わすのが常道であるが、そのような友との交流が出来ないのは、京と大宰府とを白雲が千重に隔てているからである。すでに宜は手紙の中で、「白雲隔天」といっている。これは『穆《ぼく》天子伝』の故事で、『先秦詩』「白雲謡」の「白雲は天に在り、山の際から自然と湧く。道は遥か遠く、山川が隔てる」を示唆する。大宰府は遥か遠く白雲の立つ山川の間にはあるが、そこは不老不死の仙界であり、大宰府は鄙の地ではないのだと慰める。中国文人の交友を示す文章である。

二首目の歌では、旅人が大宰府へ赴任してから日数も経たという。旅人は神亀五年（七二八）初めに筑紫へ下向しているので、二年ほどを大宰府で過ごしていることになる。その二年という時間は互いに交友が途絶えている間であり、ひときわ長く感じられたのであろう。しかも、旅人夫妻が愛した奈良道の旅人邸の庭園も荒れているのだという。「山斎」は「シマ」（島）であり、池に島を配置した異国趣味の山水庭園である。この山斎は旅人自慢の庭園であり、宜は旅人邸の山斎に招かれたことがあるのだろう。「山斎の木立も、すっかり神々しくなりました」というところには、旅人邸を訪れて近況を報告しようという気持ちと、旅人への早い帰京を期待する思いが滲んでいる。

【参考2】 山上憶良の謹上の歌（巻五・八六八〜八七〇）

憶良、誠惶頓首《せいくわうとんしゅ》、謹啓《きんけい》

憶良聞かく、「方岳《ほうがく》の諸侯《しょこう》、都督刺史《ととくしし》、並《とも》に典法《てんぱう》に依《よ》り、部下を巡行し、其の風俗を察《み》る」といへり。意内《いない》多端《たたん》にして、口外出《こうがいいだ》し難《かた》し。謹《つつし》みて三首の鄙歌《ひなうた》を以て、五蔵《ござう》の鬱結《うつけつ》を写かんと欲《おも》ふ。其の歌に曰く

松浦県《まつらがた》　佐欲比売《さよひめ》の子が　領巾振《ひれふ》りし　山の名のみや　聞きつつ居らむ　（巻五・八六八）

多良志比賣《たらしひめ》　神の命《みこと》の　魚《な》釣《つ》らすと　み立たしせりし　石を誰《たれ》見《み》き　一《いっ》に云《い》はく、鮎釣ると　（巻五・八六九）

百日《ももか》しも　行かぬ松浦道《まつらぢ》　今日行きて　明日は来なむを　何か障《さや》れる　（巻五・八七〇）

天平二年七月十一日　筑前の国司山上憶良謹上

憶良、誠惶頓首、謹啓。

憶良は聞いています。「方岳の諸侯、都督刺史、並に典法に依り、部下を巡行し、その風俗を察る」と。心の内は多端にして、口の外に出し難くあります。そこで謹んで三首の田舎歌を作って、五蔵の鬱結を写こうと思います。其の歌は、次のようです。

松浦の県の、あの佐欲比売の子が、領巾を振った、山の名ばかりを、聞きつつあることです。

多良志比売の、その神の命が、魚をお釣りになられると、お立ちになられた、石を誰か見ましたか。別の伝えに、「鮎を釣ると」とある。

百日もかけて、行くこともない松浦道であるから、今日行って、明日には帰って来ようものを、いったい何が障害と

なっているのか。

天平二年七月十一日　筑前の国司の山上憶良が謹んで上った。

【鑑賞】筑前の国守の山上憶良が国内を巡察した時に、某氏に献呈した手紙文と歌の三首である。最後の三首目の歌の左注に、「天平二年七月十一日　筑前の国司山上憶良謹上」とあり、謹上の相手は松浦河遊覧に係わるので大伴旅人と思われる。国守は戸令によって年に一度国内の巡察を行う。憶良はこれに基づいて筑前の国内の巡察を行っていた。そのような折に旅人の松浦遊覧があったのである。しかも、その遊覧記は憶良にも伝えられた。それで、口惜しい思いを歌に託したという。

松浦の県には佐欲比売の伝説が残る。佐欲比売とは、松浦佐用比売のことである。伝説では大伴佐提比古が外国に派遣された時に、別れにあたり山に登り領巾を振ったという、愛する男女の悲しい別れの物語りであり、人々に感銘を与えたのである。いま憶良は山の名を聞くばかりで、同行出来なかったことが悔しいのだという。旅人の松浦の仙女に対して、松浦繋がりで憶良は佐用比売伝説をもって旅人に応じたのであろう。和銅六年（七一三）に「風土記撰進」の官命が出されて、各地の産物や土地の状態などのほかに、「古老相伝」の伝説の蒐集が行われた。それらは国毎に任されていたから、筑前にも土地の伝説が多く集められていたはずである。憶良が国守となり、近隣の国の「風土記」の原簿を目にしていたのであろう。そのような中に「肥前国風土記」があり、そこには「褶振《ひれふり》の峰」の伝説が記録されていたと思われる。それには大伴狭手彦連が任那に渡る時に、弟日姫子がこの峰に登り褶を振って招いたといい、それでこの山の名があるというのである。その後に三輪山式の神婚伝承が続くが、憶良のいう松浦佐用比売は、弟日姫子《おとひひめこ》をモデルとしたものと思われる。あるいは中国の『幽明録』に望夫石の伝説があり、「武冒陽新県の北山に望夫石があり、人が立っているように見える。伝えによると、昔貞婦があり、その夫は役に従い遠く国難に赴いた。

婦は幼子を抱いてこの山で見送った。そうして待ち続けて化して立石となり、それで名とした」という。このような望夫石の伝えも理解されていたのであろう。

四、巻六の作品を読む

『万葉集』巻六は、雑歌のみでまとめられている。前半には奈良朝前半の天皇行幸を中心に笠金村や山部赤人などの行幸儀礼の歌を収め、以降は奈良朝の旅の歌など多様な歌が収められている。旅人の歌は大宰府文学圏の中で官人たちと交流した大宰府時代の歌が収められている。

1　食国の歌（巻六・九五六）

帥《そち》の大伴卿《おほともきやう》の和《こた》へたる歌一首

やすみしし　吾《わ》ご大王《おほきみ》の　御食国《おすくに》は　日本《やまと》も此間《ここ》も　同じとそ念ふ

（巻六・九五六）

帥大伴卿和謌一首

八隅知之　吾大王乃　御食國者　日本毛此間毛　同登曽念

帥の大伴卿が答えた歌の一首

安らかにお休みになる、わが偉大なる王の、ご支配される国は、日本もここ筑紫も、同じだと思います。

○帥大伴卿和歌一首　大宰少弐の石河朝臣足人に答える歌。大伴卿は大伴旅人。経歴参照。「和歌」は答えた歌の意。**○やすみし し**　安らかにお休みになられること。天皇の身体行為の一。無為にして統治することから、次の「大王」を導く枕詞。**○吾ご大王 の**　わが偉大なる天皇。王権讃仰の定型句。この時は聖武天皇。**○御食国は**　統治する国をいう。神や天皇が食事をする国の意で、食事をすることが占拠や統治を意味した。**○日本も此間も**　「日本」は奈良の大和。「日本」の表記は大宝令制定の七〇〇年代初頭から用いられた用字。**○同じとそ念ふ**　等値であることをいう。

【鑑賞】大宰少弐の石河足人が「刺す竹の大宮人の家と住む佐保の山をば思ふやも君」（巻六・九五五）と問いかけた。旅人の自邸のある佐保の山が懐かしいかと尋ねたのである。それに対して、天皇の統治される国は、大和も此処も同じだと答える。これは正当な答えである。宴席に居並ぶ部下たちは、朝廷の重臣である旅人を迎え緊張した面持ちである。旅人の気持ちとしては懐かしい佐保だが、部下たちの気持ちを推し量れば、大和も此処も同じだという正当な答えが口を出たのである。それは公的な立場の旅人の発言である。以後、旅人が懐かしい奈良への思いを綴るのは、こちらに本心があったからである。

2　**香椎の廟参拝の歌**（巻六・九五七）

冬十一月に、大宰の官人等の香椎《かしひ》の廟《べう》に奉拝《ほうはい》し訖《を》へて、退《まか》り帰りし時に、馬を香椎の浦に駐《とど》め、
各《おのおの》懐《おもひ》を述《の》べて作れる歌

帥の大伴卿の歌一首

去来児《いざこ》ども　香椎《かしひ》の潟《かた》に　白妙《しろたへ》の　袖さへ沾《ぬ》れて　朝菜《あさな》採《つ》みてむ　（巻六・九五七）

冬十一月大宰官人等奉拜香椎廟訖、退帰之時、馬駐于香椎浦各述懐作歌

帥大伴卿謌一首

去来兒等　香椎乃滷尒　白妙之　袖左倍所沾而　朝菜採手六

冬十一月に、大宰府の官人たちが香椎の廟に参拝し終わって、帰る時に、馬を香椎の浦に駐め、各自が懐を述べて作った歌

帥の大伴卿の歌の一首

さあみなさん、香椎の潟に出掛けましょう。白妙の、袖さへも濡らして、朝菜を採みましょう。

○冬十一月　神亀五年（七二八）十一月。**○大宰官人等奉拝香椎廟訖**　大宰府長官と部下たちが香椎廟を参拝したこと。大宰府は筑前国を含む役所で、「養老令」の大宰府条によれば「帥一人。掌。祠社。戸口簿帳。字養百姓、勧課農桑、糺察所郡貢挙。孝義。田宅。良賤。訴訟。租調。倉廩。徭役。兵士。器仗。鼓吹。郵駅。伝馬。烽候。城牧。過所。公私馬牛。闌遺雑物。及寺。僧尼名籍。蕃客。帰化。饗讌事」とあり、祠社の管理が含まれている。香椎廟は福岡市東区香椎の地。香椎廟は香椎宮のこと。史書では「香椎廟」という。古代では伊勢・住吉にならぶ宮。「廟」は祖先の霊を祀る霊屋。仲哀天皇・神功皇后を祀る。**○退帰之時**　参拝を終えての帰路をいう。**○馬駐于香椎浦各述懐作歌**　香椎の浦は香椎の西方の海辺。「述懐」は思いを述べること。詩の題として「述懐」がある。**○帥大伴卿歌一首**　帥大伴卿は大伴旅人。経歴参照。**○去来児ども**　「去来」は呼びかけの語。さあみなさんの意。『梁詩』沈約「解佩去朝市」に「日将に暮れんとす。帰りなん去来」とある。「児等」は目下の仲間への親称。**○香椎の潟に**　香椎

の遠浅の海浜をいう。○**白妙の**　白く美しい栲《たえ》の布から、次の袖を導く枕詞。○**袖さへ沾れて**　袖さえも濡らしての意。「さへ」はその上にの意。○**朝菜採みてむ**　朝菜は海草などの類。大宰府への旅の土産。「て」は完了の助動詞「つ」の未然形。「む」は意志。

【鑑賞】大宰府の官人たちが香椎の廟（香椎の宮）に参拝し終わった時の大伴旅人の歌。大宰府から香椎まではおよそ二十六キロであるから、旅人一行は前日に香椎に入り翌朝早くに香椎廟に参拝したことが知られる。

香椎廟の参拝を終えて、香椎の潟に出掛けて朝菜を採みましょうと呼び掛ける。香椎の廟は大宰帥が直接出掛けて参拝する重要な廟であったと思われる。それだけに、香椎廟の参拝には気を配ったに違いない。参拝も終えて香椎の潟で朝菜を摘もうというのは、浜遊びや朝食の菜摘みではない。冬十一月の冷たい海に着物を濡らしてまで入ることはあり得ないであろう。これは神事の後の直会の場で詠まれた歌であり、香椎までは彼らにとって旅であり、旅といえば土産が定番であるから朝菜を摘んで帰ろうというのである。「去来児ども」という呼びかけには、そのような軽さがある。

3　吉野離宮を思う歌（巻六・九六〇）

帥の大伴卿の遥《はる》かに芳野《よしの》の離宮《りきゅう》を思《しの》ひて作れる歌一首

隼人《はやひと》の　湍門《せと》の磐《いはほ》も　年魚《あゆ》走《はし》る　芳野の瀧《たぎ》に　尚《な》ほ及《し》かずけり

（巻六・九六〇）

帥大伴卿遥思芳野離宮作歌一首

隼人乃　湍門乃磐母　年魚走　芳野之瀧尓　尚不及家里

帥の大伴卿が遥かに芳野の離宮を思って作った歌の一首

隼人の、瀬戸の奇岩もすばらしいが、年魚の泳ぎ回る、芳野の滝にくらべたら、及びもつかないことだ。

○帥大伴卿遥思芳野離宮作歌一首　帥大伴卿は大宰帥の大伴旅人。経歴参照。**○隼人の**　隼人は九州南部にいた異族。大和政権としばしば衝突したが、一部は大和朝廷に服属して宮門の警護や歌舞の奏上に当たった。ここはその名を残す地。**○湍門の磐も**　「湍門」は瀬戸で海域が狭まって渦を巻いている所。隼人の瀬戸は鹿児島県阿久根と出水郡長島との間の瀬戸。黒の瀬戸と呼ばれる。「磐」は奇岩怪石。**○年魚走る**　鮎が泳ぎ回ること。鮎の稚魚は海に育ち、春に川を遡って清流に棲息する。一年魚であるので年魚といい、香りがあるので香魚ともいう。**○芳野の瀧に**　奈良県吉野郡の宮滝をいう。持統天皇がしばしば行幸した。神仙郷とされる。**○尚ほ及かずけり**　とても及ぶものではないの意。吉野の滝が勝れていることをいう。

【鑑賞】題詞には「芳野の離宮を思ひ作れる歌」とある。旅人にとって芳野（吉野）の離宮が懐かしく思い出されるのは、かつて吉野行幸に従駕し、晴の応詔の歌まで用意した思い出の場所だからであろう。旅人が勅を受けて作った歌は、「み吉野の　芳野の宮は　山からし　貴く有らし　水《かは》からし　清《さや》けく有らし　天地と　長く久しく　万代に　改《か》はらず有らむ　行幸《いでま》し処」（巻三・三一五）という長歌と、「昔見し象《きさ》の小河を今見れば弥清けく成りにけるかも」（同・三一六）という反歌である。山は貴く川は清く、天地長久、万代不変という中国の思想を織り込んだ斬新な応詔の歌であった。象の小川の清冽な流れは何時までも記憶される風光であったに違いない。そのような旅人の吉野印象記からすると、「隼人の瀬戸の奇岩もすばらしいが、年魚の泳ぎ回る芳野の滝にくらべたら、及びもつかない」ということになる。隼人の瀬戸に勝ったというのは、隼人の瀬戸が見るに堪えないという意味ではなく、懐かしい吉野の思い出が優先したからである。

4　**次田温泉の歌**（巻六・九六一）

帥の大伴卿の次田《すきた》の温泉《ゆ》に宿りて鶴《たづ》の喧《な》くを聞きて作れる歌一首

湯の原に　鳴く蘆鶴《あしたづ》は　吾が如《ごと》く　妹《いも》に恋ふれや　時分《ときわ》かず鳴く　（巻六・九六一）

帥大伴卿宿次田温泉聞鶴喧作歌一首

湯原尓　鳴蘆多頭者　如吾　妹尓戀哉　時不定鳴

帥の大伴卿が次田の温泉に宿って鶴の喧くのを聞いて作った歌の一首

湯の原に、鳴く蘆鶴は、私のように、愛しい子を恋い慕っているのか。少しの時を置くこともなく鳴いている。

○帥大伴卿宿次田温泉聞鶴喧作歌一首　帥大伴卿は旅人。経歴参照。「次田温泉」は福岡県筑紫野市武蔵の地。都府楼址から南に約二キロ余り。**○湯の原に**　温泉の湧き出る湯の原をいう。**○鳴く蘆鶴は**　鳴いている葦鶴をいう。「たづ」は鶴の歌語。**○吾が如く**　われのようにあること。**○妹に恋ふれや**　「妹」は「背」と一対の女子。「や」は疑問。**○時分かず鳴く**　時を定めずに常に鳴くこと。恋しい思いによる。

【鑑賞】大宰府近くの次田温泉に宿ったのは療養のためであろう。湯の原では蘆鶴が頻りに鳴いているという。その鳴き声は妻を呼ぶ声であるが、まるでわたしのようだという。亡き妻への思いを詠んでいるのだろう。妻は旅人に同行して大宰府に下向したが、間もなく没した。その時に旅人は、「禍故重畳し、凶問累集す。永く崩心の悲しびを懐き、独り断腸の泣を流す」（巻五・七九三序）と嘆いた。神亀五年から六年にかけて、旅人は精神的な苦しみの中にいたのである。この歌が亡き妻への思いによる独詠的な歌であるとすれば、旅人の亡妻悲傷の歌（巻三・四四六～四五三）へと繋がる。

5　選任上京の歌（巻六・九六七～九六八）

大納言《だいなごん》大伴卿の和《こた》へたる歌二首

日本道《やまとぢ》の　吉備の児嶋《こじま》を　過ぎて行かば　筑紫《つくし》の子嶋《こじま》　念ほえむかも　（巻六・九六七）

大納言大伴卿和謌二首

日本道乃　吉備乃児嶋乎　過而行者　筑紫乃子嶋　所念香聞

大納言大伴卿が和えた歌の二首

大和に向かう道にある、吉備の児嶋を、過ぎて行ったなら、筑紫の子嶋が、きっと思われることであろうなあ。

○大納言大伴卿和歌二首　大納言は太政大臣に次ぐ太政官の次官。大伴卿は大伴旅人。大納言を拝命し天平二年末に帥を兼務して帰京する。経歴参照。「和歌」は娘子の児嶋に応答した歌であること。**○日本道の**　大和へと上る道をいう。「日本」は七〇〇年頃に現れた表記で対外向け。**○吉備の児嶋を**　吉備は岡山県の旧国名。途次に児嶋という嶋があるので娘子の児嶋に掛けている。**○過ぎて行かば**　通過して行くとの意。「ば」は仮定。**○筑紫の子嶋**　遊行女婦の子嶋をいう。吉備の児嶋を通して筑紫の子嶋を思うという洒落。**○念ほえむかも**　思われることだろうなあの意。「念ほえむ」は自然と思われること。「かも」は疑問を含む詠嘆。

【鑑賞】旅人が遊行女婦の児嶋に答えた歌。「吉備の児嶋を過ぎて行ったなら、筑紫の子嶋がきっと思われるだろう」と応じる。吉備の児嶋と筑紫の児嶋とを掛けた遊び心の歌である。これは旅人のサービス精神によるものであり、そのような戯れによって、児嶋がみせた悲しみは笑いの中に解消されてしまったのである。旅人の歌の性格は独詠的性格をみせながら、一方に相手を歌に導く社交性やサービス精神をみせる。この歌は後者にある。旅人を見送るため水城にまで見送りに来た遊行女婦の児嶋が、夫婦との別れとも、仙女との別れとも思われる悲しみを訴えた。その事情が参考に掲げる九六六番歌の左注に詳しく記されている。

大夫《ますらを》と　念へる吾や　水茎《みづぐき》の　水城《みづき》の上に　泣拭《なみだのご》はむ

（巻六・九六八）

大夫跡　念在吾哉　水茎之　水城之上尓　泣将拭

立派な男子と、思っているわたしだが、水茎の、この水城の上で、涙を拭くことだろうか。

○大夫と　ここは士大夫の意。貴族で教養人をいう。**○念へる吾や**　士大夫であることを誇りとすること。「吾」は旅人。**○水茎の**　次の「水城」を導く枕詞。「水茎」は墨で書いた手紙による消息とも。この例以外は「岡」を導く。**○水城の上に**　大宰府の水城。天智三年（六六四）に韓半島の白村江での戦いに敗れて九州防備のために造られた水の城。百済の兵法家により築造され現在も一部が残る。『三国志』（巻二十六）「魏書」に「原を鑿《うが》ち渠《みぞ》を開き、水を城内に注ぐ」とある。水城は遊行女婦児嶋との別れの場所。「上」はその辺。**○泣拭はむ**　士大夫でありながらも涙を流すことだろうかの意。別離の心を強く示す方法。相手の児嶋への気遣い。

【鑑賞】旅人が遊行女婦に答えた歌。「大夫と念へる吾」とは、男子が女子と立場を等しくするための下手に出るための慣用語である。立派な男子は恋などしないのだが、そんな自分が恋をしたという時の表現である。恋は対等であることが必要であるから、公的な社会性を持たない女子と向き合うには、立派な男子でもその心を失う必要があった。それゆえに、「この水城の上で、涙を拭くことだろうか」というのは、立派な男子がこの別れに涙を流すのだということである。それは児嶋という女子との別れの涙であり、それ以外ではない。児嶋との別れに涙を流すことも、旅人のサービス精神の表れである。

【参考】遊行女婦児嶋の歌（巻六・九六六）

倭道《やまとぢ》は雲隠りたり然れどもわが振る袖を無礼《なめし》と思ふな　（巻六・九六六）

右は、大宰の帥大伴卿、大納言を兼任して、京に向ひ上道す。此の日馬を水城に駐《とど》め、府家《ふけ》を顧み望む。時に卿を送る府吏《ふり》の中に、遊行女婦《いうかうぢよふあ》有り。其の字は児嶋と曰ふ。是に娘子、此の別れ易きを傷み、彼の会ひ難きを嘆き、涕《なみだ》を拭《ふ》きて自ら袖振りの歌を吟《ぎん》ぜり。

あなた様の向かわれる倭への道は、雲に隠れています。恐れ多いけれども、わたしの振る袖を、無礼とは思わないでください。

右は、大宰帥の大伴卿が大納言を兼任して、京に向かい道に上った。この日馬を水城に駐め、府家を顧み望んだ。その時に卿を送る府吏の中に、遊行女婦がいた。字は児嶋といった。ここに娘子は、別れ易いことを傷み、その会い難いことを嘆き、涕を拭いて自ら袖振りの歌を吟じた。

6　寧楽の家での歌（巻六・九六九〜九七〇）

三年辛未《しんび》に、大納言《だいなごん》大伴卿の、寧楽《なら》の家に在りて、故郷を思《しの》へる歌二首

須臾《しましく》も　去《ゆ》きて見てしか　神名火《かむなび》の　淵《ふち》は浅《あさ》びて　瀬にか成るらむ
（巻六・九六九）

三年辛未、大納言大伴卿、在寧樂家、思故郷歌二首

須臾　去而見牡鹿　神名火乃　淵者浅而　瀬二香成良武

三年辛未に、大納言大伴卿が、寧楽の家に在って、故郷を思う歌の二首

しばらくの間でも、行って見たかったものだ。神名火の川は、淵は浅くなって、瀬に成っていないだろうか。

○三年辛未、大納言大伴卿、在寧楽家、思故郷歌二首　「三年」は天平三年（七三一）。大納言大伴卿は大伴旅人。経歴参照。「故郷」は遷都して古里となった所。○須臾も　しばしの間をいう。『文選』劉伯倫「酒徳頌」に「万期は須臾と為す」とある。○去きて見てしか　行って見たかったこと。「牡鹿」は過去の助動詞。○神名火の　神を祭る所をいう。「思故郷」ことから明日香の地の神名火をいう。○淵は浅びて　明日香川の川淵が浅くなったこと。「浅び」は形容詞語幹「浅」に接尾語「び」の接続で浅くなること。○瀬にか成るらむ　「瀬」は浅瀬。「らむ」は確かなことへの現在推量。

【鑑賞】旅人の故郷を思う歌。大宰府を出発した旅人一行は、翌年の三年早々に奈良の家に到着した。正月二十七日の『続日本紀』の記事に「丙子授正三位大伴宿祢旅人従二位」とあり、この日の人事に間に合わせ帰京したと思われる。この後、旅人は七月二十五日に没する。『続日本紀』に「秋七月辛未に大納言従二位大伴宿祢旅人薨《こう》ず。難波朝の右大臣大紫長徳の孫、大納言贈従二位安麻呂の第一子である」とある。

「しばらくの間でも、行って見たかった」というのは、神名火の河である明日香川（飛鳥川）をいう。「故郷を思へる歌」という故郷は、明日香古京を指す。旅人は天智四年（六六五）の生まれであるから、幼少期を近江の都で過ごし、壬申の乱により都が飛鳥に遷り、少年期から青年期を過ごしたのは天武朝の飛鳥浄御原宮である。明日香川の淵が瀬になっていないかということから、旅人は床に臥しているのであろう。青春時代を過ごした懐かしい明日香を回顧しながら、わが身をも含めた移ろいへの思いである。

指進《さしすみ》の　栗栖《くるす》の小野の　芽《はぎ》の花　落《ち》らむ時にし　行きて手向《たむ》けむ

（巻六・九七〇）

指進乃　栗栖乃小野之　芽花　将落時尓之　行而手向六

指進の、栗栖の小野の、萩の花が、散る頃には、行って手向けをしよう。

〇指進の　指進は未詳。指墨とすれば墨の黒から次の「栗」を導く枕詞か。**〇栗栖の小野の**　奈良県明日香の地の小野。所在未詳。**〇芽の花**　芽の花は萩の花。マメ科の花木。細い枝に赤紫の小花を密生してつける。「芽花」は芽のような萩の花の様子からの表記か。秋の七種の一。**〇落らむ時にし**　萩が散るであろう時に。「らむ」は現在推量。**〇行きて手向けむ**　手向けは神に幣《ぬさ》を供えて祈る行為。ここでは萩を愛でる行為。

【鑑賞】大伴旅人の故郷を思う歌。「栗栖の小野の芽の花が散る頃には、行って手向けをしよう」という。萩の盛りではなく散る頃をいうのは、病が回復して栗栖の小野へ出掛けることが可能な時を指す。今は回復の兆しはないが、萩が散るころには回復するだろうという期待である。その時には「手向け」をしようという。萩に手向けをするというのは、萩を愛でることである。病の床にある旅人の頭の中に、はらはらと散る栗栖の小野の萩の美しさが愛でられている。その旅人は、初秋も末の七月二十五日に没する。

五、巻八の作品を読む

『万葉集』巻八は、季節分類された雑歌と相聞の歌を収める。季節分類の雑歌とは、季節の花鳥風月といった風物を取り込んで心を述べる歌であり、これは和歌の基本を作り上げることになる。また季節分類の恋歌は、恋の心を季節の景物の中に描く方法であり、季と恋とによって恋情の深まりを可能とした。巻八の収録する旅人の歌は、故郷への思いを述べる大宰府時代の歌が収録されている。

1　ホトトギスの歌（巻八・一四七三）

大宰帥大伴卿の和《こた》へたる歌一首

橘の　花散る里の　霍公鳥《ほととぎす》　片恋為《かたこひし》つつ　鳴く日しそ多き

（巻八・一四七三）

大宰帥大伴卿和謌一首

橘之　花散里乃　霍公鳥　片戀為乍　鳴日四曽多寸

大宰の帥の大伴卿が答えた歌の一首

橘の、花が散った里の、霍公鳥は、片恋をしながら、鳴く日が多いことだ。

○大宰帥大伴卿和歌一首　大宰帥は大宰府長官。大伴卿は大伴旅人。経歴参照。「和歌」は答えた歌。**○橘の**　橘は柑橘系の称。花は五弁で純白。古代に常世からもたらされた非時香の菓とされる。常世は中国南方の温州あたりをいうか。橘は中国詩に顕著にみられ、『隋詩』李孝貞「園中雑詠橘樹詩」では「嘉樹巫陰に出で、根を分けて上林に徙《うつ》す。白華散雪の如く、朱実は懸金に似る。影を布き丹地に臨み、飛香玉岑《ぎよくきん》に度る。自ら冬を凌ぐ質あり、能く歳寒の心を守る」と称賛されている。**○花散る里の**　橘の花が散る里をいう。**○霍公鳥**　カッコウ科の鳥。テッペンカケタカと鳴いた後にホトトギスと鳴く。名乗り鳴くというのはこれによる。**○片恋為つつ**　霍公鳥が片恋をしていること。自らのことでもある。**○鳴く日しそ多き**　われもまた泣くことの多いの意。

【鑑賞】夏の雑歌に収録。この旅人の歌は、妻の大伴郎女が病に遇い長逝した時に、勅使として喪を弔いに来た石上堅魚が旅人に贈った歌に答えたものである。石上堅魚の歌の左注には、その経緯が詳しく記されている。これを受けて、今度は橘の花と霍公鳥とを仲良しとみて、「橘の花が散る里の霍公鳥は、片恋をしながら鳴く日が多いことだ」と和している。これも夏の風物を詠んでいるが、「片恋為つつ」からは旅人の心境が十分に汲み取れる歌である。季節の景物を描くのみで、人間の心裡や心境を描くことを可能としたのは、歌の寄物性によるところが大きい。

【参考】石上堅魚の謹上の歌（巻八・一四七二）

式部大輔石上堅魚《かつを》朝臣の歌一首

霍公鳥《ほととぎす》　来鳴き響《とよ》もす　卯の花の　共にや来しと　問はましものを

（巻八・一四七二）

右は、神亀五年戊辰に、大宰帥大伴卿の妻の大伴郎女《おほとものいらつめ》、病に遇ひて長逝す。時に、勅使《ちよくし》の式部《しきぶ》大輔《たいふ》石上朝臣堅魚《いそのかみのあそみかつを》を大宰府に遣して、喪を弔ひ并せて物を賜ふ。其の事既に畢《をは》りて、駅使及び府の諸卿大夫等と共に記夷《きい》の城に登りて望遊《ばういう》せし日に、乃《すなは》ち此の歌を作れり。

式部大輔石上堅魚朝臣の歌の一首

霍公鳥が、来て鳴き声を響かせている。卯の花の開花と、一緒に来たのかと、尋ねたいものよ。

右は、神亀五年戊辰に、大宰帥大伴卿の妻の大伴郎女が、病に遇って長逝した。その時に、勅使の式部大輔である石上朝臣堅魚を大宰府に遣して、喪を弔い合わせて物を賜った。その事も既に終えて、駅使及び府の諸卿大夫等と共に、記夷城に登って遊覧をした日に、すなわちこの歌を作った。

2　初萩の歌（巻八・一五四一～一五四二）

大宰帥大伴卿の歌二首

吾が岳《をか》に　さ牡鹿《をしか》来鳴く　先芽《はつはぎ》の　花嬬問《はなつま》ひに　来鳴くさ牡鹿

（巻八・一五四一）

大宰帥大伴卿歌二首

吾岳尓　棹牡鹿来鳴　先芽之　花嬬問尓　来鳴棹牡鹿

大宰帥大伴卿の歌の二首

わたしの住むこの丘に、さ男鹿が来て鳴いている。初萩の、花嬬を訪いに、来鳴くさ男鹿よ。

○大宰帥大伴卿歌二首　大宰帥は大宰府の長官。大伴卿は大伴旅人。経歴参照。**○吾が岳に**　わが住むこの丘にの意。**○さ牡鹿来鳴く**　牡鹿は牝鹿を求めて鳴く。**○先芽の**　「先」はまず最初に咲いた萩の意。「芽」は萩。秋の七種の一。**○花嬬問ひに**　鹿は萩の花を美しい妻と見た。鹿と萩の会わせの美学。**○来鳴くさ牡鹿**　萩の妻を求めて鳴く意。二句目の繰り返しは主旨を強調する。

【鑑賞】秋の雑歌に収録。近くの岡辺に牡鹿が来て頻りに鳴いているという。これは大宰府時代の歌であるから、大宰府官邸近くで聞いている鹿の声である。牡鹿が鳴くのは妻を求める行為であるから、そこから男女の恋へと展開するのが普通である。しかし、その鹿は美しく咲いた萩を花妻として来て鳴くのだという。牡鹿は牝鹿を求めて鳴くのではなく、花の妻を求めて鳴くということを想像するところには、旅人のロマンチシズム（風流心）が感じられる。鹿と萩の妻という取り合わせを意図化し、鹿の有情を捉えている。

吾が岳《をか》の　秋芽《あきはぎ》の花　風をいたみ　落《ち》るべく成りぬ　見む人もがも　（巻八・一五四二）

吾岳之　秋芽花　風乎痛　可落成　将見人裳欲得

わたしの住むこの丘の、秋芽の花は、こうして秋風がひどいので、散る時と成ってしまった。一緒に見る人がいて欲しい。

○吾が岳の　わが住むこの丘の意。**○秋芽の花**　「芽」は萩。秋の七種の一。**○風をいたみ**　風が烈しいのでの意。「いたみ」は形容詞語幹「痛」に接尾語「み」の接続で「ひどいので」の意。**〇落るべく成りぬ**　「べく」は確実なことへの推量。「落」は散ること。**〇見む人もがも**　一緒に見る人がいてほしい。「がも」は願望。

【鑑賞】秋の雑歌に収録。萩は初花を愛で、盛りを愛で、散るのを愛でる花である。花期も長いことから散る頃に秋風が寒々と吹くようになり、秋の季節の終わりを感じさせる。秋芽の花は秋風がひどいので、落る時と成ってしまったというのは、萩の花の終わりとともに、秋の季節の終わりをも告げる侘しさが加えられている。それで一緒に見る人が欲しいという。花の盛りの時にこそ一緒に見るべき人が欲しい筈であるが、萩が散るのを一緒に見る人がいて欲しいという。旅人のいう「人」とは、恋する人でも萩の盛りを楽しむ人でもなく、秋の終わりの侘しさを知る同心の友である。

3　雪を見て京を思う歌（巻八・一六三九）

大宰帥大伴卿の冬の日に雪を見て京《みやこ》を憶《おも》へる歌一首

沫雪《あわゆき》の　ほどろほどろに　零《ふ》り重《し》けば　平城《なら》の京師《みやこ》し　念ほゆるかも

（巻八・一六三九）

大宰帥大伴卿冬日見雪憶京歌一首

沫雪　保杼呂保杼呂尓　零敷者　平城京師　所念可聞

大宰帥の大伴卿が冬の日に雪を見て京を憶った歌の一首

沫雪が、はらはらと散りながら、降り頻るので、平城の京が、思われてくることよ。

○大宰帥大伴卿　大宰帥は大宰府長官。大伴卿は大伴旅人。経歴参照。**○冬日見雪憶京歌一首**　冬の日に雪を見て故郷を思う歌。**○沫雪の**　すぐにも溶ける雪をいう。**○ほどろほどろに**　「ほどろ」は雪が降る様。繰り返しは降り続く様をいう。旅人の止むことのない心情を示す。**○零り重けば**　降り頻ること。「重」は頻りなこと。「ば」は順接。**○平城の京師し**　平城京をいう。「し」は強意。**○念ほゆるかも**　自然と思われること。「かも」は詠嘆。

【鑑賞】冬の雑歌に収録。沫雪が散りながら降り頻るという沫雪は、冬の景物である。そのことによって平城の京が思われてくるというが、沫雪が降りしきることと、奈良の都が思われることとの繋がりが不明である。奈良の都での雪を思い出しているとも読み取れるが、それでも繋がりが悪い。この二つを繋いでいるのは、「ほどろ」の語であろう。これは沫雪が間断なく降っている様をいうので、それが間断なく思う奈良に繋がったものと思われる。いわば、大宰府に降り続く雪が間断ないように、旅人の心は間断なく奈良の都が思われているというのである。

4　梅と雪のまがいの歌（巻八・一六四〇）

大宰帥大伴卿《だざいのそちおほともきやう》の梅《うめ》の歌一首《うたいつしゆ》

吾が岳《をか》に　盛りに開《さ》ける　梅の花　遺《のこ》れる雪を　乱《まが》へつるかも　（巻八・一六四〇）

大宰帥大伴卿梅歌一首

吾岳尓　盛開有　梅花　遺有雪乎　乱鶴鴨

大宰帥の大伴卿の梅の歌の一首

わたしの住むこの岡に、盛んに咲いている、梅の花であるが、残っている雪を、それと見間違ってしまうことよ。

○大宰帥大伴卿梅歌一首　大宰帥は大宰府の長官。大伴卿は大伴旅人。経歴参照。「梅歌」は大宰府で行われた「梅花の歌」のテーマ。**○吾が岳に**　わたしの住む里のこの丘にの意。**○盛りに開ける**　梅花が満開であること。**○梅の花**　旅人は大宰府で「梅花落」をテーマとした花宴を開いている。**○遺れる雪を**　消えずにある雪をいう。白梅に白雪を重ねて風雅を意図。**○乱へつるかも**　白梅と白雪とが区別出来ないこと。「乱」は紛う様。『梁詩』簡文帝「雪裏覓梅花詩」に「絶えて梅花の晩きを訝《いぶか》り、争い来り雪の裏《うち》を窺う」とある。楽府詩の「梅花落」が手本。

【鑑賞】冬の雑歌に収録。梅は春の季節というイメージにあるが、古代の暦では冬の終わりから春にかけて咲く。『万葉集』の季節歌（巻八・巻十）に収録されている冬の歌（雑歌・相聞）に梅の歌が見られる。『梁詩』（巻十）呉均の楽府詩「梅花落」には「終冬十二月、寒風西北に吹く。独り梅花の落《ち》ることあり、飄蕩《ひょうとう》として枝に依らず」とある。旅人は岡に咲いている梅を楽しんでいるのだが、残っている雪を梅の花と見間違ってしまうことだという。これは「梅花落」という中国の楽府詩を意図した歌である。散る梅に紛う雪の風景は、『陳詩』江総の「梅花落」に「胡地春の来ること少なく、三年にして落梅に驚く。偏《ひとえ》に疑う粉蝶の散るかと、雪に似て花開くかと」とあり、『全唐詩』盧《ろ》照鄰《しょうりん》の「梅花落」に「雪の処は花が満ちるかと疑い、花の辺りは雪の回れるに似る」とある。白梅と白雪との紛いを詠む楽府詩の「梅花落」は、旅人の周知の詩である。旅人はそうした「梅花落」の詩と倭語による歌形式とを合わせることで、新しい表現の世界を模索していた。同様の梅と雪との紛いの歌は、大宰府の正月宴の旅人の歌の「わが苑に梅の花散る久方の天より雪の流れ来るかも」（巻五・八二二）に見られる。

Ⅳ　大伴旅人の漢詩

1　『懐風藻』の成立

懐風藻の成立は、本藻序文に「天平勝宝三年冬十一月」とある。西暦七五一年の孝謙天皇の時代のことであり、この時に全体の編纂を終えたと思われる。この年は『万葉集』の歌人である大伴家持が越中から帰京しており、翌年には東大寺の大仏開眼を控えていた。時代は国分寺塔や東大寺大仏の建立に見られるように、天平の仏教文化が花開き、聖武天皇自身も仏弟子勝満と称して仏に帰依する。そのような時代に過去の詩人たちを発掘し、彼らの詩集を編もうとするのである。そこには編者のどのような思いが存在したのか。長く日本では金を探し求めていたが産出しなかったのだが、大仏建立にあたり陸奥の国から黄金の出土があり、聖武天皇は出金詔書をもって言祝いだ。家持自身も黄金の出土を喜ぶ歌を詠むのではあったが、東大寺大仏建立には一言も触れず、遠祖らが天皇に奉仕して来た大伴氏の歴史を歌うのである。仏教文化により彩られた時代に背を向けるかのように過去へと思いを寄せる万葉歌人の家持と、この『懐風藻』の編纂者とには、何らかの呼応する精神性があるように認められる。

このことは『懐風藻』という書名の由来から知られるように思われる。本藻序文によると「余が此の文を撰ぶ意は、将に先哲の遺風を忘れざるが為なり。故に懐風を以てこれに名づく。云爾」とあり、まさに『懐風藻』という名前は、先哲の遺風を忘れないためであるという。先哲というのは過去のすぐれた人材を指すが、ここでは『懐風藻』に詩を詠んだ詩人たちを指す。したがって、〈懐風〉というのは先哲の遺風を忘れないという意味であり、〈藻〉は中国では文藻という意味で、美しい文章を指した。

『懐風藻』を編纂した編者の名は記されていないが、序文に「余は薄官の餘間を以て、心を文囿に遊ばす」とある。この余なる者は誰か、いくつかの説があり、淡海三船説が最も有望であるが、他に亡名氏説（本藻末尾に詩を残している）、葛井広成説、石上宅嗣説などがあり、現時点ではいずれも確証は得られない。ただ、東大寺建立・大仏開眼という世紀の一大イベントを控えながら、まったく大仏開眼に興味を示さず、ひたすら過去の詩人の残した漢詩を収集して先哲を懐古するという編者の態度は、現実韜晦の態度である。仏教興隆の時代に仏教に背を向けて詩歌に関心を示した家持も、過去の歌の歴史をたどり「山柿の門」へと関心を寄せた。

古代日本漢詩は、近江朝に始まる。天智天皇の時代である。『古事記』や『日本書紀』によれば、四世紀末の応神天皇の時代に百済から王仁吉師が『千字文』と『論語』をもたらし、漢字の時代を迎えた。『千字文』は四字熟語で出来た漢語習熟のテキストであり、『論語』は儒教の祖である孔子の言行録である。この二書は漢字渡来を語る象徴的な書物であるが、七世紀半ばに天智朝が成立し、漢詩の時代が始まった。天皇は臣下たちを集めて詩の宴を開き、この時代に百篇余りの詩が詠まれたという。それらは壬申の乱の折に滅んだが、以後、持統朝・文武朝・奈良朝にわたり多くの漢詩が詠まれた（『懐風藻』序）。漢字・漢文は官僚たちの基礎教養とされたが、そのような中から漢詩が東アジアの教養とされ、大伴旅人も詩人としてここに記録されたのである。

2　旅人の「初春侍宴」の詩

従二位《じゆにゐ》大納言大伴宿祢旅人一首。年は六十七

五言。初春《しよしゆん》宴《うたげ》に侍《はべ》る。一首。

寛政《かんせい》の情《じやう》は既に遠《とほ》く、迪古《てきこ》の道は惟《こ》れ新《あらた》し。穆々《ぼくぼく》たる四門《しもん》の客、済々《せいせい》たる三徳《さんとく》の人。梅雪残岸《ばいせつざんがん》に乱れ、

烟霞《えんか》早春《さうしゆん》に接す。共に遊ぶ聖主《せいしゆ》の沢《たく》、同じく賀《が》す撃壌《げきじやう》の仁《じん》。　（四四番詩）

従二位大納言大伴宿祢旅人一首。〈年六十七〉

五言。初春侍宴。一首。

寛政情既遠。迪古道惟新。穆〻四門客。濟〻三徳人。

梅雪乱殘岸。烟霞接早春。共遊聖主澤。同賀撃壌仁。

五言。初春の公宴に畏まって参加する。一首。

政治の法律や刑罰を寛大にされた天皇の恵みの情はすでに遠い昔から続き、古い仕来りを踏襲する政治の方法はかえって新しい。四方の門から入ってくる美しく立派な姿の賓客、威儀を整えた智・仁・勇の三徳の人たちが春の宴会に参列する。梅花が雪のように散って池の岸辺に乱れ、木々に掛かる靄は早春に連なっている。これらの客人たちは共に天皇の素晴らしい恩恵に預かり、我々は一緒になって尭帝の時の老人のように楽器を撃って天皇の政治を言祝ぐことである。

〇従二位　大宝律令の官位。**〇大納言**　太政官の左右大臣に次ぐ官職。**〇大伴宿祢旅人**　旅人は天平二年（七三〇）に大宰帥を兼務して大納言に叙されて帰京。経歴参照。**〇五言**　一句が五字からなる詩体。**〇初春**　春の初め。『玉台新詠』に「初春」の詩題がある。「楽府相和歌辞平調曲」「燕歌行」に「初春の麗日鶯嬌かんと欲す」とある。『万葉集』巻五に旅人の手になる「梅花の歌」の序文に「初春令月」とある。『陳詩』張正見「初春賦得池応教詩」に「遙天密雨を収め、高閣奔曦を映す。雪は青山の路に尽き、冰は緑水の池に銷ゆ。春光雲葉に落ち、花影晴枝に発す。琴樽終宴に奉り、風月豈疲れを云はんや」と詠まれている。**〇侍宴**　天皇の宴会に畏まって参列すること。『文選』顔延之に「侍宴」の詩がある。**○首**　詩歌を数える単位。**○寛政**　寛大な政治。厳しい決まりや刑罰を緩やかにすること。「迪古」と対。『文選』盧子諒「贈崔温詩」に「羇旅及た寛政あり」とあり、注に「君の恵」とある。**○情**　慈愛の情。**○既遠**　すでに遠くから続くこと。『文選』鮑明遠「舞鶴賦」に「神区を践むこと其れ既に遠く、霊祀を積むこと方に多し」とある。**○迪古**　古を踏襲する。迪も廸も同意。『文選』陸士竜「贈馮文羆遷斥丘令」の注に「孔安国曰く、迪は踏なり。信に古人の徳を踏み行くを言う」とある。**○道**　政道。**○惟新**　天命により世が改まったこと。維新と同じ。惟は発語。『尚書』商書に「惟れ厥の徳を新たにし、終始惟れ一なり」、『晋書』「礼」に「王化惟れ新たにし、誠に宜しく礼訓を崇く明らにすべし」、『文選』潘安仁「西征賦」に「旧邦惟れ新たなり」、「楽府郊廟歌辞晋郊祀歌」「饗神歌」に「天祚晋有り、其の命惟れ新たなり」とある。**○穆々**　うやうやしいこと。済々と対で優れていることを言う。『文選』潘正叔「贈陸機出為呉王郎中令」に「穆穆たり伊の人、南国の紀」、「楽府燕射歌辞斉太廟楽歌」「明徳凱容楽」に「其の容穆穆、其の儀済済」とある。**○四門客**　四方から来た客人。四門は東西南北の門。優れた王の噂を聞いて、諸国から使いが来ること。『尚書』虞書に「四門に賓たり。四門穆穆たり」、「楽府燕射歌辞」「周五声調曲宮調曲」に「穆穆たる四門の賓」とある。**○済々**　威儀あり盛んな様。『詩経』大雅に「済済多士」、『尚書』虞書に「済済有衆」、「楽府燕射歌辞斉太廟楽歌」「明徳凱容楽」に「其の容穆穆たり、其の儀済済たり」とある。**○三徳人**　正直、剛毅、柔軟などの徳を備えた人。『尚書』洪範に「三徳は、一に曰く正直、二に曰く剛克、三に曰く柔克」とある。**○梅雪**　白梅を雪に喩えた。「烟霞」と対で早春の風光。「楽府横吹曲」「梅花落」に「金閨早梅を怨み、雪中花已に落る」、『陳詩』江総「梅花落」に「胡地春の来たること少なく、三年にして落梅に驚く。偏に粉蝶の散るかと疑い、乍ち雪花の開くに似たり」とある。**○乱残岸**　池の崩れた岸辺に散っていること。「残岸」は崩れた岸で「缺岸」と同じか。『梁詩』簡文帝の「山斎」に「缺岸新たに浦を成し、危石久しく門を為す」と見える。**○烟霞**　靄。『玉台新詠』「巫山高」に「烟霞乍ち舒く」とある。**○接**　接続すること。**○早春**　春の初め。『斉詩』王融「芳樹」に「相望む早春の日、煙華雑りて霧の如し」、『北周詩』宗懍「早春詩」に「昨暝春風起ち、今朝春気来たる。鶯鳴一両囀、花樹数重ねて開く」とある。**○共遊**　賓客たちと一緒に宴遊すること。

『魏詩』阮籍「詠懐詩」に「高鳥天に摩りて飛び、凌雲共に遊嬉す」とある。〇**聖主**　優れた主人。ここでは天皇。『文選』楊子雲「長楊賦」に「蓋し聞く聖主の養民なり」、「楽府鼓吹曲辞呉鼓吹曲」「関背徳」に「巍巍たり夫れ聖主」とある。〇**沢**　恩沢。天皇の恩恵をいう。『文選』楊子雲「甘泉賦」の「麗万世」の注に「恩沢とは、多く雲行雨施のごとく、君臣に皆聖徳有り。故に華麗にして万世に至る」とある。『文選』班孟堅「両都賦序」に「王沢竭きて詩を作さず」、「楽府燕射歌辞晋四廂楽歌」「食挙東西廂楽詩」に「流沢の無垠を被る」とある。〇**同賀**　同じく言祝ぐ。「楽府晋朝饗楽章」に「同じく賀す聖明の朝」とある。〇**撃壌仁**『論衡』に尭帝の時に老人が楽器の壌を打って尭の深い仁徳を褒め称えた故事がある。この歌は「日出で作り、日入りて息む。田を耕して食べ、井を鑿ちて飲む。帝力何ぞ我に有らんや」と歌われている。「楽府郊廟歌辞晋江左宗廟歌」「歌世祖武皇帝」に「野に撃壌有り、路に頌声垂る」、『全唐文』盧照鄰「楽府雑詩序」に「小雅の歓娯を知る撃壌の尭」とある。

【**鑑賞**】大伴旅人の初春の公宴の詩。旅人が残した唯一の漢詩である。大宰帥以前に詠まれた作品であろう。「侍宴」とあるから、天皇の開いた公宴の席に奏上した漢詩である。この時に、旅人は漢詩人として知られていたのである。

聖天子が行う政治は遠い昔から続き、それを踏襲する今の天子の政治も新たなものだと称賛し、それゆえに天子のもとに四方から優秀な人材が慕い集まり、勝れた徳を備えた賢人たちも天子のもとに集まるのだという。四門客・三徳人とは、聖天子を慕い称賛するためにやって来た詩人・文人たち。惟新は『尚書』に見える語で、「これ新たなり」の意であり、周の文王・武王の革命を讃える語である。殷周革命により世が改まったことを指す。ただ、天皇の制度の上では易姓革命を取らないので、天皇は古くからの天皇の道を受け継ぐのだとする。それで人々は聖主の恩恵に遊び、尭帝の民と等しく太平を喜ぶのである。尭帝の時代の政治を理想とするのは、この時代の知識人たちの一つの教養である。「梅雪乱残岸」は、白梅と白雪との重ねを楽しむ表現であり、『万葉集』巻五の旅人の歌に「わが苑に梅の花散る久方の天より雪の流れ来るかも」（八二二）と詠まれていて、趣向は同様である。白梅と白雪とが重なる紛いの表現が、詩歌においてモダンな表現として流行する。また、旅人には『万葉集』巻三に吉野行幸の時の歌があり

（本巻巻三・三一五番歌参照）、「見吉野之　芳野乃宮者　山可良志　貴有師　水可良思　清有師　天地与　長久　万代尓　不改将有　行幸之宮」（三一五）とあり、吉野の宮は山は貴く水は清く、天地と共に長く久しく、万代に変わらずにあるのだという。漢詩の対句を駆使して、吉野は山は貴く、川は清く、天地長久で、万代不変なのだという。この歌は漢詩から発想された表現であり、旅人の教養を示している。

Ⅴ　大伴旅人とその周辺

1　丹生女王の歌（巻四・五五三〜五五四）

丹生女王《にふのおほきみ》の大宰帥大伴卿に贈れる歌二首

天雲《あまぐも》の　遠隔《へだて》の極《きはみ》　遠けども　情《こころ》し行けば　恋ふるものかも　（巻四・五五三）

丹生女王が大宰帥の大伴卿に贈った歌の二首

天を行く雲の、遠く離れる果てのように、あなたは遠くにいるけれども、わたしの心はあなたに寄り添っているので、こうして恋しく思われるのでしょうか。

【鑑賞】 丹生女王は閲歴未詳。「天を行く雲が遠く隔たった果て」とは、そのまま大宰府を指す。いま旅人は大宰府にあり、女王からの便りを手に入れたのであろう。それによると女王の便りは「わたしの心はあなたに寄り添っているので、こうして恋しく思われるのでしょうか」という訴えである。紛れもない恋歌として詠まれているから、これによって女王と旅人とは恋愛関係にあったと推測することは可能であろう。ただし、それは恋歌という性質を誤解したことによる理解である。この女王の歌は、親しい旅人へのご機嫌伺いの歌であり、不便な大宰府にいる旅人に京のお土産を贈った時の歌であろう。挨拶の歌が恋歌として詠まれることの意義は、親しい関係を恋人のように表すことにある。

古《いにしへ》の　人の食《き》こせる　吉備の酒　痛《や》めばすべ無し　貫簀《ぬきすたば》賜らむ　（巻四・五五四）

昔からの銘酒として、人々が飲んでいる、吉備の酒は、酔って苦しむとすべがありません。むしろ、湯浴みのための貫簀を戴きたく思います。

【鑑賞】丹生女王の歌。女王から賜った京土産に対して、旅人は女王に土産を贈ろうとしたのであろう。その旅人の便りによれば、吉備の銘酒を贈りたいということである。それに対する女王の返事は「銘酒として人々が飲んでいる吉備の酒は、酔って苦しむと手の打ちようがありません」と断る。むしろ、女王が注文したのは、「貫簀」であった。貫簀は竹や葦で作った簀子《すのこ》であるが、そのようなものを注文した女王の意図がわかりかねる。どこにでもある簀子であるから、わざわざ大宰府の旅人に注文するほどのものではない。それが九州の特産品であったとすれば、それを望むことは考えられる。それにしても簀子の注文は意外なものであり、旅人はその意味を考えたはずである。簀子の利用方法は水切りにあり、その水切りを縁台や台所用として使う以外に、考えられるのは湯浴み用である。長屋王家木簡に「芳野行幸　貫簀」とある。これは行幸時の湯浴みの簀子であろう。おそらく女王が希望したのは、この湯浴み用の簀子であり、それを旅人に注文した意図は、簀子を共にして湯浴みをしましょうという謎掛けであろう。本旨は九州名産の簀子の注文であるが、それを戯れとして二人の湯浴みを示唆している。そのようなことが女王と旅人との間で交わされているとすれば、恋歌の交換を超えて笑いの歌へと転換されている。

丹生女王の大宰帥大伴卿に贈れる歌一首

高円《たかまと》の　秋の野の上の　瞿麦《なでしこ》の花　うら若み　人の挿頭《かざ》しし　瞿麦《なでしこ》の花　（巻九・一六一〇）

丹生女王が大宰帥の大伴卿に贈った歌の一首

高円の、秋の野の上の、可愛い撫子の花よ。若々しく可愛いので、人が挿頭とした、可愛い撫子の花よ。

【鑑賞】秋の相聞。丹生女王の旋頭歌体（五七七五七七）の歌。旋頭歌体は片歌の掛け合い問答を起源として集団の場に存在したが、やがて独詠的に詠まれるようになる。「高円の秋の野の上の可愛い撫子の花よ」が上の句の五七七で、この句により問題提起される。撫子がどうしたのか知られないので、聞き手は「それでどうした」という合いの手を入れる。この時代に旋頭歌は独詠の方向をたどっていたが、それでもかつての問答形式を踏む歌い方の理解から、独詠形式になっても「それでどうした」と問われる歌い方が残存していたのである。そのことを踏まえて「可愛いので人が挿頭とした撫子の花よ」といって答えの五七七が示される。ここでは秋の野の可愛い撫子から、撫子のような私を愛してくれた人へと転換したのである。それによれば、大伴旅人は撫子のような女王を愛したことになる。二人の過去の思い出とも受け取れるが、これは相手の消息を問うという意の相聞の歌である。女王は旅人と高円の野（平城京東方の野）の秋萩を楽しんだ思い出を添えて、安否を伺っているのである。旋頭歌体という遊び心の強い歌体であるところに、これが相聞往来（便りのやりとり）の意で詠まれていることが知られる。

2

駅使に贈る歌（巻四・五六六）

大宰大監《だざいだいけん》大伴宿祢《おほとものすくね》百代《ももよ》等《ら》の駅使《えきし》に贈れる歌二首

草枕　羈行《たびゆ》く君を　愛《うるは》しみ　副《たぐ》ひてそ来し　志賀の浜辺を　（巻四・五六六）

右の一首は、大監大伴宿祢百代

大宰大監大伴宿祢百代たちが駅使に贈った歌の二首

草を枕の、遠く旅に行くあなたを、こうして愛しく思うので、一緒にやって来ました。志賀の浜辺の所まで。

右一首は、大監大伴宿祢百代

【鑑賞】大伴宿祢百代の歌。百代は梅花の宴に参加。次の歌の左注によれば、大宰帥の大伴旅人が脚病となり朝廷からの駅使が大宰府に派遣された時に、旅人の病も回復し京に帰る駅使を見送ることとなった。百代は旅行くあなたを、愛しく思うので一緒にやって来ましたという。大宰府から香椎の地まではおよそ二十五キロである。一般には、宝満山南麓の吉木が遺称地とされる蘆城の駅で別れの宴をする。歌は特に取り立てて問題とするものではないが、この送別の歌には大切な別離の情が詠まれている。志賀の浜辺まで見送りに来たのは、別離の最後の地点を意味した。古代に限らず別離は一期一会を意味し、今生の別れと思われたのである。『万葉集』に別れの歌が多く存在するのは、別れは永遠の別れという思いにあったからである。そのような別れを通して、人の感情は細やかになる。

周防《すはう》なる　磐国山《いはくにやま》を　超《こ》えむ日は　手向《たむけ》好《よ》くせよ　荒きその道　（巻四・五六七）

右の一首は、少典山口忌寸若麿《せうてんやまぐちのいみきわかまろ》

以前に天平二年庚午《かうご》夏六月、帥大伴卿、忽《たちま》ちに瘡《かさ》を脚《あし》に生じ、枕席《ちんせき》に疾《いた》み苦しむ。此《これ》に因《よ》りて駅《はゆま》を馳《は》せて上奏《じやうそう》し、望み請《こ》ふに、庶弟《ままおと》の稲公《いなぎみ》、姪《めひ》の胡麿《こまろ》に、遺言《ゐごん》を語らむとすれば、右兵庫助《うひやうごのすけ》大伴宿祢稲公、治部少丞《じぶせうじよう》大伴宿祢胡麿の両人に勅して、駅《はゆま》を給《たま》ひ発遣《はつけん》し、卿の病を省《み》しむ。而《しか》して数旬《すうじゆん》を逕《わた》りて、幸に平復《へいふく》を得たり。時に稲公等、病の既に療《い》えるを以て、府《ふ》を発《た》ち京《みやこ》に上る。是《ここ》に大監大伴宿祢百代《だいけんおほとものすくねももよ》、少典山口忌寸若麿《せうてんやまぐちのいみきわかまろ》、及び卿の男《だん》の家持《やかもち》等、駅使《えきし》を相送り、共に夷《ひな》守《もり》の駅家《うまや》に到り、聊《いささ》か飲みて別れを悲しみ、乃《すなは》ち此の歌を作れり。


周防にある、磐国山を、越える日には、手向を十分にして下さい。荒れた道ですから。

右の一首は、少典山口忌寸若麿の作である。

以前に天平二年庚午夏六月、帥大伴卿が、忽ちに瘡脚を生じ、枕席に疾み苦しんだ。これによって駅馬を馳せて上奏して、その要望は庶弟の稲公と姪の胡麿に、遺言を語りたいということなので、右兵庫助大伴宿祢稲公と、治部少丞大伴宿祢胡麿の両人に勅して、早馬を与えて出発させ、卿の病を看病させた。そうして数旬して、幸いに平復を得た。それで稲公たちは、病がすでに癒えたので、大宰府を出発して上京した。ここに大監大伴宿祢百代と、少典山口忌寸若麿と、及び卿の息子である家持たちは、駅使を見送り、一緒に夷守の駅家に至って、聊か飲んで別れを悲しみ、そこでこの歌を作った。

【鑑賞】山口忌寸若麿は梅花の宴に参加した山氏若麿をいう。前歌に続いて京へ帰る駅使を見送る歌。若麿は周防の磐国山を越える日には、手向を十分にして下さいという。手向けは旅する者が峠の神に安全を祈ることであるが、磐国山を超える日にそれを良くせよという。これも平凡な送別の歌に違いないが、送別の歌は文芸性を求めるものではない。それはごく自然な言葉で足りる。この歌の場合は、「ご無事で」ということを歌にしたものであり、それは旅行く者に十分な言葉である。送別の歌は歌い手の技量よりも、それを受け取る側の気持ちの問題としてある。

3　旅人送別の歌（巻四・五六八）

大宰帥大伴卿の大納言に任ぜらえて入京の時に臨みて、府《ふ》の官人等の卿を筑前の国の蘆城《あしき》の駅家《うまや》に餞《はなむけ》せる歌四首

三埼廻《みさきみ》の　荒礒《ありそ》に縁《よ》れる　五百重浪《いほへなみ》　立ちても居ても　我が念へるきみ　（巻四・五六八）

右の一首は、筑前の掾門部連石足《じようかどべむらじいはたり》

大宰帥大伴卿が大納言に任じられて入京の時に臨み、大宰府の官人たちが卿を筑前の国の蘆城の駅家に餞する歌の四首

三埼の廻りの、荒礒に打ち寄せる、五百重浪のように、立っていても座っていてもいつも、わたしが思い続けているあなたなのです。

右の一首は、筑前掾門部連石足の作である。

【鑑賞】大宰帥旅人送別の時の歌。門部連石足は梅花の宴に参加している。「荒礒に打ち寄せる五百重浪のように」とは、波が頻りに打ち寄せる様であるが、それは、「立っていても座っていてもいつも、わたしが思い続けているあなたなのです」ということを導く序である。居ても立ってもという言葉は常時であることをいう定型句であり、ここでは何事につけても常に思うという意である。帥が去ることでみんなが寂しい思いをするということで、帰京する長官への心を篭めた送別の言葉である。

韓人《からひと》の　衣染《ころもそ》むと云《い》ふ　紫の　情《こころ》に染みて　念ほゆるかも　（巻四・五六九）

韓の人が、衣服に染めるという、紫の色のように、心に染みて、思われることです。

【鑑賞】麻田連陽春の大宰帥旅人送別の歌。陽春はもと答本姓。神亀元年（七二四）に麻田連姓を賜る。百済系渡来人である。『懐風藻』に漢詩を一首残す。彼が注目したのは「韓の人が衣服に染める紫色」であった。韓の国で貴重とされる紫、それは高貴な色として大和でも大切にされた。その色が「心に染みて思われる」のだという。紫色とは帰京した旅人が宮廷で着る色を意味し、主旨は紫の色を見るごとに旅人を忘れないということにある。「何時までも忘れない」ということが、旅行く者への大切な餞の言葉である。

大和辺《やまとへ》に　君が立つ日の　近付けば　野に立つ鹿も　動《とよ》みてそ鳴く　（巻四・五七〇）

右の二首は、大典麻田連陽春《たいてんあさだのむらじやす》

大和の方へと、あなたが出発される日が、こうして近付いて来たので、野にいる鹿も、あたりをとよもして鳴くことです。

右の二首は、大典麻田連陽春。

【鑑賞】大典麻田連陽春の大宰帥大伴旅人送別の歌。「野にいる鹿も、あたりをとよもして鳴くことです」という。旅人が大宰府を去る悲しみを、野の鹿もまた同じく感じているのだという。野の鹿も別れを悲しみ鳴いていると詠んだのは、気の利いた送別の辞である。野に鹿が盛んに鳴いていて、それを取り込んだ即興の歌であろう。『宋詩』謝瞻《しやせん》「置酒高堂」に「盃を銜《くわ》え鹿鳴を詠み、觴謡《しようよう》して相娯《たの》しむべし」とある「鹿鳴」は『詩経』以来の酒宴の歌であるが、そのような気の利いた歌である。

月夜よし　河音清《かはとさや》けし　率《いざ》ここに　行くも去《ゆ》かぬも　遊びて帰《ゆ》かむ　（巻四・五七一）

右の一首は、防人佑大伴四綱《さきもりのすけおほとものよつな》

月は清らかで、また河の音も清らかです。さあここにあっては、帰る人も帰らない人も、とにかく楽しく飲んでから帰りましょう。

右の一首は、防人佑大伴四綱。

【鑑賞】大伴四綱の大宰帥大伴旅人送別の歌。四綱は月も河の音も清らかなので、だから「帰る人も帰らない人も、とにかく楽しく飲んでから帰りましょう」という。月は美しく照り、川音は清らかな音を立てている中で、この別れの宴が開かれているのである。京に帰る人も大宰府に残る人も、それぞれの思いを抱いて互いに別れを惜しんでいるが、それはさておいて今はともかく楽しく飲もうという。別離の悲しみの歌が続いたのであろう。席がしんみりとして、別離の酒も捗《はかど》らない。それを気遣う四綱が、歌換えの歌を詠んだのである。一定の歌が続くと場が単調になるので、歌換えが行われる。そのことにより場が新しく蘇る。四綱はそのように気を利かした。

4　葛井大成の別れを悲嘆する歌（巻四・五七六）

大宰帥大伴卿の上京の後に、筑後守葛井連大成《ちくごのかみふぢゐのむらじおほなり》の悲嘆《ひたん》して作れる歌一首

今よりは　城《き》の山道は　不楽《さぶ》しけむ　吾が通はむと　念ひしものを

（巻四・五七六）

大宰帥大伴卿が上京の後に、筑後守葛井連大成が悲嘆して作った歌の一首

今からは、この城の山道は、寂しいことだろう。わたしもこれから通おうと、思っていましたのに。

【鑑賞】葛井連大成の歌。梅花の宴に参加。「今からは城の山道は、寂しいことだろう」という。城の山道とは、大宰府管轄の基肄城へと向かう道である。旅人は帥として軍事施設の視察も欠かさなかったに違いない。大成も部下とし

て従ったのであろう。「わたしは、これからもお伴して通おうと思っていましたのに」という思いは、巡回という公務のみではなく、その道々で旅人の好ましい人柄に触れた、風流を好む旅人の人柄への思いである。

5　山上憶良の書殿餞酒の歌（巻五・八七六〜八七九）

書殿《ふみどの》に餞酒《せんしゅ》の日の和歌《やまとうた》四首

天飛《あまと》ぶや　鳥にもがもや　京《みやこ》まで　送り申《まを》して　飛び帰るもの

（巻五・八七六）

書殿での餞酒の日の和歌の四首

空を飛び行く、鳥にでもなりたいものです。奈良の京まで、お送り申しあげて、また飛び帰って来るものを。

【鑑賞】　山上憶良の書殿餞酒の歌。この送別の宴は、大宰府の長官である大伴旅人の帰京にあたって行われた。旅人は大納言に昇格し、天平二年（七三〇）十二月に離任する。「書殿」は図書館のことで、大宰府の図書閲覧室である。そこで行われた送別の宴会での歌である。そこが書殿であるのは、漢籍を肴として話題を盛り上げるための工作であろう。「和歌」とは、大和の歌の意の和歌へと至る和歌史上の重要な言葉である。『万葉集』では「和歌」は「追和の歌」の意であり、「やまとうた」の意ではない。「和歌」と呼んだのは、漢詩に対しての言い方である。この作品の最後に「天平二年十二月六日　筑前国司山上憶良謹上」とある。憶良は漢詩に対して「和歌」としたのである。

帥の旅人が帰京することになり、憶良は鳥になり奈良の京までお送り申しあげたいという。長官旅人への諂いのように聞こえるが、二年前に旅人は着任早々に同行した愛妻を失った。いま懐かしい奈良に帰ることはめでたいことであるが、老長官にとっては妻と一緒に来た道を、今度は一人で妻を偲びながら帰る旅となる。なんとも悲痛な旅となるに違いなく、帰京への喜びを直接に祝賀することは難しいのである。京からの道中で妻と共に見た名所・旧跡の楽しい思い出が、帰路ではすべてが悲しい思い出へと変わることへの、憶良なりの憂慮と気遣いである。出来ることなら妻への悲しみを抱くことなく、直接に京へと送り届けたいという気持ちである。鳥になり京まで送り届けたいとは、そうした憶良の深い慮りである。

人もねの　うらぶれ居《を》るに　龍田山《たつたやま》　御馬《みま》近づかば　忘らしなむか　（巻五・八七七）

人はみんなして、別れを寂しく思っているのに、故郷の龍田山に、お馬が近づけば、きっとわたしたちのことは忘れてしまうのでしょうね。

【鑑賞】　山上憶良の書殿餞酒の歌の二首目。ここに参会している者は、みんなうらぶれているという。その理由は、「あなた様は馬が竜田山に近づいた途端に、わたしたちのことは忘れてしまうでしょうから」ということにある。我々は旅人のいない大宰府でうらぶれているのである。しかし、旅人さんは違うという。竜田山は大阪と奈良との境にある山で、奈良の者はこれを越えると故郷である。それゆえ、旅人は故郷が近づいた途端に我々を忘れるような、そんな薄情な上司だというのである。三位中納言である上司に、従五位下の部下がこのような批難をしたり羨んだりすることはない。それにもかかわらずそれを可能としたのは、二人に友情が存在したからである。辺境の地で旅人は身分差を超えて憶良を友とし、歌を交友の具とした。その延長上に憶良のこの歌が生まれている。

言ひつつも　後こそ知らめ　とのしくも　寂しけめやも　君座《きみいま》さずして　（巻五・八七八）

今は寂しいと言っていますが、お別れした後に知ることでしょう。その時はすべてに及んで、本当に寂しくあることでしょう。あなた様がいらっしゃらないので。

【鑑賞】山上憶良の書殿餞酒の歌の三首目。送別の宴では、それぞれが別れの悲しみを詠み上げたであろう。初めのうちは旅人の帰京を羨んだり拗ねたりする歌が詠まれていたが、次第に宴会のおひらきも近づくと、心からの悲しみの歌心が口に上る。憶良は、今は口で寂しくなりますとはいっているが、別れた後に本当の寂しさが来ることだという。旅人が去った後に本当の寂しさがあると訴えるところに、憶良の真摯な心が現われている。真の友への別れの言葉である。

万代《よろづよ》に　座《いま》し給《たま》ひて　天の下　申《まを》し給《たま》はね　朝廷《みかど》去《さ》らずて　（巻五・八七九）

どうか万年にも、お元気でいらっしゃって、天の下の政事を、お執りください。朝廷を去ることなく。

【鑑賞】山上憶良の書殿餞酒の歌の四首目。旅人送別の宴会もいよいよおひらきを迎えたのであろう。その最後に詠み上げたのがこの憶良の歌であったと思われる。どうか万年にもお元気で、天下の政事をお執りくださいという。朝廷を去ることなく、万年にも元気で政務に励んで欲しいという、旅人への心の籠もった別れの言葉である。京に帰れば大納言として活躍することになるが、それも元気であることで可能である。旅人の身体を気遣い、朝廷でいつまでも励んで欲しいという別れの言葉は、参会者のみんなの気持ちを代表した内容である。これ以上の別れの言葉は必要としなかったであろう。

6　山上憶良の敢えて私懐を述べる歌（巻五・八八〇〜八八二）

敢《あ》へて私懐《しくわい》を布《の》べたる歌三首

天離《あまざか》る　鄙《ひな》に五年《いつとせ》　住《す》まひつつ　京《みやこ》の手振《てぶ》り　忘らえにけり（巻五・八八〇）

　敢えて私懐を述べた歌の三首

京を遠く離れて、この田舎に五年も、暮らしつづけて、ついに京の雅な習わしを、忘れてしまいました。

【鑑賞】山上憶良の私懐を述べた歌。「私懐」は、個人的な思いである。「書殿に餞酒の日の和歌四首」は、旅人送別に当たっての大宰帥に対する公的な歌であった。それに対して強いて個人的な思いを述べる。旅人を友とすることによる別れの歌である。

筑前の田舎暮らしで、とうに京の風流を忘れてしまったという。国守の任期は四年であるから、神亀三年（七二六）に着任したとすれば足かけ五年になる。京への止みがたい気持ちも強くなったころに、長官の旅人が任期を半ばにして京に帰る。そこで憶良はわが本懐を述べる。その本懐とは京の手振りにあった。手振りという語は憶良独自の用語であるらしく、「ふり」は風俗・習慣の意味である。それは習わしであるから、京の手振りとは京の習慣であり、風流や風雅の身の振りのことである。京は「みやび」（都び）であり、田舎は「ひなび」（鄙び）である。「び」はそのような様をいう。京を懐かしむというのは、雅を尽くす風流な行為を指した。離任する旅人に京の手振りを訴えたのは、旅人の帰京を羨むことではなく、旅人が梅花の宴や松浦河の歌のように風流を尽くす文化人（都人）だったからである。旅人の帰京の後は京の風流に触れることもなく、本当の田舎人になるのだというのが憶良の思いであろう。

かくのみや　息《いき》づき居《を》らむ　新玉《あらたま》の　来経《きへ》行《ゆ》く年の　限《かぎり》知《し》らずて　（巻五・八八一）

このようにして、溜息をついて過ごすのであろう。新玉の、来ては過ぎて行く年の、その限りが知られないままに。

【鑑賞】山上憶良の私懐を述べた歌の二首目。筑前の国守として足かけ五年となり、老齢の憶良には故郷がひどく懐かしく思われるのであろう。新たな年が来ては去って行く、年が改まるごとにそのように思うのである。このままわが生は筑前の地に朽ち果てるのか、憶良の恐れはそこにあった。七十歳をいくつか過ぎた憶良には、その年の経過が際限なく続くように思われたのである。「限知らずて」には、残された生命はそれほど多くはないと思う憶良の実感と思われる私懐が述べられている。旅人が帰京することにより生まれた感懐である。

あが主《ぬし》の　み魂《たまたま》給ひて　春《はる》さらば　奈良の京《みやこ》に　召上《めさ》げ給はね　（巻五・八八二）

天平二年十二月六日　筑前の国司山上憶良謹上

わがご主人様の、ご恩顧を賜って、春が来ましたら、懐かしい奈良の京に、召し上げてください。

天平二年十二月六日　筑前の国司の山上憶良が謹んで上る。

【鑑賞】 山上憶良の私懐を述べた歌の三首目。旅人は間もなく帰京の途につく。その旅人の「みたま」を賜りたいという。「みたま」とは「御魂」で、旅人のご恩顧《おんこ》のことである。帰京する旅人の恩顧（御魂のふゆ＝主人の魂を分けてもらうこと）をいただき、春が来たら奈良の都に呼び寄せて欲しいという願いである。旅人は朝廷の重役として都へ帰ることから、その力量で直ちに憶良を都に召し上げることは容易であろう。そのようなことから、この歌は露骨に旅人に媚びへつらう猟官の歌のように思われたりする。しかし、憶良の帰京はそれほど遠いことではなく、旅人に媚びてご恩顧を賜るまでもない。にもかかわらず、この歌が詠まれるのには理由がある。それは、旅人の栄転への祝賀の気持ちである。旅人の力量は今でも朝廷に轟くものであるから、わが老体の身などはどのようにでもなる。そうした権威（御魂）の持ち主としての旅人への祝賀である。七十歳を過ぎた憶良には、帰京すれば引退（致仕）が待つだけだが、旅人は朝廷に戻り新たな実力者となることが約束されている。旅人を羨むような気持ちをみせながらも、旅人への祝賀の気持ちがこの歌の本意である。ここには憶良が培ってきた旅人との交友の情があろう。

7　山上憶良の七夕歌（巻八・一五二〇〜一五二六）

牽牛《ひこぼし》は　織女《たなはたつめ》と　天地の　別れし時ゆ　いなうしろ　河に向き立ち　意《おも》ふ空　安からなくに　嘆く空

安からなくに　青浪《あをなみ》に　望はたえぬ　白雲に　涕《なみだ》は尽きぬ　かくのみや　息衝《いきづ》きをらむ　かくのみや　恋ひつつあらむ　さ丹塗《にぬり》の　小船《をぶね》もがも　玉纏《たままき》の　真櫂《まかい》もがも〔一《いつ》に云《い》はく、小棹《をかち》もがも〕　朝凪《あさなぎ》に　い掻《か》き渡り　夕潮《ゆふしほ》に〔一《いつ》に云《い》はく、夕べにも〕　い漕《こ》ぎ渡り　久方の　天《あま》の河原に　天飛《あまと》ぶや　領巾《ひれ》片敷《かたし》き　真玉手《またまで》の　玉手差《さ》し更《か》へ　数多《あまた》夜も　寐《い》ねてしかも〔一《いつ》に云《い》はく、寐《い》もさ寝てしか〕　秋にあらねども〔一に云はく、秋待たずとも〕　（巻八・一五二〇）

反《はん》歌《か》

風雲《かぜくも》は　二つの岸に　通へども　吾が遠嬬《とほづま》の〔一に云ふ、はし嬬《づま》の〕　言そ通はぬ　（巻八・一五二一）

たぶてにも　投げ越しつべき　天《あま》の漢《かは》　隔てればかも　数多《あまた》すべなき　（巻八・一五二二）

右は、天平元年七月七日の夜、憶良、天の河を仰ぎ観たる〔一に云ふ、帥《そち》の家の作〕

牽牛は、織女と、天と地が、別れた時から、いなうしろの、河に向き立っては、思うことも落ち着かず、心は安らかでなく、思い嘆く身も落ち着かず、心は安らかでなく、青浪に、望みは絶えてしまい、白雲に、涙は尽きてしまった。このようなことで、溜息ばかりを衝いているのか、このようなことで、恋い慕ってばかりいるのか。丹塗りの、小船も欲しいことだ、玉纏の立派な梶も欲しいことだ。〔一に云う、「小棹も欲しい」とある〕朝の凪に、漕ぎ渡り、夕べの潮に、〔一に云う、「夕方にも」とある〕漕ぎ渡って、遥かに遠い、天の河原に、天を飛ぶ、領巾の片方を敷いて、きれいな手の、玉のような手を差し交えて、たくさんの夜を、寝たいものだ。〔一に云う、「寝て共に眠りに就きたいことだ」とある〕まだ秋ではないけれども。〔一に云う、「秋を待たなくとも」とある〕

反　歌

風や雲は、二つの岸に、通うけれども、私の遠く離れた妻の〔一に云う、「愛しい妻の」とある〕、言葉は通って来ない。

小石をつぶてに、投げたらすぐに越すような、天の漢なのに、こうして隔てているからか、なす方法がない。

右は、天平元年七月七日の夜、憶良天の河を仰ぎ観た。〔一に云う、「帥の家の作」とある〕

【鑑賞】秋の雑歌。山上臣憶良の七夕の歌。一説に、旅人の官邸で詠まれた七夕歌だという。この歌が長歌によって詠まれているのは、七夕の伝説を叙事として語ることを意図しているからである。短歌であるならばその場の雰囲気から、即興でも詠めたと思われるが、長歌は対句や起承転結の構成が必要となるので、即興で詠むことは困難である。この作品は、七夕の日を予定して構想が練られたものである。異伝では「帥家」とあるから、大宰帥の大伴旅人官邸で披露された歌である。「七日の夜、憶良、天の河を仰ぎ観たる」とあるのは、長歌の構想が練られた段階であり、それが披露されたのが帥の家であろう。その憶良が語る七夕伝説では、牽牛が織女と別れたのは天地が別れた時からであり、その時から河に向き立ち嘆き、望みは絶たれたのだという。これは、天帝の怒りにより二星が天漢を挟んで別離させられたという伝説の起源に触れた内容である。それで溜息ばかりをついて過ごし、小船を得られればすぐにも河を渡り、織女と天の河原で領巾を敷いて寝たいものだという。古代日本では男が妻の元を訪れることから牽牛の渡河となるが、中国では南平王劉鑠《りゅうしゃく》の「七夕詠牛女詩」に「龍駕は霄《くも》を凌いで発ち、誰か云う長河の遥かなることを」とある。龍駕は織女の乗る車駕である。そうして互いに逢うこととなれば、『晋詩』王鑒《おうかん》「七夕観織女詩」の「一年に一度逢う今宵、二星の喜びの時である」や『隋詩』王昚《おうよう》「七夕詩」の「浮雲は別衣を動かし、喜びを今宵尽くす」と詠まれる。しかし、まだ七日の夜ではないから、織女には逢えないのだという嘆きがこの長歌の主旨である。反歌では、もうすでに立秋となり風や雲は二つの岸を通うのに、妻の言葉も聞こえず、小石を投げたらすぐに越すような天の漢《かわ》なのに、こうして隔てているから何としてもなす方法がないのだという嘆きが繰り返される。七日の夜に詠まれながらも、七日の前の牽牛の思いを描いているのは、これが七夕宴の開始に当たり、プロローグとして披露された歌だからであろう。

秋風の　吹きにし日より　何時しかと　吾が待ち恋ひし　君そ来ませる

（巻八・一五二三）

秋風が、吹き始めたその日から、何時逢えるかと、わたしが待ち焦がれた、あなたが来られたことだ。

【鑑賞】以下秋の雑歌に収録。山上臣憶良の大宰府大伴旅人官邸での七夕の歌。立秋の日から吹く風が秋風である。その秋風が吹いた時から、待ち望んでいた人が来られたと、逢会の喜びが詠まれる。これは織女の立場での歌である。このような性の転換は、七夕であることによって容易に行える。牽牛の立場も織女の立場も、それらは第三者となり得るからである。老年の憶良が積極的に織女の立場で詠むことで、宴会に面白味を加えたものと思われる。この歌では秋風の吹いた立秋の日から待ちわびていた牽牛が織女のもとを訪れたことで、織女の喜びが描かれている。二星の逢会の一場面であり、その二人がどのように一年に一度の夜を送るのか、続いて関心の集まるところである。

天の漢《かは》　いと河浪は　立たねども　伺候《さもら》ひ難《かた》し　近き此の瀬を

（巻八・一五二四）

天の漢は、ひどく河浪は、立っていないけれども、様子を覗うのも困難だ。近いこの河の瀬であるものを。

【鑑賞】憶良が大宰府大伴旅人官邸で詠んだ七夕の歌。天漢の河浪は高く立っては居ないのに「伺候ひ難し」という。天漢は普段は水量が多くて渡ることの出来ない川である。それは天帝によって下された別離であるから、勝手には渡れないことが前提である。ただ、七日の夜には天帝の許しがあり、織女は牽牛の元へと船で渡ることが出来るのであり、この時天漢は浅瀬となる。それを日本に移せば、普段は渡れない川であるが、この夜は浅瀬となり牽牛は船でも徒歩でも対岸へと渡ることが可能となる。「伺候ひ難し」というのは、まだ七日の夜になっていない段階で、牽牛が河の様子を窺っている様を詠んでいることが知られる。

袖振らば　見もかはしつべく　近けども　渡るすべ無し　秋にしあらねば　（巻八・一五二五）

袖を振るなら、互いに見交わすことも出来るほど、近いけれども、渡る方法がない。今は秋ではないので。

【鑑賞】憶良が旅人官邸で詠んだ七夕の歌。天漢は互いに向き合って袖を振れば見えるほどの川幅だという。そのような発想は、『北周詩』庾信《ゆしん》「七夕詩」に「河を隔つも望めば近く、秋を経て離別すると遠い」とあるように、互いに望めるほどに近い。しかし、まだ秋ではないから船で渡る術もないと嘆く。七日の夜を迎えなければ、天漢は浅瀬にならないのである。七夕の歌が七日以前の二星の思いを歌うことから始めるのは、二星の運命への同情があろう。二星は七日の夜以前にどのような思いで過ごしているのか、そのような事への関心である。憶良が七日の逢会以前を取り上げるのは、逢会以前の恋しく辛い思いも七夕の世界であることを示している。『北斉詩』邢邵《けいしょう》「七夕詩」に

「盈盈たる河水の側、朝朝たる長い歎息。衰苦すること少なからず、波の流れはどうやって測るべきか」と詠まれている。

玉蜻蜓《たまかぎる》　髣髴《ほのか》に見えて　別れなば　もとなや恋ひむ　逢ふ時までは　（巻八・一五二六）

右は、天平二年七月八日の夜、帥の家の集会

玉が少し輝くほど、ほんの少しばかり逢って、それで別れたならば、心許なく恋に苦しむことだろう。一年の後に逢う時までの間は。

右は、天平二年七月八日の夜の、帥の家の集会にて。

【鑑賞】　憶良が旅人官邸で詠んだ七夕の歌。七日の夜の悲しみは、一年に一度の逢会であるにもかかわらず、その夜がたちまちに過ぎて夜明けを迎えることにある。二星には玉の輝きほどの逢会であるから、別離の悲しみに深い同情を寄せることになろう。先に掲げた梁武帝の「七夕詩」では「昔は天漢の越え難いのを嘆き、今は河の旋《めぐ》り易いのを傷む」と嘆く。漸くにして逢会した喜びもたちまちに尽き、夜明けと共に別れる悲しみは、妻問いの男女の悲しみと重ねられ共感されたのである。この七夕歌は七月八日の夜の歌だという。七夕宴は七日を前後として行われていた。

Ⅵ　大伴旅人の死

1　余明軍の哀傷歌（巻三・四五四〜四五八）

天平三年辛未《しんび》秋七月、大納言大伴卿の薨《こう》じし時の歌六首

はしきやし　栄えし君の　いましせば　昨日も今日も　吾を召さましを　（巻三・四五四）

天平三年辛未秋七月に、大納言大伴卿が薨じた時の歌六首

ああ愛おしいことだ。栄誉あるあなたが、ご存命でいらっしゃれば、昨日もまた今日も、わたしをお呼び寄せになるものを。

【鑑賞】余明軍が旅人の死を悲しむ歌。大伴旅人は、天平三年（七三一）七月に没する。『続日本紀』によれば、「大納言従二位大伴宿祢旅人薨ず。難波朝の右大臣大紫長徳の孫で、大納言贈従二位安麻呂の第一子である」とある。四五八番歌の後にある左注によれば、旅人に資人として伺候した余明軍は、犬馬が主人を慕うように悲しみ詠んだという。資人は五位以上の官職に応じて与えられる舎人であり、余明軍は旅人に資人として仕えたのであろう。八十人の資人が与えられているが、その中で余明軍がこのように悲しみの歌を残したのは、資人の中でも歌才があったことによろう。明軍は旅人を偲ぶ会で、資人を代表してこれらの歌を詠んだものと思われる。

旅人を主人として仕えた余明軍は、犬馬が主人を慕うようであったという。渡来人として日本に来て、やがて旅人の資人として職を得たのであろう。犬馬のようにとは、明軍が忠実な従者であったことをいう。朝早くから夜に至る

まで旅人の側らで働き、いかなる時も主人の側らに近侍し、旅人を大切な主人と慕っていた。主人が大宰府で妻を失って悲しむ姿や、妻のいない家に帰り悲しむ姿を思い、共に悲しんだに違いない。立派なご主人が生きているならば、昨日も今日も私を呼び寄せたのだという。一日も欠かさずに、主人の呼ぶ声を明軍は待ち続ける。しかし、あの呼ぶ声が今は聞こえない。あるべき主人の呼ぶ声が、昨日も今日もない悲しみを表すところに、深い実感がある。

かくのみに　ありける物を　芽子《はぎ》の花　咲きてありやと　問ひし君はも

（巻三・四五五）

このようなことに、なってしまったものよ。萩の花は、咲いているかと、問われたご主人様でした。

【鑑賞】余明軍の歌。明軍は警護のみではなく、主人の話し相手でもあった。世間の出来事や噂があれば話して聞かせ、季節の草花が咲けば知らせる、そのような主人との関係であったと思われる。主人が「萩は咲いただろうか」と問えば、「あちらの野原では咲き始めたようです」などといった会話が行われていた。そのような主人との会話もなくなった。萩が好きだった主人から、「萩は咲いたか」という言葉はもう聞かれない。残ったのは主人の問い掛けの空しい幻聴であり、主人との関係の喪失感である。「犬馬之慕」とは、犬馬が主人を慕う心であり、そうした主人との関係を譬喩したものである。

君に恋ひ　痛《いた》もすべなみ　蘆鶴《あしたづ》の　哭《ね》のみし泣かゆ　朝夕《あさよひ》にして

（巻三・四五六）

御主人さまを恋い慕いつつも、なんともなす方法もないので、葦の中に鳴く鶴のように、声に上げて泣くばかりです。

朝と言わず夜と言わずに。

【鑑賞】余明軍の歌。資人として主人を失えば、為す術もない悲しみに暮れるしかない。葦に住む鶴が口を天に向けてひときわ大きく鳴くように、大きな声を挙げて泣くだけである。しかも、それは朝も夜も続く。主人を失った悲しみをどのように譬えるべきか、その中から鶴の鳴く声を譬えとしたのは、鶴の甲高い声が悲鳴と聞こえ、それに類すると思ったからである。旅人は鶴の声に家郷を偲んだが、明軍は鶴のように悲鳴するというのである。

遠長《とほなが》く　仕へむものと　念へりし　君し座《ま》さねば　心神《こころど》もなし　（巻三・四五七）

これから何時までも長く、ご奉仕しようと、思っていました、その御主人様がいらっしゃらないので、生きている気力も失われたことです。

【鑑賞】余明軍の歌。資人として配属され、やさしい主人に恵まれた明軍に訪れた不幸は、主人との永訣であった。永遠に奉仕しようと心に誓ったことを思えば、このような別れがあるとは思いも寄らなかったに違いない。主人を慕い、主人を頼りとして来たその関係が失われ、生きる気力も失ったのだ嘆く。その歌いぶりから、主人である旅人の人柄も知られるように思われる。

若子《みどりご》の　匍匐《は》ひたもとほり　朝夕《あさよひ》に　哭《ね》のみそ吾が泣く　君無しにして　（巻三・四五八）

右の五首は、資人余明軍《しじんよのみやうぐん》の、犬馬《けんば》の慕《した》ひに勝《あ》へず、心の中《うち》に感緒《おも》ひて作れる歌なり

幼い子どもが、腹這って廻るように、朝につけ夕につけて、声に上げてわたしは泣くばかりです。ご主人様がいらっしゃらないので。

右の五首は、資人である余明軍が、犬馬の慕いの如くに堪えられず、心の中に深く悲しみ作った歌である。

【鑑賞】余明軍の歌。明軍は自分の悲しむ姿が、まるで幼い子が這い回っては泣くようなものだと喩える。死者を悼む動作に匍匐があるが、明軍はそれを子どもの腹這いに喩えたのである。そのようにして朝も晩も大きな声を挙げて主人の死を悲しむが、そこには明軍の悲しみとともに、資人たちの悲しみも含まれていよう。これらの歌を入手したのは、旅人の息子の家持であったと思われ、明軍は幼い家持の面倒もみていたことであろう。明軍の性格を知る家持は、彼が父に仕える姿を「犬馬の慕ひに勝へず」と感じたのである。旅人を偲ぶ会の折に、明軍はこのようにして主人を失った悲しみを述べたのである。この偲ぶ会が終わると、資人たちは大伴家から去ることになる。

2　**県犬養人上の哀傷歌**（巻三・四五九）

見れど飽《あ》かぬ　座《いま》しし君が　黄葉《もみちば》の　移りい去《ぬ》れば　悲しくもあるか　（巻三・四五九）

右の一首は、内礼正県犬養宿祢人上《ないらいせいあがたいぬかひのすくねひとかみ》に勅して、卿の病を検護《けんご》せしむ。しかれども医薬験《いやくしるし》無《な》くして、逝《ゆ》く水留《みづとど》まらず。これに因りて悲慟《ひどう》し、即《すなは》ち此の歌を作れり。

いくら見ても見飽きることが無い、そのようにしていらっしゃったあなたが、黄葉のように、移り過ぎたので、悲しくあることだ。

右の一首は、内礼正県犬養宿祢人上に勅して、卿の病を検護させた。しかし医薬の効験は無く、逝く水は留まることはなかった。これにより悲慟して、そこでこの歌を作ったのである。

【鑑賞】 県犬養宿祢人上が旅人の死を悲しむ歌。「見れど飽かぬ」とは、美しい風景への賞辞が伝統の表現であるが、人上はそれを旅人の風采についていう。美しい風景のようにいつも見ていたい、そのような風采のあなたであるという。儀礼的な言葉であるが、公務により旅人の最期を看取った人上には、旅人の風采を賞めるのが順当である。その旅人が「黄葉のように、移り過ぎたので、悲しくあることだ」というのも、死者哀悼の言葉としては順当であろう。それは死者を哀悼する時の、習慣的な言葉であったからだ。ただ、人の死を「黄葉が散り過ぎた」という表現は、人麿以来の死に対するロマンチシズムである。そこには死という現実を認めたくない思いがある。

Ⅶ　附1　「烏梅」の歴史

1 中国古典の中の「烏梅」

「梅花の歌三十二首」に表記される多くの梅は「烏梅」と表記される。これは仮名表記として理解されるが、薬剤としての「烏梅」であろうという指摘もある。「烏梅」(wumei)は漢語であるが、古代中国文献に多くは見かけない。先に挙げた『芸文類聚』の「梅」の項に「神異経にいう、横公魚。長さ七・八尺の魚がいる。形状は鯉のようで目は赤く、昼は湖中にあり夜は人となる。これを刺しても入らず、これを煮ても死なない。烏梅をもって二七(注＝十四)日これを煮る。即ち熟すれば、これを食べて邪病を治む」とある。『芸文類聚』は唐の武徳七年(六二四)成立の類書である。この記録と等しく記録するものに仏教書である『法苑珠林』があり、「神異経にいう、北方荒外に方千里の湖がある。(中略)長さ七・八尺の魚がいる。形状は鱧のようで目は赤く、昼は湖中にあり夜は人となる。これを刺しても入らず、これを煮ても死なない。烏梅をもって二七(注＝十四)日これを煮て即ち熟させる。これを食べて邪病を癒やすべし」とある。『法苑珠林』は道世が著した類書で六六八年に成立している。唐の時代に「烏梅」についての記録が見えるのは、『旧唐書』に「家人疾病すれば、医工治薬は、すべからく烏梅をもちいるべし」とあり、医薬関係への関心からであろう。ただ、これらの書が「烏梅」は『神異経』に出るとしている。『神異経』は前漢の東方朔《とうぼうさく》(紀元前一〇〇年前後)の著といわれ、内容は『山海経《せんがいきょう》』に類した中国古代神話の書である。続いて六朝北魏の賈《か》思《し》勰《きょう》の著した『斉民要術《せいみんようじゅつ》』(農書)には「作烏梅法」(種梅杏第三十六)として「梅が実った時に摘み取り、籠に盛り燻蒸し、乾燥させれば出来上がる」のようにその製法が見え、薬剤としての烏梅が広く民間に用いられていたことが知られる。

この「烏梅」は、古代中国で薬剤として製造されていた。本草学(漢方薬として有用な草木や鉱物の研究)では重要な医薬品として扱われている。今日の本草書である叶桔泉《ようけつせん》編の『本草鈎沈《こうちん》』の「梅」の項に「燻制して烏梅を作る」「殺菌作用がある」「主要成分はレモン酸、リンゴ酸」「医療用途は夏季の腸胃の伝染病の予防、腸炎、痢疾、傷寒、霍乱など」とあり、烏梅膏の製法として「大きめの烏梅を若干用い、水に一晩浸し、烏梅がふやけたのを銅の鍋に入れ、水を加えて二度煎じ、滓《かす》を取り除き薬汁を合わせて濾過し再度煎じる。水分が蒸発して極めて濃い状態になり半ば固体の膏になったら、瓶に入れて保存する。長く保存しても変わらない。あるいは豆の大きさに丸めて服用することも可能である」とある。台湾の嘉義市では植物性生薬として盛んに製造されている。烏梅は風邪などの発熱を押さえ下痢を止めるほかに、食欲増進、疲労回復、健康維持などの健康食品として用いられている。烏梅は医食同源の民間薬として大切にされてきたのである。

2　日本の中の「烏梅」の製法と用途

「烏梅」は平安時代に漢方薬として用いられていたことが知られる。『延喜式』典薬寮に「烏梅丸」と見え、同じく『医心方』には三毒を断つ効能があるとする。『和漢三才図会』には脾や肺の薬剤とする。中国あるいは韓国の漢方の烏梅が伝えられ製造されていたのである。現在でも「烏梅丸」があり、医薬あるいは健康食として一般に販売されている。

一方、日本では紅花染めの媒染剤（染着剤）として「烏梅」（黒梅）が製造されている。梅のクエン酸の働きを利用して紅色を繊維に染着させるのである。この烏梅を製造しているのは、現在では奈良市月ヶ瀬尾山で梅古庵を営む中西家のみである。月ヶ瀬は名張川渓谷沿いにあり、古くから梅の植栽が行われていた。烏梅の製造が行われるようになったのは、月ヶ瀬の伝説によると後醍醐天皇笠置落城の時に、園生姫が月ヶ瀬に落ち延びたが、疲労のために倒れ村人に介護された。そのお礼として姫は烏梅の製造を教えたという（「月ヶ瀬梅林の祖　園生姫之碑」の横に掲げられている標榜による）。そのようにして月ヶ瀬は梅林で有名になり、烏梅製造が盛んになったが、明治以降に外国の安い化学染料が入ったことから烏梅の製造は行われなくなった。今日、中西家一軒のみが残ることとなった。

中西家に伝わる烏梅の製法は、多くの書物やテレビ番組で取り上げられているから詳細は省くが、中国古書や本草書（薬として有用な草木や鉱物を記した書）にみるように、基本は熟した梅を煤《すす》でまぶし（煤まぶし）、一晩燻蒸（スモーク）する方法である。それを天日で数日間乾燥させると真っ黒な烏梅が完成する。

月ヶ瀬で烏梅を製造し梅古庵を営む中西謙介氏を尋ねた。月ヶ瀬村指定無形文化財の烏梅製造者である喜祥氏は祖父で、それを称える標榜に「月ヶ瀬梅林の起因は江戸時代、完熟した梅実で製造した烏梅が紅染の媒染剤として需要が多く、村民の唯一の収入源となったので、人々は競って梅樹を植えたといわれる。明治以後、化学染料の普及で需要がなくなり、烏梅の製造が絶えたが、中西氏は父と共に永年製造してきた経験を生かし昔ながらにただ一人の烏梅生産者である。烏梅とは、七月上旬、完熟の梅実を集め鍋や釜の尻についた煤をまぶし、一昼夜程燻蒸の後、数日間天日で乾して出来上がる。その方法は、手数、習熟を要するが、中西氏の生産する烏梅は、文化庁並びに全国よりの希望者の需要に応えている」とある。また、烏梅製造の国選定保存技術保持者である喜久氏は父である。謙介氏に案内され、梅を入れて煤をまぶす箕や梅を燻蒸する窯《かま》を見学し、燻蒸されて乾燥の段階の烏梅を見せていただいた。

烏梅に用いる梅の木は古くは城州白（白梅）という種類であったという。しかし、現在は南高梅が梅干のために多く植えられ、城州白はごく限られた古木が残されているのみだという。中西家の庭には二百年を超えるという城州白の巨木が現在も残されている。

ここで製造される烏梅は漢方薬ではなく、主に茜染めの媒染剤として用いられ、また口紅や頰紅の染着としても用いられる。先述のように紅花から色素を取り出し糸に染着させる時に用いられる媒染剤が烏梅である。紅の色素に烏梅を混ぜると色の定着が良くなることによる。化学染料とは異なり、烏梅を用いると色彩が美しくなることから、古くから京都などで多く用いられているという。

烏梅は媒染剤として用いられる一方、古くから薬剤として用いられてきた経緯があり、中西家で製造されている烏梅にも昔ながらの利用法がある。薬剤としては許可が必要であり製造はしていないが、これを健康茶として飲むための「烏梅」として梅古庵で販売している。その用い方は、たとえば烏梅一個に水を三百cc入れ煮出す「烏梅茶」、煮出した烏梅茶にはちみつを溶かした「はちみつ烏梅茶」などとして飲用する。烏梅は健康食品として新たな道を模索している。

写真①　烏梅の実を採取した城州白の巨木

写真②　天日干しをしている烏梅

Ⅷ　附2　古代日本元号の根拠一覧（参考資料）

1　元号の歴史と改元の根拠

東アジアの歴史の中で年号（日本では一般に元号という）が初めて登場したのは、中国漢の武帝が「建元」という年号を建てたことにある。初めて元を建てたという意である。紀元前一四〇年が建元元年と定められた。『漢書』の「建元」の注に、「武帝即位し、初めて年号あり、改元して以て建元とす」とある。以後、武帝の時代に元光、元朔、元狩などが続き、ここに中国の年号の歴史が始まり、明清時代には一世一元制となる。

元光改元の時に、「有司（担当の役人）が言うには、元はすべからく天瑞（天の神による保証の印）の命令によるべきである。一二の数は宜しくない。一元は建元といい、二元は長星（帚星。戦乱の兆し）にして元光といい、三元は郊（郊外）に一角獣を得て元狩という」（『漢書』武帝紀の注）とある。元号が天瑞の命によるというのは、天帝の意志を受けるべきことをいう。天は物を言わずに瑞を下し意志を表すのである。

天の瑞はさまざまであるが、古代日本では金や銅が発見された即物的な改元のほかに、大化の改新のような維新や謀反事件に関わって改元される場合も見られる。古代では霊亀、神亀、天平、宝亀のように瑞亀の出現によるとした元号名が多く、慶雲や景雲も瑞祥であり改元の根拠となった。亀も雲も瑞祥を代表する。いわば、古代の改元は時代の転換を迎えた時に、時代気分を改めるために瑞が現れたという理由により行われたのである。

まさに改元とは時代の気分を変える装置として働き、年号（元号）はまずめでたい瑞の現れを求めた。それがあまりにも作為に満ちていたことから、やがてめでたい二字熟語や中国儒教聖典の二字熟語へと移行したのである。さらに明清時代の一世一元制を受けて、明治以降に日本でも一世一元制を法として定めることとなった。

2 古代日本の年号一覧

番号	元号	西暦・時代	出典・根拠
1	法興	推古朝	「法隆寺金堂釈迦三尊像後背銘」、「伊予国風土記逸文」。「仏法興隆」による「法興」と思われる。当時の仏教興隆と聖徳太子の仏教崇拝から付けられたのであろう。
2	大化	六四五 孝徳朝	『日本書紀』、「宇治橋断碑」。中大兄皇子と藤原鎌足によって蘇我氏を滅ぼし、王族主権の国家を成し遂げたことによる。周文王の革命の如く「大いなる化」を意味するものと思われる。天智天皇の和風諡号は「天命開別天皇」である。
3	白雉	六五〇 孝徳朝	『日本書紀』。長門の国（山口県）から白い雉が献上されたことによる改元。周の時代に、越裳氏が聖王が現れると白雉が出るといって献上した故事による。
4	朱鳥	六八六 天武朝	『日本書紀』。天武天皇崩御前に急ぎ改元された。朱鳥は「あかみとり」で天武天皇は火徳の王であることによるか。ただ、この年号は歴史的に曖昧なままであり、『万葉集』のみは「日本書紀」からの引用として「朱鳥」を用いている。現存の『日本書紀』と『万葉集』の引用する「日本書紀」に異なりがあるか。
5	大宝	七〇一 文武朝	『続日本紀』。対馬から「金」が貢上されたことによる改元。当時の日本では金が産出せず、国外から輸入していた。この金も国外からもたらされたものであったが、朝廷は喜び改元したのである。また、この年は「大宝律令」が成立し、第七次の遣唐使が派遣された。この船に山上憶良が乗っていた。
6	慶雲	七〇四 文武朝	『続日本紀』。備前の国（岡山県）から神馬が献上され、また宮廷の西楼の上に慶雲が見え改元した。「慶雲」は中国の「孫氏瑞応図」（予言の書）に「太平の印である」、「孝経援神契」（同上）に「徳が山に至ると慶雲が出る」とあり、瑞祥として愛でられた。慶雲は景雲に同じく七色に輝く雲。改元の基本は「天の瑞」によるというのが漢の武帝以来の建元の思想である。

7	和銅	七〇八 元明朝	『続日本紀』。元明天皇は正月十一日の朝議で詔を述べて、東方の武蔵国（東京・埼玉）の秩父郡から自然になった和銅が出たので献上してきたといい、それにより和銅と改元すると宣布した。和銅が産出したのは、金と等しく瑞祥とみたことによる。これにより「和同開珎」の鋳造が行われた。
8	霊亀	七一五 元正朝	『続日本紀』。元正天皇即位の時に、左京職が瑞亀を献上したことによる改元。天は嘉瑞を表し、これを天地からの賜り物なのでそれに報いる必要があると詔する。「孫氏瑞応図」に亀は神異のもので五色を彩り、上は天を下は地を表し、三百歳の長命であるとする。
9	養老	七一七 元正朝	『続日本紀』。天皇が美濃国（岐阜県）当耆郡多度山へ行幸した時、泉で手や顔を洗うと肌は滑らかになり、白髪は黒髪に返り、禿げた髪も生じ、病も癒えたことにより、この美泉をめでて養老へと改元した。後漢光武帝の時に、醴泉が出て病を治したこと、符瑞の書に老いを養う水の精とあると記録する。
10	神亀	七二四 聖武朝	『続日本紀』。聖武天皇の即位詔に、天地が大瑞の物を表したので、実りが豊かであろうといい、それで神亀へと改元するという。天地の大瑞として亀が選ばれたのは、先の霊亀と等しい。『爾雅』には神亀・霊亀・摂亀・宝亀・文亀など十数種の亀が挙げられているが、いずれも瑞亀であり天の賜物である。東アジアの中で亀を年号とするのは日本のみであり、先の『爾雅』による亀への理解が深くあったか。『爾雅』は漢代に整理された訓詁学の書である。
11	天平	七二九 聖武朝	『続日本紀』。天平元年八月の聖武天皇による光明子立后の詔に、右京職の藤原麿（不比等の四男）が図を背負った亀一頭を献上したという。これは天地の神が表した大瑞であるとして年号を天平に改めた。この二ヶ月前に麿は長さ五寸三分、広さ四寸五分の亀の背に「天王貴平知百年」と書かれた亀を献上している。この改元の背景には、神亀六年二月に当時の宰相の長屋王を自刃させる事件があり、藤原一族は瑞祥の表れを作為して改元したものと思われる。
12	天平感宝 天平勝宝	七四九 孝謙朝	『続日本紀』。天平二十一年に聖武天皇が没する。東大寺大仏建立の中で陸奥国（宮城県）から大瑞の黄金の出土があった。それに伴い天皇は長大な詔を発して、初めて国内から金が産出したことに喜び改元した。

13	天平宝字	七五七 孝謙朝 淳仁朝	『続日本紀』。駿河国（静岡県）益頭郡の金刺舎人麻呂自らが蚕に文字あるのを献上した。それで天皇は、神虫が文字をなすのは神異のことであるとして天平宝字元年に改元した。この時代は後嗣をめぐり政局が不安定で、ついに橘奈良麿事件が起きて多くの者が拷問死を遂げた。その時の改元である。
14	天平神護	七六五 称徳朝	藤原仲麻呂（恵美押勝）の反乱により、近江で斬首。淳仁天皇を淡路へ、船王を隠岐へ、池田王を土佐に配流。朝廷の皇位継承を巡る権力闘争を背景とする改元。孝謙天皇が重祚して称徳天皇として即位。
15	天平景雲	七六七 称徳朝	参河の国（愛知県）から慶雲を見たという報告があった。僧侶六百人に対して設齋し、慶雲を見たことによるのだという。慶雲は景雲と同じく七色に輝く雲を慶雲といい、瑞雲とした。
16	宝亀	七七〇 光仁朝	肥後の国（熊本県）葦北郡の日奉部広主売が白亀を献上、また同国益城郡の山稲主が白亀を献上した。天皇は白亀が大瑞であり天地の神による賜り物であることから、宝亀に改元すると詔する。『魏書』に冀州から白亀の献上があったとある。『全唐文』独孤申叔に「資州白亀を献上する賦」がある。

著者による参考文献一覧

・「賢良」「讃酒歌と反俗の思想」「讃酒歌の構成と主題」「落梅の篇―楽府『梅花楽』と大宰府梅花の宴」（以上『万葉集と中国文学』笠間書院）
・「万葉集と東アジア」「持統朝の漢文学―梅と鶯の文学史」「反俗と憂愁―大伴旅人」「孤独の酒―讃酒歌十三首論」（以上『万葉集と中国文学　第二』笠間書院）
・「狂生の詩―藤原万里」「漢文と倭歌―巻五の漢文」（『万葉集と比較詩学』おうふう）
・「古い名門の家に生まれた者―天皇」「運命より大きな力―王制」（以上『詩霊論　人はなぜ詩に感動するのか』笠間書院）
・「大宰府圏の文学」「古代日本漢詩の成立―百済文化と近江朝文学」「太平歌と東アジアの漢詩」（以上『万葉集の歴史　日本人が歌によって築いた原初のヒストリー』笠間書院）
・『長屋王とその時代』（新典社）
・『山上憶良』（笠間書院）
・『懐風藻　古代日本漢詩を読む』（新典社）
・『「令和」から読む万葉集』（新典社）

おわりに

本書は、大伴旅人の全作品の注釈と鑑賞、および旅人に関わる周辺の歌人たちの歌と鑑賞により旅人の作品の全容を明らかにした。「令和」の年号が『万葉集』由来であったこと、また、これが大宰府時代の大伴旅人が官邸で主催した「梅花の歌」の漢文序から採用されたことにより、あらためて『万葉集』が注目され、大宰府の梅花の宴が注目された。なによりも、このことによって『万葉集』に関心が向いたことは喜ばしい。

そのようにして「令和」が喜び迎えられたが、いったい大伴旅人とはどのような歌人なのかということへの関心が強い。旅人に関わる研究書は幾つもあるが、それらは論集や簡略な解説である場合が多く、それゆえに旅人作品の全体像は見えにくい。また、大宰府時代の旅人は独詠的に歌を詠んでいたのではなく、憶良を始めとする大宰府の官人を中心に歌の遣り取りを繰り返していた。つまり、旅人の作品は大宰府での集団的文学活動として展開したのである。旅人の作品以外も含めてそこに旅人の文学世界があり、それが大宰府の文学である。

そのような旅人の作品を理解するために、ここでは旅人作品の注釈と鑑賞に視点を置いた。そのことにより旅人作品の全体像が見えるからである。そして、旅人作品の内奥に窺える人間の孤独や悲しみが見えるからである。『万葉集』は長い歴史を経て成立した歌集であるが、いずれの時代にもそれぞれの特色がみえる。旅人文学の特色は、奈良朝知識人文学の出発を告げたところにある。

なお、先に『「令和」から読む万葉集』(新典社)を刊行した。令和の改元を受けての刊行であったことから、新典社さんの新書は貴重であった。そこでは旅人の「梅花の歌」の花宴と旅人の大宰府での作品をいくつか取り上げ、「令和」の意味を考えた。ただ、旅人の全体像が見えず、心残りであった。そこで本書は余すところなく旅人の文学を論じることとした。そのために、旅人作品の注釈という方法を用いた。それにより旅人の文学世界が明らかになったものと思われる。多くの読者に迎えられることを期待する。

今回も、「令和」に関わって新典社さんからの出版となった。そして、編集も前回と同様に小松由紀子さんに担当していただいた。新典社社主の岡元学実さんにも深く感謝申し上げる。校正は鈴木道代さんにお願いした。また烏梅生産の中西康介氏からは貴重な資料を戴き、烏梅作りの過程も見せていただいた。お礼を申し上げる。

令和二年一月

著者しるす

辰巳　正明（たつみ　まさあき）
1945年1月30日　北海道生まれ
1973年3月31日　成城大学大学院博士課程満期退学
現職　國學院大學名誉教授
学位　博士（文学・成城大学）
2018年度日本学賞受賞
著書　『長屋王とその時代』『歌垣　恋歌の奇祭をたずねて』『懐風藻　古代日本漢詩を読む』『「令和」から読む万葉集』（以上，新典社）『万葉集と中国文学』『万葉集と中国文学　第二』『詩の起原　東アジア文化圏の恋愛詩』『万葉集に会いたい。』『短歌学入門　万葉集から始まる〈短歌革新〉の歴史』『詩霊論　人はなぜ詩に感動するのか』『折口信夫　東アジア文化と日本学の成立』『万葉集の歴史　日本人が歌によって築いた原初のヒストリー』『懐風藻全注釈』『王梵志詩集注釈』（以上，笠間書院）『万葉集と比較詩学』（おうふう）『悲劇の宰相長屋王　古代の文学サロンと政治』（講談社選書メチエ）など
編著　『郷歌　注解と研究』『古事記歌謡注釈　歌謡の理論から読み解く古代歌謡の全貌』（以上，新典社）『懐風藻　漢字文化圏の中の古代漢詩』『懐風藻　日本的自然観はどのように成立したか』（以上，笠間書院）『万葉集と東アジア』（竹林舎）など

大伴旅人《おおとものたびと》　「令和」を開いた万葉集の歌人

2020（令和2）年2月20日　初刷発行

著　者　辰巳正明
発行者　岡元学実

発行所　株式会社　新典社

〒101－0051　東京都千代田区神田神保町1－44－11
営業部　03－3233－8051　編集部　03－3233－8052
ＦＡＸ　03－3233－8053　振　替　00170－0－26932

印刷所　惠友印刷㈱　製本所　牧製本印刷㈱

ISBN978-4-7879-7864-6 C1095
http://www.shintensha.co.jp/
E-Mail:info@shintensha.co.jp